사랑은 나노입자

사랑은 나노입자

양관수 소설집

도서출판 북인

궁금해

한 스님과 마주 앉아 차를 마셨다. 차향이 코끝에 대롱대롱 맺힐 무렵 그가 내게 문학에서도 어떤 장르냐고 물었다. 순간 난 가슴을 졸였다. 그런 질문을 하는 이치고 격려의 말을 하지 않는다는 걸 이미 경험한 탓이었다. 내가 대답을 머뭇거렸다. 그가 나를 곁눈질하더니 침묵으로 기다렸다. 나는 하릴없이 대답했다.

"소설 씁니다."

그가 찻잔을 들어 차를 마시더니 응답했다.

"세상에 대고 할 말이 그렇게 많아요?"

뭐 좀 엉뚱하긴 하지만 내 기를 꺾기에는 충분한 말이었다. 나는 가끔 그런 상황에서 마음을 다진 까닭에 맞받아칠 말이 곧 떠올랐다.

"화가가 할 말이 많아서 그림을 그리나요?"

그가 입을 다물었다. 세상의 모든 것을 다 꿰뚫은 폼으로 차를 마셨다. 나도 그를 바라보며 저 등장인물을 써먹으려면 어떤 소설을 써야 하지, 생각하며 차를 마셨다.

작년인데 진달래 개나리가 필 때였다. 바닷가 문화센터에서 강의를 마친 나는 수강생들과 커피를 마셨다. 나랑 마주한 여성은 마흔 중반쯤으로 보였다. 그녀가 밝은 표정으로 나에게 말했다.

"소설을 왜 써요?"

나는 이미 그런 질문에 다져져 있었다. 심호흡을 한 후 대답했다. 이번에는 충격요법으로 나갔다.

"자살하지 않으려고요."

"자살을 왜 해요?"

"먹고 사는 것만 생각하는 게 숨 막히지 않아요?"

"실존인가요?"

내가 대답하지 않자 그녀는 옆자리 여자와 수다를 떨었다. 나는 스님과 차를 마실 때처럼 커피만 들이켰다.

왜, 나는 소설을 쓰는 걸까. 담에 누군가 또 나에게 그런 말을 던지면 뭐라 하지? 내가 어떤 대답을 할지 나도 궁금하다.

2020 가을에

*이 책에 실린 스토리텔링 중 생물학적이거나 과학적인 내용의 일부는 네이버 등 포텔 사이트에 오른 자료를 참고했다.

Contents

꽃무덤

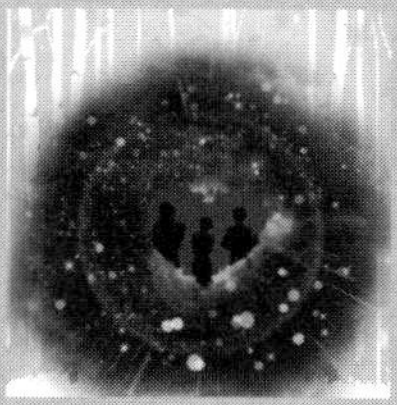

꽃무덤

사진이 복도에 나붙었다. 강의실 뒷문 문설주 옆 벽이다. 생리대 속살처럼 흰 곳이다. 7조 조장인 그녀 짓이다. 사진은 A4 크기인데 그가 찍었다. 문 손잡이와 사진 밑변은 같은 높이였다. 글귀도 있었다.

'못 쪼개면 못 이쁘다^^'

비닐로 코팅되어 사진 바로 위에 들붙어 있었다. 글자는 파란 고딕체로 크기가 스마트폰 애플리케이션만 했다. 조원 열 명이 함께 찍었다. 꽃이 활짝 핀 살구나무 앞이었다. 남녀 아홉 명은 밝고 예쁘게 웃었다. 모두 손을 들고 V 자를 만들어 자기 낯이나 남 얼굴 가까이에 들이밀었다. 너나없이 낄낄댔다. 서로 기대거나 밀착하여 다들 다정해 보이는 순간이었다.

여자애 한 명만 따로 놀았다. 아홉 명 무리에서 반 발짝 떨어져 있었다. 두 손을 배꼽 앞에 그러모으고 몸가짐새는 꼿꼿했다. 웃지도 인상쓰지도 않았다. 무리 곁에 슬며시 끼어든 유령 같은 아인데 바로 나다.

MT를 갔다. 10명씩 조를 짜는데 나는 7조였다. 숙소로 잡은 펜션 정원은 온통 잔디밭이었다. 한가운데에 집채만 한 꽃무더기가 있었다. 살구나무 열댓 그루가 한꺼번에 꽃을 피운 것이다. 이파리 하나 없고 오롯이 꽃만 무성했다. 꽃송이가 벚꽃보다 작은데 붉은 기는 살짝 더 돌았다.

백 명 넘는 과 애들 모두 꽃무리 앞에서 야단법석을 피웠다. 그 와중에 나만 차분했다. 혼자 서성거리며 침묵했다. 몇몇 동기나 선배들이 나한테 일부러 말을 걸었다. 나는 우울한 속내를 들킬까봐 대답하지 않았다. 학우들이 낯없는지 저희끼리 쏙닥거리며 내게서 멀어졌다.

나도 꽃을 좋아하며 사랑한다. 꽃을 마주하면 기쁨보다 가슴 저린 게 달랐다. 꽃이 진 자리에 열매가 맺는다는 것을 알고부터 그랬다.

학과 애들 모두 꽃나무 앞에서 조별로 사진을 찍었다. 7조 차례가 되었다. 내가 망설였다. 9명이 꽃 앞에서 나를 기다렸다. 여자애들이 다섯인데 한결같이 나보다 떨어지는 외모들이었다. 나는 미모에 자신이 있었다.

그녀가 조장 티를 내느라 신경질적인 어투로 나한테 빨리 와, 했다. 그럴 때 그녀 얼굴은 학원 여선생 같았다. 카메라를 든 그가 나더러 서두르라는 손짓을 했다.

그는 그녀와 강의실에서 나란히 앉을 때가 많았다. 둘이서 사귄다는 말을 들었다. 그녀가 3학년이지만 나보다는 한 살 더 많을 뿐이다. 내가 신입생이지만 재수를 해서 21살이다. 내가 마지못해 9명 옆에 섰다.

그날 신입생 환영회도 했다. 내가 동기들과 더불어 선배들이 게임을 핑계 삼아 반강제로 주는 술을 억지로 두어 잔 마셨다. 나중에는 술을 더 먹지 않으려 홀 밖으로 나섰다. 나 혼자였다.

달은 생각이 든 뇌를 다 비운 듯했다. 이마는 훌쭉했으며 뒤통수가 예뻤다. 정원은 어두우나 살구꽃 무리는 졸아든 달의 생각이 꽃으로 부푼 듯 밝았다.

내가 꽃더미 속으로 들어섰다. 꽃으로 이엉을 엮어 지붕을 얹은 집이었다. 꽃이 우거진 탓에 꽃집 안에서 밤하늘은 보이지 않았다. 꽃들은 잘 보였다. 꽃향기가 그윽하다가 사라지기를 거듭했다.

인기척이 들렸다. 누군가 다가오는데 그였다. 예비역으로 4학년이지만 두어 번 휴학하여 학과에서 나이가 가장 많았다. 과 애들이 그에게 굽실거렸다. 저학년일수록 더 했다. 그는 27살이었다. 그가 내 곁으로 바싹 다가오자 꽃향기가 스러졌다.

"넌, 꽃 앞에서 슬퍼 보여."

대꾸하려는데 말이 목에 걸렸다. 그에게서 아빠가 느껴진 탓이다. 내가 4학년 때 부모는 이혼했다. 그때 아빠는 애인이 있었다. 나는 엄마랑 살아야 했다. 아빠가 매달 내 양육비와 학원비를 엄마 통장으로 송금했다. 엄마는 직장에 다닌다. 내가 집 밖에 머물 땐 엄마는 늘 집에 혼자 있다. 엄마한텐 내가 무남독녀 외동딸이다. 내가 머뭇거리자 그가 말을 이었다.

"너, 나랑 친하게 지내면, 좋아져, 내가 많이 웃기거든."

재미있는 말투였다. 나도 뭔가 마땅한 소리를 해야 했다. 무슨 말을 할까 머뭇거리다가 엉뚱하게 지껄이고 말았다.

"선배는, 단순한데."

그가 뭐? 했다. 내가 억지스럽게 말을 이었다. 꽃은 나무의 생식기다. 지금 보는 이 살구꽃들은 작년에 진 꽃이 다시 피어난 게 아니다. 사람 몸속 난자가 어떤 한 톨의 재생이 아닌 것처럼. 한 개 난자가 되기 위해 그 세포가 견딘 세월은 헤아릴 수 없다.

그런 꽃이 피었다 진 자리에만 열매가 맺는다. 한 개 열매를 잉태하려 꽃은 무한한 시간을 달려온다. 영겁인 것을 느끼려 몸은 새 세포의 배란과 더불어 아픔을 가져온다. 나무도 꽃망울을 터뜨리는 통증이 있을 것이다. 꽃은 나무의 고난이다. 초 6인가 중 1인가부터 그런 걸 느꼈다고 말했다.

"해마다 피는 꽃은 여자로 치면 달거리하는 거예요."

"너만 그런 티 내니까 이상하잖아."

갑자기 내 머릿속이 차가워졌다. 그의 웃음도 거슬렸지만 빈정거리는 말투가 나를 더 자극했다. 그에게서 들은 말을 뇌리에서 지우고 싶었다.

내가 오른손으로 살구꽃 가지를 붙잡아 코 가까이 끌어당겼다. 꽃향기로 옆에 선 그를 지우려 했다. 내 집중력은 코끝에 닿은 향기로 쏠렸다. 그가 얼굴을 가까이 들이대며 목소리를 낮춰서 비밀을 털어놓았다. 술내가 짙게 밴 입김이 꽃향기를 흔들었다.

"애들이, 너더러 멜랑콜리래."

내 집중력은 흩뜨려지고 호흡이 불규칙해졌다. 하마터면 주저앉을 뻔했다. 그가 뱉어낸 말들은 그녀에게서 들었으리라. 가지를 붙잡은 손가락에 힘이 들어갔다. 가지가 뚝, 부러졌다. 가라앉는 나를 추스르려 손에 들린 가지로 그의 얼굴을 후려쳤다. 꽃과 향기들이 짓이겨졌다.

그가 야, 너 왜 이래, 하더니 손으로 눈언저리를 만지며 자리를 떴다. 손에 들린 가지는 꽃들이 떨어져 앙상했다. 내가 가지를 발 아래에 버렸다.

내가 허리춤을 풀어 청바지를 무릎까지 내렸다. 팬티도 내렸다. 살이 드러나 꽃과 더불어 하얗게 빛났다. 팬티에 붙은 생리대 접착 부분을 뜯어냈다. 붙잡은 손가락 끝에 내가 느껴진다.

생리혈은 몸이다. 생리대는 나를 머금는다. 내가 떨어져 나가니 내가 가벼워진다. 조금 전 잘려나간 가지 끝 상처에 생리대를 접착시켜 매달았다. 색다른 꽃이 피었다. 새 꽃이 달의 생각이랑 맞닿은 음부와 더불어 노래라도 부르리.

외투 주머니에서 잘 넣어둔 생리대 새 것을 하나 꺼내 팬티에 붙였다. 그리고 옷매무새를 잘 추슬렀다. 가지 끝에 매달린 생리대에서 향기가 났다. 내가 나를 맡았다.

잔디밭에 주저앉으며 생리대가 핀 나무에 등을 기댔다. 하늘에서는 동살이 어두움을 벗겨내려 애쓰는 중이었다. 그렇게 뜬눈으로 밤을 꼬박 새웠다.

여자애들이 내 이름을 부르며 꽃집으로 들어왔다. 세 명이었는데 한 명은 그녀, 둘은 내 동기들이었다. 내가 있는 곳을 그가 가르쳐줬을 것이다. 그들은 나를 찾아내 안녕, 하며 손을 흔들었다.

내가 따라하려다 먼저 꽃들을 보았다. 꽃들은 반응하지 않았다. 그래서 나도 안 웃었다. 그들은 가지 끝에 달린 생리대를 보았다. 모두들 표정이 어두워졌다. 그녀가 날카로운 말투로 너, 왜, 이러니, 했다. 엄마 말투였다.

애들이 강의실 출입문 옆 벽에 붙은 사진 앞에서 웅성거리며 수다를 떨었다. 나는 오후 수업을 팽개치고 숙소로 갔다. 다음 날은 수요일이었다. 강의실은 수강생들로 꽉 차 어수선했다. 다들 MT 때 일로 입방아를 찧었다. 나를 씹는 느낌이 들었다.

그녀와 그가 짝지어 앉았는데 뒷자리는 비어 있었다. 내가 그 빈자리에 앉았다. 내 가방을 양발 사이에 끼운 다음 교재와 필기도구를 꺼냈다. 조그마한 주머니가 달린 주홍색 낡은 필통이 손에 딸려 나왔다. 합성수지로 된 양갱 크기만 한 필통인데 그녀 구두 가까이에 떨어뜨렸다. 지퍼는 열려 있었다.

강의실 앞문이 열리며 여교수가 들어왔다. 50세 안팎쯤으로 보였다. 강의는 통사론인데 학생들이 리포트를 발표하는 식이었다. 내용은 학생들이 읽어온 단편소설에서 홑문장과 겹문장을 열 개씩 추려내는 거로 시작했다.

그 문장들의 짜임새를 명사절, 서술절, 관형절, 부사절로 구분지어 발표한다. 그 뒤 발표문을 제출하는 강의다. 첫 발표자는 굵직한 목소리를 가진 남학생인데 칠판 앞으로 나갔다. 읽은 소설을 말하며 추려낸 문장들을 칠판에 적을 때였다.

내 앞에 앉은 그녀가 오른팔을 의자 밑으로 내려 손으로 발목을 만지는 듯했다. 그리고 몸을 한번 움칫하더니 비명을 지르며 자리에서 후다닥 일어섰다. 그녀가 앉았던 의자가 벌러덩 나자빠지는 바람에 내 책상이랑 나도 뒤로 넘어질 뻔했다.

조용하던 강의실이 그녀의 괴성으로 발칵 뒤집히고 덩달아 다른 수강생들도 호들갑을 떨었다. 그녀가 일어선 채 오른손을 휘저으며 악, 악, 소리를 질렀다. 손끝에는 까만 게 엉켰는데 몸통에 발이 수없이 달렸다. 그녀가 발을 구르며 손을 탈탈 털어도 손가락을 똘똘 휘감은 뭉치는 안 떨어졌다.

그가 자리에서 벌떡 일어나 옆으로 비켜섰다. 그는 그녀를 위해 아무것도 하지 않았다. 앞뒤 출입문 가까이 앉은 애들이 복도로 나가버렸다. 내가 책상에 놓인 책을 집어들었다. 그녀가 새파랗게 질려 있었다. 내가 까만 타래가 맞지 않게 그녀 손등을 책으로 내리쳤다.

망울이 충격을 받았는지 몸을 풀어 길게 늘어뜨리며 손가락에 매달렸다. 그녀가 멈추지 않고 손을 세차게 흔들었다. 기다란 몸체가 손끝에서 떨어져 나갔다. 포물선을 그으며 날더니 어찌할 바 모른 채 서 있는 그에게로 향했다.

그가 피할 틈이 없었다. 날아오는 괴물체를 주먹으로 받아쳤다. 주먹이 빗나가고 검은 몸뚱이는 그의 정수리에 내려앉았다. 내가 그에게로 두어 발짝 다가갔다. 책을 치켜들어 괴물체 덩이를 피해 그의 머리통을 내리쳤다. 그가 비틀거리고 덩어리는 바닥으로 떨어졌다.

“지네다.”

누군가 지른 소리였다. 여자애들이 비명을 터뜨리며 앞을 다투어 강의실 밖으로 빠져나갔다. 실내는 남학생 대여섯과 여학생 서넛이 있었다. 교수도 보이지 않았다. 지네가 강의실 바닥에서 몸을 꿈틀거리며 움직이려 애썼다. 내가 지네를 피해 책을 내리쳤는데 책에 맞았나 보다.

나는 지네를 구하고 싶었으나 선뜻 나서지 못했다. 그가 발로 지네 머리를 밟았다. 나는 기겁을 했다. 그가 책으로 맞은 데가 아픈지 손으로 만졌다. 손가락에 지네의 진액이 손에 묻어나자 그가 또 몸서리쳤다.

그녀의 검지와 중지에 붓기가 보이는데 지네에게 물린 게 맞았다. 그녀가 힘이 풀리는지 강의실 바닥에 맥없이 주저앉았다. 얼굴과 입술은 시퍼렇고 턱을 덜덜 떨었다. 강의실 앞문과 뒷문에는 고개를 들이민 학생들이 여럿 보였다.

모든 일이 일 분 안에 벌어지고 마무리됐다. 여자애들이 그녀에게로 다가갔다. 멍하게 주저앉은 그녀 어깨와 팔다리를 주무르며 위로했다. 교수가 안으로 들어와 그녀에게 병원으로 가자 했다.

내 가방이 의자에 짓뭉개지고 필통은 따로 뒹굴었다. 두 번씩이나 내리쳤던 책 겉면엔 끈적끈적한 액체가 묻어 있었다. 그것을 본 나는 지네에게 미안했다. 내가 가방과 필통을 챙기며 휴대용 티슈를 꺼냈다. 연거푸 뽑아 그에게 건네고 책 표지도 닦았다.

누군가 119를 불렀단다. 내가 가방을 챙겨 복도로 나섰다. 강의실 뒷문을 벗어나면서 문설주 옆 벽을 보았다. 글과 사진이 보였다. 그녀가 나 때문에 사진을 망쳤다고 떠벌이며 붙인 것이다. 나는 숙소로 향했다.

오피스텔은 방이 한 개인데 거실에는 부엌과 욕실이 딸렸으며 베란다도 있었다. 지방이어서 집세가 서울처럼 비싸지 않았다. 나는 집이

서울인데 지방대학에 다녔다. 서울에서 살 때 모두 나더러 '너는 일류 대학교에 가고도 남아'라고 말했다.

나는 초등학교에서 영재반이었다. 5학년 때 종합입시학원에서 중학교 과정 핵심을 다 끝냈으니 그럴 만도 했다. 중학 과정 족집게 과외였다. 초등학교에서는 학교 공부를 안 해도 시험은 언제나 올백이었다. 나는 그것을 즐겼다.

6학년 때는 학원에서 5학년 때까지 배운 중학교 족집게 과정을 복습했다. 중학생들이 보는 시험을 한 달에 두 번씩 치렀다. 중학교에 가서는 고등학교 과정을 배워야 하기 때문이다. 시험 기간은 이틀이지만 시험 준비는 늘 했다. 시험공부를 하는 것이 숨 쉬고 사는 것이었다.

5학년을 마치고 6학년이 되기 전 봄방학 때였다. 매실나무에 꽃망울이 맺힐 때 나는 첫 생리를 치렀는데 쉽게 넘어갔다. 나중에 들었지만 다들 초경은 쉬 지나간다고 했다. 활짝 핀 매화를 보니 괜히 가슴이 저리며 슬펐다. 내가 생리와 꽃을 동일시하는 첫 시절이었다.

생리대는 엄마 걸 얻어 썼다. 며칠 뒤 엄마가 학원에 가서 내 담당 여선생을 만났다. 이튿날 학원에서 여선생이 나를 불렀다. 내게 손바닥만 한 종이 상자를 한 개 주었다. 피임약이라며 매일 한 알씩 아침밥 먹기 전에 꼭꼭 챙겨 먹으라 했다.

생리가 시작되면 공부하는 데 지장이 많다는 것이었다. 약을 먹으면 생리가 멈춘다며 공부해서 일류대학교 가는 데 도움될 거라 했다. 사람에 따라서 초경을 중 이삼 학년 때 하는 애들이 많다며 피임약을 먹는 게 나쁘지 않다고 했다.

내가 약을 받아 늦은 밤에 집으로 갔다. 엄마가 현관문을 열었다. 내가 거실로 들어섰다.

"이런 약, 먹어도 돼?"

"학원 선생, 말, 잘, 들어, 그래야 일류대학교에 간다."

엄마가 방으로 들어가버렸다. 내가 열두 시까지 학원 숙제를 했다. 하품이 나왔다. 종이 상자에서 피임약을 꺼냈다. 알약 21개가 은박 비닐 속에 들어 있었다. 내가 첫날 치를 손가락 끝으로 꾹 눌렀다. 알약이 '꼭, 먹어라' 하며 은박지 밖으로 톡 튀어나왔다. 굵은 콩알 반의 반 쪽만 했다.

내가 약을 주먹에 쥔 채 거실로 나섰다. 캄캄해서 불을 켰다. TV 탁자 옆에 금붕어가 사는 어항이 보였다. 둘레가 엄마의 아름만 해서 금붕어 다섯 마리가 살기에 넉넉했다. 수컷이 두 마리였다. 엄마가 아끼는 금붕어들이었다.

인터넷에 금붕어 수명은 최대 30년으로 올라 있다. 우리 집 금붕어는 일 년 전 치어일 때 사왔다. 엄마가 그 금붕어들을 20년 넘게 키우기로 마음먹었다. 반드시 그렇게 한다며 다른 아줌마들에게 큰소리쳤다. 알을 까서 새끼를 치면 나눠준다고.

어항 속 금붕어들이 잠을 자는지 꼼짝하지 않았다. 내가 손에 들린 알약을 어항 속으로 던졌다. 알약은 퐁, 하는 소리와 함께 동심원을 일으키며 물속으로 들어갔다. 금붕어들이 꼬리를 치며 알약으로 덤벼들었다. 한 마리가 입으로 알약을 덥석 받아먹었다. 하지만 곧바로 뱉어냈다. 내가 속으로 되게 맛없나 보네, 했다. 알약은 어항 바닥으로 가라앉으며 점점 작아졌다.

내가 화장실로 가 오줌을 눴다. 거실로 나와 다시 어항으로 갔다. 알약은 눈에 띄지 않았다. 그날 밤부터 내가 매일 밤 12시에 피임약을 한 알씩 어항에 넣었다. 21일 동안 넣고 7일간은 쉬었다. 8일째 여선생이 종이 상자를 또 줬다.

내가 거기에서 꺼낸 피임약을 어항에 한 개씩 또 넣었다. 나는 약을 안 먹었다. 그래도 달거리는 하는 둥 마는 둥 했다. 생리통도 없었다. 초등학교를 졸업하고 예비 중학생이 되었다. 엄마와 여선생이 나를 보면 "약 잘 먹니"하는 게 인사였다.

그때마다 내가 어항을 떠올리며 실실 웃었다. 내가 여선생에게 앞으로 피임약을 얼마나 더 먹어야 하냐고 물었다. 여선생이 1년이거나 2년이라 했다. 중학교 입학식 하기 전까지였다. 입학할 중학교에서 반 배치 고사를 보았는데 내가 1등을 했다.

입학식을 한 후 첫 중간고사를 준비할 때였다. 내가 골반을 중심으로 허리와 아랫배가 견디기 어려울 만큼 아팠다. 머리가 묵직하며 상쾌하지 않았다.

그런지 이틀인가 지난 뒤 교실이었다. 내 사타구니에서 뭔가가 꿈틀거리는 느낌이 들었다. 꼭, 발이 많은 벌레가 몸 안에서 기어다는 것 같았다. 내가 핸드폰을 챙겨 들고 화장실로 갔다. 좌변기에 앉자마자 검붉은 기다란 뭔가가 슬슬 기어나왔다.

몸엣것이었다. 그건 살아 움직였다. 발들이 수없이 달린, 그래서 몸에 자극적인 발자취를 남기는 생명체였다. 내가 휴대폰으로 교실에 있는 짝꿍에게 톡을 날렸다. 짝꿍이 티슈 한 통과 생리대를 가져다주었다. 생리대 포장지에 활짝 핀 벚꽃들이 새겨져 있었다. 내가 벚꽃을 바라보며 티슈로 생명체를 닦았다.

내가 화장실에서 나와 복도에 서서 창밖을 내다보았다. 운동장 둘레에는 진짜 벚꽃들이 흐드러지게 피어 있었다. 그때 비로소 나무와 꽃의 관계에 대해 이해가 됐다. 꽃이 져야만 열매를 맺다니, 꽃과 생리가 같다는 걸 느꼈다. 그동안 아름답다 여기던 꽃의 모습이 슬프게 다가왔다.

점심때 짝꿍이 불그스름한 진통제를 한 개 줘서 내가 먹었다. 생리통이 가시기는 했으나 몸이 무거웠다. 소화가 안 될 때처럼 속이 답답했다. 짜증이 나고 공부가 싫어졌다. 달거리는 일주일이나 갔다. 학교에서 중간고사를 봤는데 10등 밖으로 밀려났다. 틀린 문제는 다섯 개였다. 자존심이 상했다. 나보다 성적이 앞선 애들은 피임약을 안 빠뜨리고 잘 먹나? 라는 생각이 들었다.

그즈음 나는 학원에서 고등학교 과정을 공부했다. 학원에서 여선생과 함께 중간고사에서 틀린 문제를 풀었다. 다 아는 문제라는 걸 확인했다. 여선생이 이런 걸 틀렸다며 화를 냈다. 몇 년을 봐왔지만, 그토록 화가 난 건 처음이었다. 뺨을 때릴 듯 무서웠다. 나중에 여선생이 피임약을 1통 건넸다.

"잘 먹는 거야? 빼먹지 않고?"

내가 금붕어를 떠올렸다.

"이런 식으로 가면, 중3 겨울까지 먹어야 해, 정신차려."

"학원에서 생리도 이러고저러고 해요?"

"멍청한 것, 그걸, 이제야 알다니."

갑자기 나는 학원에 다니기 싫었다. 하지만 나는 일류대학교에 꼭 가야 했다. 학원에 다니지 않으면 불가능했다. 성적도 중요하지만 여러 애들 앞에서 등수가 떨어진다는 건 내 자존심이 허락하지 않았다. 학원은 다녀야 했다. 그러나 여선생은 꼴 보기 싫었다. 다른 학원으로 옮겨야겠다는 생각이 들었다. 중학생에게 고등학생 과정을 가르치는 학원은 얼마든지 있다.

그날 밤 11시쯤 집안 거실이었다. 엄마가 어항 물갈이를 했다. 내가 훌쩍거리면서 엄마에게 학원을 바꿔달라 했다. 엄마가 내 왼뺨을 때렸다. 얼굴이 얼얼했다. 내가 놀라 울음을 멈추며 엄마를 노려보았다. 엄마가 나를 째려보더니 오른뺨을 또 때렸다.

"뻔뻔해, 그런 문제를 틀려, 창피한 줄 모르다니."

내가 틀린 문제를 엄마가 어떻게 알지. 내 눈시울에 맺혔던 눈물이 양쪽 뺨의 얼얼해진 열기 때문에 바로 말랐다. 엄마가 방으로 들어가며 중얼거렸다.

"금붕어가 알 깔 때 됐는데."

방문 닫는 소리가 났다. 나도 내 방으로 들어갔다. 12시가 되기를 기다렸다. 달거리가 두렵고 시험이 무서웠다. 나도 내가 1등인 게 좋았다. 일류대학교에 가야 했다. 그래야만 세상에서 내가 주인공이니까.

피임약은 먹기 싫었다. 12시가 되었다. 내가 알약 한 개를 손에 쥐었다. 거실로 나가 어항에 넣었다. 화장실로 가 오줌을 쌌다. 화장실을 나와 방으로 가던 중 다시 금붕어들을 살폈다. 어항 속 알약이 보이지 않았다. 방으로 들어가 침대에 누웠으나 잠이 안 왔다.

대학, 학원, 시험, 1등, 생리, 금붕어, 어항, 엄마 들이 머릿속을 헤집었다. 죽어버릴까, 라는 생각이 들었다. 엄마가 전혀 슬퍼할 것 같지 않았다. 끙끙거리다가 잠들었다.

일요일이었다. 아침에 눈을 뜨니 몸이 안 좋았다. 주먹만 한 젖가슴이 팽창하는 듯 단단하면서 아팠다. 몸이 무겁고 어디론가 가라앉는 기분이었다. 젖꼭지가 부푼 듯했다. 곧 달거리가 시작될 거였다. 공부하려는 마음은 있으나 몸이 말을 듣지 않았다.

생리대가 있어야 했다. 엄마 모르게 사야 했다. 엄마를 아는 누군가가 보면 안 될 일이었다. 새 필통도 사야 했다. 혹시 엄마가 보더라도 필통을 샀다고 둘러댈 참이었다.

집 가까운 곳에 있는 대형 할인마트로 걸어갔다. 발걸음을 뗄 때마다 골반 속이 저리며 따끔거렸다. 생리통이라는 느낌이 들었는데 6학년 때와는 달랐다.

할인마트 안은 사람들로 붐볐다. 여성용품 진열대 앞에 섰다. 무슨 생리대가 그토록 많은지, 여성들 생식기는 다 한 가지 아닌가, 저것들처럼 다양한가.

친구가 화장실로 갖다준 꽃무늬로 골랐다. 30개들이 한 통을 샀다. 문구 코너에도 들렀다. 주홍색 필통이 보이는데 양갱만 했다. 재질은 합성수지인데 겉에 조그마한 주머니가 달렸다. 내가 그걸 집어들었다.

문구 진열대 옆에 애완동물 판매 코너가 보였다. 아이쇼핑을 하기로 했다. 진열된 것 중 가장 큰 게 코알라였다. 손톱보다 작은 열대어도 있었다. 전갈이랑 지네도 보였다.

지네? 내가 지네 앞에서 걸음을 멈췄다. 기다란 몸통 양옆에 셀 수 없이 달린 발들에 마음이 끌렸다. 내 하복부나 음부에 저런 발들이 달린 뭔가가 사는 게 맞았다. 그렇다면 지네였다.

내 안에 사는 지네가 여기에도 있다니, 팔려고 내놓은 지네가 불쌍했다. 안아주고 싶었다. 젖을 물려주고 싶었다. 그러자 내 몸 안 골반 쪽 깊은 어딘가에 웅크린 지네가 반응했다. 강렬한 느낌이 뒤따랐다. 쾌감이었다. 처음 맛보는 것이었다. 내가 다리에 힘이 풀려 휘청거렸다. 이마에 식은땀이 흘렀다.

내가 지네 집 한 채와 지네 한 마리를 샀다. 굵기는 내 손가락만 한데 길이는 가운데 손가락보다 길었다. 지네 집은 투명한 직사각 플라스틱 통이었다. 네 면 윗부분에는 동전만 한 공기구멍들이 뚫렸는데 알루미늄으로 된 모기장으로 막혀 있었다. 뚜껑 네 면에 달린 날개를 접으면 몸통 고리에 걸렸다. 판매하는 아줌마가 명함을 한 장 주는데 블로그 ID가 인쇄돼 있었다.

내 방이었다. 내가 지네 집을 책상에 올려놓은 뒤 블로그에 접속했다. 애완동물들에 관한 많은 사항이 기록돼 있었다. 내가 지네 아이콘을 눌렀다. 지네는 절지동물로 야행성 육식성이며 습기를 좋아했다.

나는 지네를 손으로 잡아보고 싶었다. 난생처음 하는 모험이었다. 책상 앞에 서서 뚜껑 잠금장치를 풀어 지네 집을 열었다. 안에서 곰팡이 냄새가 났다. 바닥은 습기가 많으나 물에 젖은 건 아니었다. 자잘한 썩은 나무가 두툼하게 깔려 있었다. 나무들 틈으로 다 썩어가는 낙엽이 보였다.

지네가 동작을 멈춘 채 촉수만 이리저리 움직였다. 내가 손을 넣어 지네에게 다가갔다. 지네가 촉수로 뭔가 감을 잡았는지 내 손가락 쪽으로 머리를 들어올렸다. 머리끝 주둥이 양쪽에 달린 갈고리 두 개를 크게 벌렸다. 몸통에 달린 발들보다 두껍고 긴데 포물선처럼 휘어 있었다. 독이빨이었다.

블로그에는 손으로 지네 붙잡는 방법이 보였다. 독이빨에 물릴 경우까지 나와 있었다. 지네 독은 맹독이 아니어서 물리면 조금 붓기만 한다. 이삼 일 지나면 저절로 낫는다. 체질에 따라 많이 아플 수 있는데 그럴 때는 오줌을 바르라 했다. 소변의 암모니아가 산성인 지네 독을 중화시켜 주었다. 지네 독이 우울증 치료제라는 말도 있었다. 우울증이라니.

내가 오른손 엄지와 검지로 지네 두 눈 옆을 슬그머니 붙잡았다. 지네가 독이빨을 쩍 벌리며 온몸을 틀어 내 손가락들을 휘감았다. 독이빨을 손가락 쪽으로 돌릴 수 없어 물지 못했다.

지네는 귀여웠다. 수많은 발이 손가락 안팎에 닿으며 발버둥쳤다. 내 살갗은 자극받았다. 간지럽고 따가웠다. 가운데 손가락 끝마디 피부가 벗겨지는 듯하더니 그 순간 머리끝에 감전되는 충격이 있었다.

정신이 멍했다. 손가락 끝이 자극받는데 머릿속에서 강렬한 충동을 느끼다니. 그뿐 아니었다. 강한 전류는 뒤통수를 지나 척추를 타고 흘렀다. 등을 지나 골반으로 가서는 사타구니 속으로 파고들었다. 내 몸

어딘가 깊은 곳으로 흡수되었다.

마트에서 지네를 살 때 반응했던 내 몸속 특별한 곳에 머무는 지네를 찾아가는 것이었다. 내 다리에 힘이 풀렸다. 내가 무서워서 지네를 상자 안으로 던졌다. 뚜껑을 닫고 침대에 힘없이 앉았다. 두피가 화끈거렸다. 온몸에 진땀이 맺혔다.

마음은 상쾌해지고 몸은 가벼웠다. 정신이 맑아지며 기분이 좋았다. 몸을 옥죄던 생리통 징후들이 서서히 멀어지는 느낌이었다. 하지만 내 몸은 뭔가를 더 바라는 게 분명했다. 나도 잘 모르는 강렬한 끌림이었다. 우울증 치료제라니.

블로그에는 금붕어 아이콘도 보였다. 암컷 금붕어는 세 살쯤부터 알을 낳는다. 수컷이 알에 정액을 내뿜으면 새끼들이 태어난다. 산란기에는 알을 배고 정액을 배출하느라 예쁜 금붕어들이 꿰제재해진다.

여기에서 나는 꿰제재가 무슨 말인가 궁금했다. 나중에 꾀죄죄를 잘못 쓴 거로 이해했다. 금붕어가 꾀죄죄해지는 게 싫으면 어항에 피임약을 넣어주란다.

내가 피임약이란 단어를 읽자마자 눈을 크게 떴다. 피임약이 녹아든 물을 먹은 붕어 암컷은 알을 배지 않는다. 그러면 금붕어는 예쁜 모습을 지속해서 간직한다.

더 신기한 건 금붕어가 피임약 물을 육칠 년쯤 계속 마시면 수컷이 암컷으로 바뀐다, 고 쓰여 있었다. 내가 입이 찢어지게 웃었다. 엄마 얼굴이 떠올랐다.

밤 12시였다. 내가 어항에 피임약을 넣었다. 화장실로 들어가 소변을 보는데 아랫배와 골반이 당기며 아팠다. 생리통이었다. 아침에는 느낌 정도였는데 말이다. 방에 들어가면서 문을 잘 잠갔다. 전등을 끄고 스탠드를 켰다. 책상은 밝았고 침대는 희미했다.

내가 책상에 있던 지네 집을 침대 옆으로 내려놓았다. 뚜껑을 열어 오른손 엄지와 검지로 지네 머리를 잡았다. 내가 내 몸을 이기지 못했다. 몸이 하는 대로 따랐다. 지네를 오른손에 들고 침대에 누웠다.

지네한테 손가락보다 허벅지가 더 강렬하게 반응할 것 같았다. 내가 왼손으로 잠옷 바지와 팬티를 벗었다. 오른손을 허벅지 살에 슬며시 대 보았다. 녀석은 손가락을 칭칭 감을 뿐 허벅지에 관심이 없었다.

내가 왼손으로 녀석의 꼬리를 잡아 늘어뜨렸다. 녀석은 왼손과 오른손 사이에서 반듯이 펴졌다. 헤아릴 수 없이 많은 발을 내저으며 허공을 긁었다. 그 발들을 내 허벅지에 대자마자 하마터면 비명을 지를 뻔했다. 쾌감이었다.

하지만 쾌감은 몸속 어딘가 깊은 곳으로 파고들지 못했다. 몸이 지네가 더 깊은 곳으로 들어오길 바랐다. 몸에는 환희를 집어삼키는 구멍이 있었다. 블랙홀이었다. 그곳이 느낌으로 내게 다가왔다. 스스로 왔다.

코브라에게 유두를 내준 여자의 그림을 보았다. 여왕이 뱀에게 젖꼭지를 물렸을까. 아팠을까. 나는 지네에게 살을 내주고 싶었다. 지네 독이빨을 클리토리스에 댔다. 내가 미리 혀를 깨물었다. 독이빨이 피임약만 한 살점을 물었다. 눈물이 핑 돌았다. 물릴 때만 따끔했지 곧 먹먹했다. 주사 맞을 때와 비슷했다.

지네는 몇 초 만에 스스로 이빨을 빼냈다. 내가 몸이 나른해지며 쉬고 싶었다. 더는 아프지 않았다. 클레오파트라가 자살했다고 말하는 건 단순한 엔딩이 아닐까. 여왕이 자신의 생을 뱀독으로 자위하지 않았을까. 그때 그녀도 무척 우울했으리라.

내가 지네를 집에 넣고 뚜껑을 덮은 뒤 잠갔다. 물린 곳이 먹먹하면서 쓰렸다. 쏙쏙 쑤시기까지 했다. 그로 인해 클리토리스는 지속해서 자극을 받았다. 기분이 좋았다. 눈앞에서 여왕 모습이 사라지지 않았다.

지네 독이 우울증 치료제 원료라고? 내 몸이 가벼워지고 있었다. 생리가 준 아랫배와 골반 통증이 조금 가셨다. 머리가 맑아지며 기분이 좋아지는 중이었다. 내가 손가락으로 만져보았다. 여왕도 유두가 클~인데.

내 클~이 콩알만 하게 부풀어 있었다. 욱신거리며 아프지 않은 통증이 함께했다. 흡수된 지네의 독침이 물린 데를 잘근잘근 짓이겼다. 그 아픔이 생리통을 밀어냈다. 상처가 화끈거렸다. 그 열기가 몸속으로 스며들었다. 알 수 없는 어딘가 깊은 곳을 헤집었다. 전신이 식은땀으로 촉촉해졌다. 몸이 기분 좋게 아팠다. 내가 이불을 뒤집어썼다.

이튿날 아침이었다. 잠자리에서 일어나는데 클리토리스가 욱신거리며 꼭꼭 쑤셨다. 손으로 만져보니 콩알만큼 부어 있었다. 먹먹했으나 기분은 상쾌했다. 내가 일어나 거실로 나갔다. 걷는데 사타구니가 당기며 아팠다. 팔자걸음으로 어항에 다가가 금붕어들을 살폈다. 엄마가 거실로 나와 어항 앞에 섰다.

"왜, 알을 안 까지."

내가 어기적거리며 화장실로 들어가 문을 세게 닫았다. 꽝, 하는 소리에 금붕어가 놀랐을 거다.

내가 지네를 두 마리나 더 샀다. 지네 집은 내 침대 밑에 넣어두었다. 먹이를 줘야 했다. 블로그에는 지네 먹이로 곤충이나 벌레가 가장 좋은데 고기를 잘게 썰어줘도 된다고 했다. 내가 마련하기 곤란한 것들이었다.

내가 팬티에서 떼어낸 생리대를 지네 집에 넣어주었다. 나를 흠뻑 빨아들여 무게가 나가는 것들이었다. 한번 생리하는 동안 20개 남짓 나오는 것들을 지네들이 다 먹었다. 지네 세 마리가 나를 먹었다. 나중에는 내가 지네들이 먹고 남은 쓰레기를 치웠다.

나는 생리통이 시작할 때마다 세 마리의 독이빨을 통해 내 몸을 되돌려 받았다. 저울로 잴 수 없는 환희와 함께 말이다. 그러면 생리통이 사라지고 몸은 가벼웠으며 머리는 맑았다. 지네들은 썩은 나를 먹음으로써 자신을 되돌려 받은 것이다. 지네들은 잘 자랐다. 기다랗고 통통하며 겉에는 기름기가 잘잘 흘렀다.

나는 공부가 잘 됐다. 내 집중력이 되살아났다. 학교와 학원에서 다시 1등 하기 시작했다. 나는 중2 여름방학 때 고교 과정을 모두 마쳤다. 여선생은 내 피임약 떨어진 날을 잘 알았다.

"약발이 좋구나."

나는 어항 속 금붕어가 떠올랐다. 약을 받으며 생글거렸다.

"그 약, 고등학교 때도 주세요."

우리가 마주 보며 시시덕거렸다. 엄마에게만 내 웃음을 보여주지 않았다.

"중딩이 고딩 시험에서 1등이라니, 졸라 좋다."

엄마가 그런 말을 할 때만 나를 보고 웃었다. 내가 엄마를 외면했다. 여선생이 피임약을 내가 중학교를 졸업하는 날까지 줬다. 그 뒤로 나는 피임약을 약국에서 샀다. 금붕어 어항에 21일 동안 넣고 또 사고 또 넣고 하기를 멈추지 않았다.

내가 고등학교에 들어간 후 교실에서는 주로 잠을 잤다. 저녁나절에 학원으로 갔고 자정까지 수능시험을 준비했다. 학교 공부는 하지 않았다. 성적은 늘 만점이었다. 학교 선생들은 너나없이 나를 볼 때마다 추켜세웠다.

"수능, 만점, 오케이?"

학교나 학원이나 집에서는 오직 수능 만점짜리를 탄생시키는 프로젝트에 매달린 듯했다. 학원에서는 '우리 학원에서 수능 만점자가 나왔다'고 플래카드를 어떻게 걸지를 고민했다. 여선생은 신문과 TV에 광고를 어떻게 내보내야 하지, 하며 설레발 깠다. 엄마는 아는 모든 사람에게 떠벌였다.

"내 집에서 '수능 만점'이 나와."

'내 딸'이 아니었다. 엄마가 말한 '내 집'에서 학원 냄새가 났다. 내가 대입 수능시험을 치르는 날이었다. 다 아는 문제들이 나왔다. 수월하게 문제를 풀어가는데 여선생과 엄마가 떠올랐다.

나는 다섯 개를 골라 일부러 틀렸다. 쉬운 거로 딱 다섯 문제였다. 결과는 최고 점수가 아닌 일류대학 커트라인에 해당하는 점수가 나왔다. 내가 노린 대로였다.

학원과 집에서는 난리가 났다. 여선생이 울면서 발을 동동 굴렀고 엄마가 동네 창피하다며 울부짖었다. 나는 일류대학교 수시 2차에 응시했다. 면접시험에서 면접관이 묻는 말에 엉뚱한 대답만 했다. 떨어졌다. 정시에 2류대학에 응시했다. 수능점수는 충분했다. 논술시험을 보았다. 많이 다루어온 지문이 나왔고 식은 죽 먹기였다. 답란에 '졸라 재밌당'이라 썼다. 당연히 떨어졌다.

여선생이 학원에서 잘렸다. 엄마가 두문불출하더니 얼굴이 누렇게 떴다. 창피하다며 바깥출입을 안 하더니 나중엔 앰뷸런스에 실려갔다.

나는 재수하는 동안 방안에만 있다시피 했다. 지네가 있어서 생리 때는 오히려 즐거웠다. 그런데 엄마한테 지네를 들킬 것 같은 불안감이 들었다. 엄마가 지네를 해친다는 생각이 들었을 때, 나는 '죽여버릴 거야' 했다. 그런 일이 생기기 전에 집을 떠나기로 했다.

내가 재수를 한 해에 치른 수능시험은 일부러 지방대학에서 장학생이 될 만큼만 문제를 맞혔다. 바라는 만큼 점수가 나왔다. 수시 1차 때 지방대학에 응시하고 합격했다.

전국 대학 서열로 치면 3류대학 수준이었다. 내가 입학식 전에 오피스텔을 얻어 이사했다. 짐을 옮길 때 지네 집을 가져와 이사한 숙소 침대 밑에 두었다. 서울 집 거실에 있는 붕어는 그때까지 알을 못 낳았다.

숙소에서 학교는 가까워 내가 걸어다녔다. 내 동기들 전체에서 내 수능 성적이 가장 높았다. 내가 1년치 납부금을 다 면제받았다. 강의실에서 잘난 체하는 애를 볼 때마다 '수능 성적도 안 좋은 게'하며 속으로 비웃었다.

강의실에서 그가 지네를 밟아 죽일 때는 가슴이 철렁했다. 하지만 내가 내색하지 않았다. 그녀를 골탕 먹인 일이 더 컸으니까 말이다. 다음 날이었다. 강의실에 들어서서 내가 그를 찾았다. 그가 뒤쪽에 앉았는데 옆자리가 비어 있었다. 내가 그 자리에 앉았다. 그가 나를 보며 씩 웃었다. 나도 마주 웃어 보였다. 그를 좋아하는 건 아니지만 웃으니까 내 마음이 솔깃해졌다.

그녀가 강의실 앞문으로 들어왔다. 내가 그녀보다 예뻤다. 자신이 있었다. 그녀가 나를 발견하고서 얼굴이 새파래졌다. 그때부터 내 목표는 그를 차지하는 것이었다. 그녀가 앞쪽 빈자리에 앉았다. 내가 그에게 다정하게 대하며 방실거렸다. 그가 핸드폰을 꺼내더니 전화를 받았다. 전화를 끊더니 말했다.

"편집부에서 7조 사진, 지금 빨리, 다시 찍으라는데."

과학생회는 봄학기에 두 번, 가을학기에 두 번 학과 잡지를 만들었다. 4월호에 MT 때 조별로 찍은 사진을 다 올리는데 7조 사진이 안 좋아 다시 찍으라는 말이었다. 그가 나 때문에 사진 버렸다는 말은 하지 않았다. 조장인 그녀를 바라보며 빨리 찍자고 했다. 과 애들이 다들 그녀 눈치를 보았다.

내가 자리에서 일어나며 동기생 조원들에게 나가자는 손짓을 했다. 그의 손도 잡아끌었다. 그가 가방에서 카메라를 꺼내들더니 나를 따르며 뒷사람들에게 빨리 나오라고 소리쳤다. 우리가 강의실 건물 앞 잔디밭에 모였다. 나무가 푸른데 가지에 꽃이 없었다. 그녀가 나오지 않았다.

내가 깔깔거리며 웃었다. 그가 카메라 초점을 맞추며 셔터를 눌렀다. 연거푸 세 방 찍었다. 그가 명작이 나올 거라 했다. 내가 그를 따라 조원 애들과 함께 학과 편집실로 갔다. 그가 카메라에서 메모리칩을 빼내 PC에 연결하니 모니터에 사진이 떴다. 그가 사진을 보며 좋다고 연거푸 소리를 질렀다. 나랑 사진을 함께 보던 다른 애들은 입을 다물었다. 내가 모니터를 보자마자 웃음을 터뜨렸다.

화면에는 내가 중심이었다. 오른편에 여자애들 네 명이, 왼편에 남자애들 네 명이 서 있었다. 그녀는 없고 다들 굳은 얼굴과 긴장된 모습이었다. 가운데 선 나만 두 손을 들어 V 자를 두 개 그리며 호탕하게 웃었다. 활짝 핀 꽃이었다.

내가 편집부 선배들에게 이 사진 좋죠, 그죠, 했다. 남자 선배 셋이 고개를 끄덕였다. 내가 예쁘니까 그럴 수밖에 없을 거다. 여자 선배 둘이 대답 대신 편집실 밖으로 나갔다. 그가 남자 편집부원들에게 이 사진으로 하자고 했다. 남자 선배들이 마지못해 그러자, 했다.

내가 사진을 한 장 뽑아달라 했다. 화면에 뜬 사진은 잉크젯 프린터를 통과해 컬러로 출력됐다. 선명했다. 내가 그 사진과 스카치테이프를 든 채 강의실로 향했다. 뒷문 앞에 서서 전에 찍은 사진을 뜯어낸 뒤 새 사진을 붙였다.

사진 속 나는 꽃이었다. 꽃. 무표정한 여덟 명 때문에 더욱 쾌활해 보였다. 내가 매직펜으로 벽에 붙은 글에서 두 글자를 지웠다. 문구는 바뀌었다.

'● 쪼개면 ● 이쁘다 ^^'

내가 강의실로 들어갔다. 자리에 가 앉는데 내 백을 누군가 뒤진 것 같았다. 안에 든 물건들이 내가 해놓은 것과 달랐다. 그가 내 옆에 와 앉았다. 내가 더 예쁘니까. 내가 가방을 보며 낄낄거렸다. 그가 덩달아 폭소를 터뜨렸다.

그가 좋거나 귀여운 건 아니다. 꽃무덤에서 했던 말 '내가 많이 웃기거든'을 망가뜨릴 내 꿍꿍이다. 이제부턴 그를 우울의 늪에 빠뜨리려는 거다. 그의 얼굴에서 웃음을 뭉개버릴 속셈이다. □

사랑은 나노입자

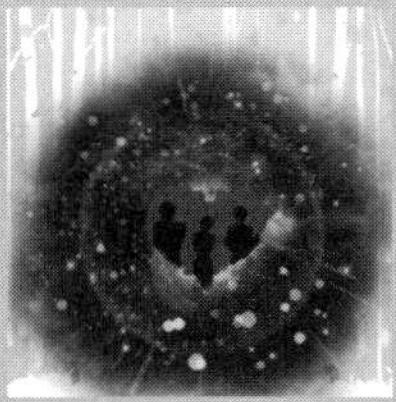

사랑은 나노입자

방문은 누군가 얼굴을 들이밀 만큼 늘 열려 있었다. 내가 문에 손가락을 대자 소리 없이 안으로 밀렸다. 방에는 침대가 두 개였다. 오른쪽 침대는 '식도' 녀석이 큰 대 자로 누웠다. 일식집에서 알바하는데 주인에게서 초밥과 회덮밥 만드는 걸 배웠다. 파란 홑이불을 배에 덮었다. 왼쪽 침대는 로스쿨에 다니는 '사시' 놈이 식도를 향해 모로 누웠다. 분홍색 얇은 이불이 발끝에 몰렸다. 이불들은 내가 골랐다.

내가 방으로 들어섰다. 전에 살던 고시원 방보다 네 배쯤 넓었다. 방문 정면에 블라인드가 달린 창이 있다. 창 크기가 4인용 식탁만 했다. 창문에는 길 건너 맞은편 상가 창들과 간판들이 빽빽하게 들어차 있다. 일층은 옷집들과 화장품 판매점들이 많았다. 편의점이나 통닭집도 보였다. 이삼층은 줄줄이 뭔가를 파는 곳들이었다. 사층인가 오층에는 키스방도 보였다.

내가 창문을 열며 밖으로 고개를 내밀었다. 우리가 세 든 곳은 7층짜리 오피스텔이다. 투룸들로 채워진 건물인데 우리 집은 510호였다. 밑을 내려다보자 아찔했다. 내가 고개를 들었다. 마주한 길 건너 유리창들 안쪽은 어떨까. 어느 하나는 이 방처럼 남자가 둘일까, 아닐까. 내가 창을 등지며 거실을 향해 돌아섰다.

식도의 황토색 사각 팬티 앞은 피라미드처럼 뾰쪽했다. 내 체취를 느끼기만 해도 선다는 녀석이었다. 피부색은 황색이고 팔다리에 바투 난 털들도 검었다.

사시의 살은 어떤지 궁금했다. 하늘색 바탕에 뭉게구름이 그려진 팬티를 입었다. 앞이 밋밋했다. 하긴, 내가 흥분해야 따라하는 놈이니깐. 피부는 하얀 편이고 팔다리에는 털들이 성기게 났다. 털은 빛이 닿는 각도에 따라 검거나 투명한 갈색이기도 했다. 갈색일 때가 나는 더 좋았다.

살갗과 털을 쓰다듬어볼까 하는데 등 뒤에서 배고프겠다, 는 말이 들렸다. 고개를 돌리자 식도가 누운 채 미소 지으며 나에게 눈길을 주었다.

내가 식도에게 몸을 돌린 다음 손을 내밀었다. 식도가 손을 맞잡으며 침대에서 일어나더니 입맞춤을 해왔다. 입술에 입술이 닿자 나는 눈을 크게 떴다. 으레 키스해오는 쪽은 식도이고 기습당해 놀란 듯 내 눈은 똥그래졌다.

그때마다 내가 식도 눈을 보았다. 식도가 눈을 지그시 감는데 길거나 짧지 않은 속눈썹들이 가늘게 떨렸다. 식도는 언제나 그랬다. 감긴 눈꺼풀 탓에 내가 홍채를 못 봤다. 보나마나 눈 떴을 때와 같은 검정에 가까운 진갈색일 것이다. 식도 입에서 니코틴 내가 조금 풍겼다. 고약하지 않으며 과자 냄새처럼 구수했다. 식도가 왼손으로 봉긋한 내 젖가슴을 더듬더니 먼저 입술을 뗐다. 내 머리끝이 쭈뼛거렸다. 식도가 윙크하며 급해, 하더니 담뱃불을 붙인 후 거실로 나갔다. 화장실 문 여닫는 소리가 들렸다.

내가 모로 누운 사시 어깻죽지를 잡아 흔들었다. 오전에 우리는 서둘러 나름 갈 곳으로 나서야 했다. 사시는 학교나 도서관으로, 식도는 일식집으로, 나도 학교 연구실로 향했다. 가장 바쁜 사람은 사시였다. 수강 시간에 늦으면 안 되었다. 그런데도 셋 중 아주 늦게 언제나 깨워야 일어났다.

내가 아까 식도와 맞잡던 손바닥으로 사시 엉덩이를 일어나, 일어나, 하며 세 차례 때렸다. 아팠을까, 사시가 몸을 뒤척이더니 눈을 비비며 몸을 내게로 돌렸다. 나는 사시의 상체를 일으키며 양 어깨를 붙잡았다. 잠이 덜 깼는지 어설프게 뜬 눈은 초점이 없었다. 내가 놈 옆에 걸터앉았다.

사시의 홍채는 푸르다. 그런데 꼭 그때만 붉은 기운이 슬쩍 엿보이기도 했다. 푸름과 붉음이 혼합을 이루다가 분리되는 느낌을 주었다. 그걸 포착하는 건 찰나였다. 내가 연구하는 '나노입자와 단백질이 결합하여 만들어내는 빛들의 다양성'과 연관되었다. 그 붉은 빛은 사랑을 느낄 때 가슴에서 일으키는 파장과 연결되리라. 그렇게 내가 느끼고 싶었다. 훨씬 감동적이니깐.

침대 매트가 푹신했다. 내가 사시 양 어깨를 붙잡으며 잠이 덜 깬 눈을 들여다봤다. 사시는 그냥 눈을 반쯤 뜨고 있었다. 홍채가 보이는데 푸르스름했다. 다른 뭔가를 감춘 푸름이었다. 내가 살포시 내 입술을 사시 입에 포갰다. 길게 해야 했다. 아주 길게. 사시가 숨을 들이마실 때 내가 날숨을 사시가 내쉴 때 내가 들숨을 했다. 조심스럽게 부드럽게 이끌면서 주고받았다.

내가 눈을 크게 뜨고 사시는 반쯤 감았다. 숨이 가빠지자 내가 슬며시 입술을 뗐다. 사시 눈꺼풀이 올라가면서 푸른 홍채가 팽창했다. 내가 동작을 멈췄다. 코끝이 코끝에 살짝 닿았다. 사시 홍채에서 빨간 기운이 반짝이기를 기대하면서.

둘이서 몸을 비빌 때 그쯤이 상대를 잘 느낄 때다. 진도가 더 나가면 몸의 열망이 '너'가 아닌 '나'를 탐닉하려 든다. 오르가슴일 때는 엑스터시로 인해 너와 나를 아예 인식하지 못한다. '자신'조차도 놔버리는데 어떻게 '그대'를 알아보겠는가.

내가 코끝 여운을 남긴 채 사시 눈을 주시했다. 예상대로 사시는 동공을 좁히며 조리개를 확장시켜 나갔다. 시선으로 나를 놓지 않으려는 듯. 아쉬워하며 나를 간절히 원하는 순간이었다.

내가 눈을 크게 뜬 채 깜박이지 않으려 눈꺼풀에 안간힘을 썼다. 그때 파랗기만 하던 사시의 홍채에 붉은 빛이 반짝 빛나더니 사라졌다. 찰나였다. 나만 보았다. 본인도 알지 못하는 눈빛의 혼합이었다.

그로 인해 '나노입자와 단백질이 결합하여 만들어내는 빛들의 다양성' 연구에도 좋은 진척이 있으리라는 예감이 들었다. 내 코를 사시 코에다 연거푸 서너 번 비볐다. 덩달아 입술이 닿기도 했다. 내가 붙잡은 양 어깨를 놓았다. 침대에서 일어나 몸을 방문 쪽으로 향하자 식도가 문설주에 기댄 채 빙그레 웃었다.

식도가 집 계약자였다. 구하는 건 내가 했다. 투룸으로 이사한 날은 토요일이었다. 거실에는 중고가구센터에서 배달한 3인용 소파와 탁자가 정돈돼 있었다. 탁자가 식탁은 아니나 밥과 반찬을 올려놓고 끼니를 때우거나 소파에 앉아 맥주도 폼나게 홀짝거릴 만했다. TV나 오디오는 안 샀다.

내 방에 1인용 침대를 들였다. 식도 방에도 1인용 침대가 하나였다. 남자 둘이 함께 쓸 방인데도 말이다. 내가 식도에게 말해 이튿날 그 방에 사시가 쓸 침대 하나를 더 들였다.

화장실이 맘에 들었다. 집안에서 샤워한다는 건 좋다. 보일러를 틀고 샤워를 했다. 마음대로 쓸 화장실이라니, 꿈속 공간이었다.

고시원은 공동 화장실인데 바로 옆 칸에 공동 세탁실 겸 샤워실이 따로 있다. 방은 혼자 쓰는데 길쭉했다. 내가 두 팔을 뻗으면 양 손바닥에 벽이 닿았다. 누우면 머리맡은 책상 의자 발치에 닿고 발바닥은 출입문 틈으로 들어온 바깥 공기를 느꼈다. 음식은 방바닥에 놓은 채 앉아 먹었다.

절인가 교회인가에 가면 죽음체험 코스가 있다. 체험자가 수의를 입고 나무 널 안에 드러눕는다. 스스로 주검이 돼보는 것이다. 사람들은 거기서 뭘 느낄까. 차라리 고시원 방에서 불 끄고 누워 자신이 주검이라는 걸 견뎌보는 게 낫지 않을까.

이삿짐 정리를 다 마치자 배가 고프나 버텼다. 오전에 식도가 내게 전화를 걸었다. 이사하느라 힘든데 청소는 자신이 한다며 나더러 손가락 하나 까딱하지 마, 했다. 초밥 가져갈 테니 배 터져 죽을 각오하라며 떠들었다.

그 말을 듣고 나는 저녁을 걸렀다. 자정쯤 식도가 쇼핑백을 흔들며 등장했다. 들어서자마자 거실 소파에 앉아 비닐봉지에 담아온 도시락을 탁자에 펼쳤다. 초밥과 회, 멍게 해삼 들이었다. 내가 먹고 싶은 음식이었다.

나도 일식집에서 일했다. 방이 다섯 개였다. 방마다 서빙하는 여자들이 정해져 있었다. 그녀들은 삼사십대로 보였다. 손님들은 주로 방을 찾았다. 홀에는 테이블이 네 개 있었다. 홀 테이블에도 손님들이 끊이지 않았다. 나는 홀 서빙 담당이었다.

오후 5시부터 밤 11시까지 나는 하루에 여섯 시간 일했다. 급료는 최저임금인데 팁이 쏠쏠했다. 다른 일자리에서 생기지 않는 돈이다. 한 달에 25일 일하면 월급이나 팁이나 엇비슷했다. 내가 생활비로 쓰고 남아 저축도 했다. 낮에는 연구실에 머물렀다. 지도교수가 유전자공학 박사과정에 있는 연구생들 예닐곱이랑 꾸려가는 곳이다.

21세기 초기는 나노시대다. 나는 '나노입자와 단백질을 결합시켜 다양한 발광을 창출'하는 분야 연구원이다. 그와 관련된 여러 실험 과정과 결과들을 가지고 박사 논문을 써야 했다.

신체의 여러 색깔은 멜라닌 색소 양에 따라 달라진다. 홍채도 마찬가지다. 멜라닌 양이 적으면 파란 색, 넉넉하면 갈색이다. 넘치면 검정색으로도 보인다. 부족하면 초록으로 결핍일 때는 혈관 색인 홍색이 드러난다.

이러한 홍채 색깔들을 이제 사람들은 패션에 따라 바꾸려 한다. 하지만 몸속 멜라닌 색소 양을 늘이거나 줄이는 방법은 없다. 가지고 태어난 눈빛을 변형할 수 없다는 뜻이다. 몸의 다른 색상들도 매한가지다. 다만, 멜라닌 색소를 조작해 색깔을 변형하는 건 가능하다.

멜라닌 색소 크기는 나노nm 급이다. 나노입자 표면에 단백질을 붙여 자외선을 쬐면 단백질에 따라 다양한 빛이 난다. 그러한 과학적 기술로 홍채 색상을 바꾸는 게 가능하다. 한번이 아니다. 시도 때도 없이 맘대로 갈아치우게 된다. 기술이 더 발달한다면.

눈빛을 바꾸려는 사람들은 있게 마련이다. 그들 홍채에서 성체세포를 빼내 단백질을 덧씌운다. 자외선을 쬐어 원하는 색을 띤 성체세포를 만든다. 그 다음 홍채에 다시 주입하는 방식이다. 이때 단백질 두께에 따라 빛이 달라진다.

지금 이 방법은 대량으로 일궈낼 수 없는 단점을 가졌다. 만일 훗날 원하는 색의 성체세포를 대량 생산하게 된다면 피부나 머리카락 색깔도 바꾸게 된다. 언젠가는 그리되리라. 이때 주입하는 성체세포에 새겨진 유전자 정보가 손상되어서는 안 된다. 암세포가 되거나 다른 부작용을 일으키기 때문이다. 훗날 그런 문제도 다 해결되리라.

인간을 억압하는 '멜라닌 색소의 한계' 돌파가 얼마 남지 않았다는 게 현대과학의 성과다. 잘하면 훗날 언젠가는 몇 개 알약이나 한두 번 주사로 피부색을 바꾸게 될 것이다.

나는 기니피그에서 추출한 나노세포에 단백질을 입힌 다음 자외선을 쬐어 다양한 빛들을 만들어내는 연구를 하는 중이다. 쉽지 않지만 그게 내 일이며 이제 첫걸음마다. 그렇게 해서 내가 받는 한 달 연구비는 일식집 알바비보다 적었다. 하지만 팁까지 합치면 내 수입은 꽤 많았다.

내가 박사과정 연구원에 걸맞은 일자리를 찾아보았다. 알바라도 좋았다. 하지만 없었다. 그런 탓에 자질구레한 일들을 하다 보니 일식집에 들어갔다. 생선찌개와 초밥을 날마다 먹어 즐거웠다. 날마다 돈 들이지 않고 저녁 식사와 밤참을 해결한다는 건 연구과정을 밟는 나 같은 대학원생에겐 기쁜 일이다.

비싼 능성어 회나 낙지 멍게 해삼 들은 먹을 수 없었다. 주방장 겸 주인이 직원들 식사에는 안 내놓았다. 나는 낙지 멍게 해삼을 보면 식욕이 당겼다. 방을 맡아 서빙하는 어떤 여자는 손님들과 2차를 나갔다. 노래방에 간다는 것이었다.

나한테 노래방 가자, 는 남자들도 여럿 됐다. 사십대로 보이는 남자들 셋이서 집적거릴 때가 처음이었다. 내가 어쩔 줄 몰라 머뭇거리자 주인아저씨가 따라가라는 눈짓을 보냈다.

그때 주방보조로 일하는 녀석의 시선이 나와 마주쳤다. 일부러 눈길을 준 것 같았다. 직원들끼리는 나이를 불문하고 '주방오빠'라 부르는 녀석이었다. 나는 싫으나 주인이 시킨 탓에 하릴없이 오빠라고 했다.

녀석이 항상 문단속까지 마친 뒤 마지막에 퇴근했다. 그런 녀석이 내게 눈길을 보내며 뭔가 끌리는 표정을 지어 보였다. 내가 노래방으로 따라나서라는 주인의 태도에서 꺼림칙한 느낌을 받았다. 싫다며 손님들을 따라가지 않았다. 녀석 얼굴에 미소가 살짝 번지는 걸 눈치챘다. 나는 그 뒤로도 줄곧 2차는 나가지 않았다.

송년회를 많이 하던 즈음이었다. 방에서 서빙하는 여자 다섯이 모두 2차를 나간 날이었다. 그날도 나는 안 나갔다. 그러고 삼사일쯤 지난 크리스마스이브였다. 그날은 손님들이 뜸했다. 식당 문을 평소보다 두어 시간쯤 일찍 닫았다.

주인과 직원들 모두 함께 홀 식탁에 앉아 밤참을 먹었다. 주인이 능성어를 내놓았다. 가장 비싼 회인데 성탄절 파티라 주인이 선심을 썼다. 낙지 멍게 해삼도 나왔다. 내가 진짜 먹고픈 음식이었다. 주인이 다섯 여자들에게 자꾸 들어, 먹어, 하면서도 나를 쳐다보지도 않았다. 나는 회도 다른 해산물도 안 먹었다. 생선초밥, 김치, 국만 먹었다. 주방 보조 녀석도 나를 따라하는 것 같았다.

해가 바뀌자마자 홀 서빙 여자가 한 명 더 늘었다. 삼십대 후반인데 무척 나댔다. 그 바람에 내 일이 없어져버렸다. 그녀는 취직한 첫날부터 2차를 나갔다. 그날로 난 일식집을 그만두었다.

이튿날 밤이었다. 내가 연구실에서 늦게 나온 탓에 고시원 방으로 곧장 들어왔다. 통장을 보니 생활비가 석달치쯤 들어 있었다. 그때껏 저녁밥을 못 먹었다. 먹어봐야 기껏 사발면이나 햇반을 먹겠지. 일식집 음식들에 길든 입맛이 저녁을 못 먹게 막았다.

나는 주검처럼 누워 다른 알바를 궁리했다. 가치가 높은 일이어야 할 텐데. 2차를 나간 횟집 여자들이 떠올랐다. 그녀들은 얼마나 부가가치가 센 걸까, 얼마나 벌까. 나도 2차를 나갔어야 했나. 앞으로 나가, 말아, 하며 머리를 굴릴 때였다.

스마트폰에서 참새 떼가 속닥거렸다. 모르는 번호인데 받아보니 귀에 익은 목소리였다. 주방보조 녀석이었다. 내 숙소 고시원 건물 입구 앞인데 나더러 보자 했다. 내가 방을 나서 건물 출입구로 내려갔다. 녀석이 나를 반갑게 맞았다. 내 전화번호는 사장 업무일지를 뒤져 알았으리라.

우리는 고시원 옆 분식집으로 들어갔다. 녀석이 일회용 도시락에 담긴 초밥을 꺼냈다. 내가 우동을 하나 시켰다. 초밥을 따뜻한 국물에 적셔 먹었다.

"스시집 초밥이나 마트 초밥은 먹기가 좀 그래."

내가 무슨 말인지 몰라 대꾸 안 했다. 녀석이 내리 말했다. 그런 데서는 광어 초밥을 만들면서 쥐치 살점을 얹는단다. 더 엉망인 건 날고기가 아닌 냉동식품회사에서 가공한 살점들이란다. 또 있었다.

초밥에 덮인 살점을 떼 내 한쪽에 버려두면 일주일이 지나도 썩지 않아, 라는 말이었다. 그리고 자신이 가져온 건 생고기 살점을 떠 얹은 것이니 맘 편히 먹어도 돼, 했다. 말이 이어졌다.

"크리스마스이브에 니가 콧대를 세운 게 마음에 쏙 들어."

"앞으로 초밥은 오빠가 만든 것만 먹을게."

"그럼, 나랑 살아야 하는데."

그 말끝에 우리는 마주 보고 웃었다.

"2차를 안 나간 건 잘한 거야. 다들 2차에 가기도 하지만…."

녀석이 말을 다 맺지 않은 채 분식집 건너 모텔로 시선을 돌렸다. 내게 친근감을 느끼는지 업무상이거나 업계의 비밀이랄 속내를 은근슬쩍 까발린 것이다. 내가 허탈감을 느끼며 초밥을 먹었다. 녀석에 대한 낯선 감정을 마음에 새기며 말했다.

"앞으론 식도라 부를게."

"식도? 음식 도사! 좋지."

녀석은 식도, 식도, 식도, 하며 낄낄댔다. 자신을 도인으로 인정해준 최초의 인간이 나라며 연거푸 웃었다. 내 의도는 달랐다. 맛있는 음식을 배불리 먹을 길이 나쁜 건 아니리라.

식도 혼자서 투룸 청소를 끝내니 새벽이었다. 머지않아 햇귀가 일 듯했다. 창밖 야경과 어둠은 빛으로 바래는 중이었다. 식도가 보일러를 틀더니 샤워하자는 손짓을 보냈다. 나는 먼저 했다며 혼자 해, 했다. 화장실에서 세찬 물소리가 들렸다.

곧 아침 5시가 될 참이고 나는 졸렸다. 소파에 앉아 목을 등받이에 기대며 발을 탁자에 올린 채 눈을 감았다. 식도가 화장실에서 나오더니 팬티 차림으로 내 옆에 다가와 앉았다. 비누와 샴푸 향이 짙게 날렸다. 식도가 오른팔을 내 어깨에 두르고 왼팔로는 허리를 껴안으며 입술을 덮쳤다. 키스가 길어지자 왼팔을 풀어 젖무덤을 더듬었다. 언제나 같은 순서였다. 다음은 뻔했다. 그때 띵똥 띵똥 하며 현관 벨이 울렸다.

"사시가 왔나봐."

식도는 옷을 챙겨 입고 나는 현관으로 향했다. 5시가 조금 지나 있었다. 평일에 사시는 이튿날 학교에 가야 해서 밤 10시쯤 일을 끝냈다. 토요일은 밤새하는 당번이었다. 현관문을 열자 사시가 서 있었다. 내가 맞아들이자 뒤에 선 식도가 떨떠름한 표정을 지었다. 거실로 들어선 사시가 화장실로 들어갔다.

"먼저 들어가 자, 재, 내가 재울게."

내 말에 식도가 알았다며 제 방으로 들어가려 했다. 내가 팔을 붙잡아 내 방으로 밀어넣었다. 샤워가 끝난 사시도 비누와 샴푸 내를 짙게 풍겼다. 내가 사시를 빈방으로 데려갔다. 방문을 닫고 푸른 눈을 들여다보았다. 질리지 않는 눈빛이었다.

저 푸르름에서 왜 찰나의 붉은 빛이 반짝이는지 알고 싶었다. 흥분 탓일까, 사랑 때문일까. 내가 헛것을 봤나. 그럴 리가 없다. 사랑 탓이길.

내가 화학적으로 누군가 사랑에 푹 젖을 때 홍채에서 붉은 빛이 나게 만든다면 노벨 화학상이나 물리학상을 받을 것이다. 두 개 다 받을지도 몰라. 그런데 사시는 내게 시큰둥했다. 놈을 붙잡아야 했다.

전등을 끄고 사시를 침대로 밀어붙였다. 사시가 벌러덩 눕자 나는 그 위에 엎드렸다. 새 침대라서 쿠션이 좋았다. 목욕용품들의 싱그러운 향기가 코를 지나 뇌리를 자극했다. 내가 코를 벌름거리며 냄새를 탐닉했다.

사시가 눈을 반쯤 뜨고 있었다. 엎드린 입술이 누운 입술에 닿았다. 혀를 살짝 밀어넣어 혀끝으로 입술 안을 더듬는데 부드러웠다. 내 혀가 밤하늘 둥근 달에 슬며시 닿아도 그보다는 감미롭지 못하리.

사시를 학교 도서관에서 만났다. 내가 『단백질과 나노의 결합』이라는 책을 읽을 때였다. 목이 뻣뻣해 고개를 들어 창을 보았다. 껑충한 마른 체형의 사내가 눈에 띄었다. 앉을 자리를 찾는데 손에 두툼한 책 두 권이 들려 있었다. 사내 눈빛이 파랗게 빛났다. 푸른 눈이 나를 끌어당겼다.

서양에는 흔해도 이 땅에는 귀한 홍채가 아닌가. 내가 두리번거리는 사내와 눈을 맞추자 가슴이 덜컥 내려앉았다. 내 연구의 일부가 아니, 어쩌면 전부가 사내 눈 안에 담긴 느낌이었다. 사내가 내 맞은편에 앉았다. 나는 책을 읽는 둥 마는 둥하며 사내가 의자에서 빨리 일어나길 바랐다.

마침내 사내가 자리에서 일어났다. 나도 책을 덮었다. 걸으며 가까이 다가가 옆구리에 낀 책을 살폈다. 법률 서적이었다. 나이가 나보다 더 들어보였다. 로스쿨에 다니리라. 밖은 어둠이 엷게 깔려 있었다.

내가 사내 뒤를 따랐다. 열 걸음쯤 떨어져 걷는데 사내는 나한테 아예 신경을 쓰지 않는 느낌이었다. 내가 흠, 흠, 하며 인기척을 냈다. 사내가 앞만 보며 걸었다. 학교 밖까지 나섰다. 정문 앞 10차선 큰길을 우리가 앞서거니 뒤서거니 하며 건넜다.

사내가 길을 건너자마자 큰길가 오층 건물로 들어갔다. 나는 입구에서 멈추는데 사내가 엘리베이터 버튼을 눌렀다. 나는 사내 눈에 띄지 않으려 잽싸게 입구 오른쪽으로 몸을 숨겼다. 대로변이어서 오가는 사람들이 나를 힐끗거리며 훑어봤다.

엘리베이터 올라가는 소리가 들렸다. 내가 안으로 들어가 건물 안내

판을 살폈다. 지하는 카페, 일층은 통닭집, 이층은 분식집, 삼층은 영문으로 된 무슨 오피스였다. 오층 건물인데 안내판의 사층과 끝층 칸은 비어 있었다.

엘리베이터가 '땡' 하며 사층에서 멈췄다. 내가 올라가는 단추를 눌렀다. 승강기가 내려오더니 잠시 후 문이 열렸다. 나도 사층에서 내렸다. 앞에 투룸 현관문처럼 생긴 철문이 하나 보였다. 엘리베이터 문이 닫혔다. 승강기 문과 철문 사이에 적막한 기운이 감돌았다.

내가 용기를 내 철문 앞으로 걸어갔다. 철문이 저절로 열렸다. 문 안에서 내 또래 여자가 나오는데 어서 오세요, 하며 목례를 보냈다. 안으로 들어서자 철문이 닫혔다. 안내 데스크에는 건장한 남자 한 명이 서 있었다. 내부 분위기를 살폈다.

"아까, 뒤따라온 남자 찾으시나요?"

여자 말을 듣자마자 나는 등골이 오싹했다. 데스크에서는 CCTV를 통해 건물 입구에서부터 나를 살폈나. 여자가 나를 찔레꽃이라는 이름표가 붙은 방으로 안내했다. 들어서자마자 싸구려 방향제 냄새가 진하게 났다.

방안은 붉은 빛이 도는 어두움이 짙게 깔려 있었다. 폭은 원룸만 하고 길이는 반쯤 되는 방이었다. 방문 옆 벽에 세면기가 설치되었고 비누와 치약이 있었다. 바로 위에 세면기만 한 거울이, 반대편 창을 막아버린 벽 밑에 고급스러운 3인용 소파가 있었다. 다른 집기는 없고 초록 벽지들은 불그스레한 조명을 받아 음침했다.

"여긴 여자들만 오죠?"

내가 건너짚었다. 내 물음에 여자가 빙긋 웃더니 잠시만 기다리라며 문을 닫았다. 그렇다면 놈은? 황당했다. 그러나 잘됐지 싶었다. 놈을 차분히 만나 파란 눈빛을 꼼꼼히 살피는 게 나았다. 내가 이런 델 오다니, 별꼴이야. 피식 웃음이 나왔다.

내가 키스해야 되나, 라는 생각이 들자 소름이 끼치고 에이, 하며 고개를 저었다. 내가 소파에 앉았다. 방문이 열리며 사내가 들어섰다. 소파로 오더니 머뭇거렸다. 얼른 보기에 사내는 숙맥이었다. 나도 그런 공간은 처음이었다. 말로는 많이 듣는데. 얼떨결에 들어섰지만 사내를 보니 내가 설쳐야 할 분위기였다.

내가 앉으세요, 하자 사내가 무릎을 모으며 살포시 앉는데 시선은 허공이었다. 내가 여기서 일한 지 얼마나 됐냐, 또 어떻게 이런 델 오게 됐냐고 물을 뻔했다. 하지만 누군가 나한테 어떻게 그런 연구를 하게 됐냐고 물어볼 때 짜증스러운 기억이 떠오르자 다른 말이 나왔다.

"여기, 여자 손님들 많아요?"

사내가 빙긋 웃었다.

"나이 든 아줌마들이 많아요?"

내가 짐작으로 또 말했다. 비로소 사내가 내게 시선을 주었다. 붉음이 짙게 밴 어두움에서도 사내의 눈빛은 파랗게 빛났다.

"댁, 푸른 눈빛에 끌려 따라왔어요, 모른 척했죠?"

"끌리기는…, 난, 콤플렉슨데, 어릴 때부터."

나도 그런 말을 들었다. 서양에는 푸른 눈빛만 아니라 다양한 눈빛들이 많다. 동양에서는 희귀하다. 그런데 좋기보다는 놀림감으로 치부된다.

나는, 홍채에서 빛을 내는 나노급 멜라닌 세포를 단백질로 싸서, 다양한 빛이 나도록 연구하는 대학원생이다. 그걸로 박사 논문을 준비한다. 그러다 오늘 푸른 눈에 이끌려 따라왔다. 내 연구만 잘 되면 누구든지 서클렌즈를 쓰지 않아도, 주사 한 방이나 알약 한두 개로 홍채 빛을 다양하게 바꿀 수 있다, 라고 웃으며 말했다.

사내가 눈초리를 내게 고정시켰다. 내가 푸른 눈을 주시한 채 엉덩이를 끌며 다가갔다. 무릎들이 닿았다. 푸른 눈을 더 가까이서 봐야 했다. 내 왼쪽 다리가 놈 오른쪽 다리에 포개졌다. 입술이 닿는 건 내키지 않았다.

"갈색이나 검은 갈색은 나노세포가 아네요?"

"나노예요. 양에 따라 색이 달라져요."

"서양은 푸른 색이나 붉은 색 눈이 흔한데."

사내가 푸념을 하자 나는 위로하고 싶었다. 나의 다음 연구는 색소양이 많거나 적음이 아니다. 양은 상관없이, 태생 그대로 둔 상태에서 색소들의 색을 변화시키는 것이다. 갈색이나 검정을 푸르게, 푸른 색을 갈색이나 검게, 더 나아가 홍색으로, 연분홍이나 장미색까지 바꾸는 거로 진도가 나가야 한다. 그게 내 생의 최종 목표다. 사내가 내 말을 다 듣더니 맞장구쳤다.

"사랑을 느낄 때 홍채에 빨간 하트도 그려져요?"

사랑과 홍채에 그려지는 붉은 하트라니, 상상력이 뛰어난 사내였다. 사랑을 아는 녀석이었다. 나는 운명적 만남이라는 생각이 들면서 눈시울이 뜨거워졌다. 키스를 한다면, 어쩌면 사내의 푸른 조리개에 붉은 하트가 켜질지 모를 일이었다.

사내와 사랑을 해보고 싶었다. 그럴 때 사내의 홍채가 달라지는지 안 달라지는지 또 어떻게 변하는지 궁금했다. 방 조명이 낮은 탓일까. 사내 눈동자에 들어앉은 눈부처가 뚜렷했다. 그런데 내가 아니었다.

우주 영상 같았다. 허블 망원경으로 찍은 성운 같은 게 떠돌았다. 내가 아니어서 실망스러웠다. 그러나 사내가 사랑을 강렬하게 느낀다면 성운은 폭발할 거고 붉은 계열 색상들도 퍼지리라. 성운 사진들을 보면 검정과 푸름 새에 붉은 색들이 존재하니까.

홍채와 동공 사이도 마찬가지가 아닐까. 성운처럼 사랑이 폭발할 때 붉은 기운들이 홍채에 하트로 나타나 눈동자를 둘러싼다면, 그걸 연구해낸다면, 대박날 일이었다.

사내 눈 속 눈부처는 우주의 메시지였다. 나에게 보내는 신의 음성이었다. 열악한 내 연구 설비를 대신하는 아니, 어쭙잖은 학문들을 초월할 신이 보낸 카톡이었다.

내 연구가 성공한다면 서클렌즈 시장을 갈음하는 건 말할 필요도 없다. 더 나아가 눈빛을 수시로 바꾸려는 변덕스러운 사람들 욕구를 무한대로 충족시켜줄 듯. 인류사에 혁명이나 다름없는 사건이 되리라. 그 실마리가 내 앞에 앉아 있었다.

사랑이 별건가. 연구를 위해서는. 사내를 흥분시켜야 했다. 동공에 담긴 놈의 우주를 터뜨리려면 불가피했다. 놈의 입술이 탐스러웠다. 내 얼굴이 다가갔다. 입술이 입술을 끌어당겼다. 깊지 않게 가볍게 닿다가 아닌 듯 떨어졌다. 부드러우며 달콤했다. 두 번, 세 번. 다음에는 깊게 들어갔다.

사내가 눈을 내리깔나 싶은데 삼 분의 일쯤 뜨고 있었다. 혀의 감미로운 촉감을 내가 느끼며 눈을 크게 떠 사내의 벌어진 눈꺼풀 새를 주시했다. 일 분, 이 분, 시간이 흘렀다. 사내 눈에 변화가 없었다. 더 자극을 줘야 했다.

내가 오른손을 놈 사타구니에 가져갔다. 손바닥에 닿아야 할 꼿꼿한 게 없었다. 뜻밖이었다. 이쯤이면 손바닥에 그게 잡혀야 하지 않는가. 놈 혀는 비로소 입안을 넘나들며 내 혀를 가지고 놀았다. 나는 슬며시 입술을 뗐다. 키스로는 될 성싶지 않았다. 내친김에 끝까지 가볼 셈이었다.

"지금, 나랑, 2차 나가요."

사내가 놀라더니 소파에서 일어나 방을 나가려 했다. 사내 바지 뒷주머니에 꽂힌 핸드폰이 눈에 띄어 내가 덥석 잡아챘다. 사내가 뒤돌아봤다. 내가 액정화면을 켜 전화 걸기로 들어갔다. 내 번호를 찍고 통화 버튼을 눌렀다. 핸드백에서 참새 떼가 울부짖었다.

내가 백 속 핸드폰을 꺼내 걸려온 번호를 확인했다. 머뭇거리다 '사시'로 입력했다. 사시가 멀뚱하게 서 있었다. 내가 사시를 무시한 채 먼저 방을 나섰다. 데스크를 지나 출입문을 여닫으며 키스방을 빠져나갔다. 엘리베이터를 기다리는데 등 뒤에서 쿵 하는 철문 여닫는 소리가 들렸다. 누군가 내 옆에 서는데 사시였다.

"연구 잘 되면, 하트, 가능해요?"

"쉽진 않아요."

사시가 기숙사에서 기거하기에 내 고시원 방으로 데려갔다. 그날부터, 키스를 포함해 내가 다 리드했다. 내가 달떠서 나를 주체하지 못하면 그때서야 사시는 거칠게 굴었다.

마침내 내가 알아냈다. 키스하다 슬그머니 멈추면서 코끝끼리 살짝 닿으면 사시가 실눈을 뜨는데, 그때 눈동자에 붉은 기운이 반짝 감돈다는 걸.

어찌나 빨리 사라지는지 그 순간 내가 눈을 떼지 않아야 했다. 헛것을 봤나 싶어 거듭 시도하는데 그때마다 다 보이진 않았으나 몇 번 확인했다. 환영인가 의심도 하지만 분명코 아니었다.

사시가 내 고시원 방에 머물 때 식도가 음식을 가져와 건물 밖에서 서성거리기도 했다. 그럴 때마다 나는 사시를 방에 뉘어놓은 채 식도에게 갔다. 일식집을 그만둔 뒤 알바를 못했다. 돈이 달려 식비 지출도 아껴야 했다. 식도가 가져오는 음식이 내게는 잘 숨겨둔 비상금이었다.

그 음식을 나도 먹지만 사시에게도 줬다. 사시가 키스방에서 얼마나 버는지 모르지만 학비를 스스로 해결하기에는 씀씀이가 넉넉하지 않았다. 돈을 나한테 빌려주기도 하는데 갚으라 말한 적이 없었다. 나도 언제 얼마를 빌렸는지 신경 쓰지 않았다.

사시와 음식을 나눠 먹으며 일식집 주방에서 일하는 식도가 가져다준 거라 말했다. 식도에게는 사시에 대해 입도 뻥긋 안 했다. 늦은 밤, 음식을 건넨 식도가 헤어지기 싫어하면 내가 함께 모텔로 갔다.

이튿날 내가 방으로 돌아갈 때까지 사시는 잤다. 내가 어디서 누구와 밤을 새우는지 묻지 않았다. 사시는 나한테 관심이 없었다. 어쩌면, 세상 모든 것에 무관심한지도 몰랐다. 로스쿨에 다녀? 모든 게 한심한 놈이, 법대를 졸업하고, 사시에 몇 번 낙방하고, 마지못해 로스쿨 다니는 거로 내가 짐작했다.

나도 나를 어쩌지 못했다. 바라보면 뭔가를 곧 터뜨릴 듯한 푸른 눈빛 때문에 사시에게 매였다. 그나마 정성을 다 쏟아야 푸름에 가린 붉음을 보는 둥 마는 둥 했다. 그게 나를 더 미치게 했다. 사시 말대로 사랑에 감동할 때 홍채에서 붉은 하트가 나타난다면, 그걸 연구해 완성한다면, 내 생애 전부를 걸 만한 일이다.

내가 둥근 달이랑 하는 키스보다 더 달콤하다고 여기는데 사시는 밤샘하느라 피곤했는지 실눈을 뜬 채 잠들었다. 밑에 깔린 놈을 어찌하려 나를 움직이면 침대가 출렁거렸다. 내 속이 울렁거리면서 사시의 푸른 눈깔을 뽑고픈 충동이 일어났다. 눈알을 갈라 안을 들여다보고 싶었다. 그러나 나는 이솝의 '황금알을 낳는 거위'가 떠올라 한숨을 쉬었다.

피곤이 밀려왔다. 내가 누운 몸 위에 엎드린 몸을 일으켰다. 사시에게 이불을 덮어준 후 방을 나서 내 방으로 들어섰다. 잠들었으리라 여긴 식도가 눈을 뜨고 있었다. 어두움 속에서도 검은 눈동자가 번득였다. 내가 몸을 식도에게 날렸다. 침대 쿠션이 민감해 멀미날까 두려워 식도 품을 파헤쳤다.

다음 날 남자들 방에 일인용 침대 하나가 더 들어왔다. 그 방은 남자들 방이 되었다. 한 지붕 세 사람의 동거가 시작된 것이다. 낮에는 서로 바빴다. 식도가 일식집에서 한밤중까지, 사시는 학교와 일터에서 오밤중까지, 나는 심드렁해진 연구로 인해 둘보다 좀 더 일찍 귀가했다.

'나노입자와 단백질이 결합하여 만들어내는 빛들의 다양성'에 관한 연구는 어려웠다. 진공배양기에서 나노 줄기세포를 증식한 다음 1/1,000밀리 두께 단백질 막을 입혀야 한다. 그러고 적외선을 쬐 체온과 같은 온도를 유지해야 한다.

줄기세포를 배양하는 데까지 내 손으로 이루어졌다. 단백질 막 두께가 문제였다. 학교 연구실 설비로는 1/100밀리까지만 생성이 가능했다. 그것도 대단한 기술이지만 이미 구시대의 산물이었다. 그 두께로는 마이크로미터급 줄기세포와 결합이 가능하지만 나노 줄기세포와 결합은 안 된다.

필요한 단백질 막을 설비가 우수한 다른 연구소에서 만들어 온다 한들 이동하는 중에 변질된다. 오롯이 진공상태에서 생성 이동 결합해야 하는데 완벽한 진공포장을 하기가 힘든 탓이다. 우리 연구실 배양기 진공상태도 불량하다.

노후된 탓에 어쩌다가 미세하나마 공기가 새어들기도 한다. 그 공기는 적외선에 의해 연소하고 배양기 내부 온도가 급상승하면서 실험 중이던 줄기세포와 단백질이 타버린다. 그런 일이 비일비재했다.

애로를 하소연해도 지도교수나 학교 측은 콧방귀도 안 뀌었다. 엄청난 설비투자 비용 탓이었다. 내 연구 분야에 정부지원금을 끌어올 수도 있다. 그러려면 연구실적이 학계에서 두드러져야 하는데 난 늘 허방을 놓는 셈이었다.

결과를 쉽게 얻는 연구가 바람직한가, 필요는 하겠지. 그것들만 중시하여 육성에 중점을 둔다는 건 근시안적이다. 사람들은 겉으로 비까번쩍하는 것들을 좋아하니깐.

미국 칼텍 공대에서는 뭔가를 연구과제로 선택하면 30년 넘게 지원한다는데 우리 학교에서는 불과 몇 년 안에 성과를 거두지 못하면 찬밥취급을 했다.

어쨌든 나노세포에서 여러 색채를 창출한다는 꿈은 아득했다. 더구나 사시 바람대로 홍채에서 붉은 하트를 그려낸다는 건 칼텍이면 몰라도 여기서는 미친 꿈이었다.

내가 연구를 포기해야 하는 절박한 상황에 몰렸다. 그만둔 후 내가 할 다른 일은 어떤 거지, 찾기 힘들었다. 내 능력이 미치는 분야는 없었다. 내가 연구실을 떠나지 못하는 까닭이었다. 미국으로 갈까, 나는 휘청거렸다. 떠오르는 건 사시의 푸른 눈동자였다. 내 갈망을 해소하는 건 식도와 어우러지는 잠자리였다.

하루 내 밖에서 시달리다 집에 들어오면 다들 허겁지겁 식사하고 잠들기 바빴다. 두 남자는 각자 침대에서 뒹굴며 한방을 쓰는데 행동거지가 달랐다.

식도는 문 여닫을 때 소리가 컸다. 사시는 반대였다. 식도는 걸을 때 바닥이 조금 울리는 편이었다. 담배 냄새가 문 닫힌 내 방까지 들어와 코를 자극했다. 사시는 담배를 안 피우며 걷는지 안 걷는지 몰랐다.

싱크대에서 칼이나 물소리가 나면 식도였다. 빨래와 청소는 사시 몫이었다. 나는 아무것도 맡지 않았다. 내가 정신노동에 혹사당한다는 게 두 남자가 붙인 구실이었다. 내 연구를 인정해주는 건 둘뿐이었다.

새벽마다 식도가 화장실을 다녔다. 화장실에서 나와 제 침대로 안 가고 내게로 왔다. 일주일에 두세 번 있는 일이었다. 사시는 스스로 내 방에 들어온 적이 없다.

문소리가 작고 발걸음이 울리지 않으면 사시였다. 사시가 화장실 가는 낌새를 챈 내가 방문을 열고 기다렸다. 화장실에서 나오는 놈을 내 방으로 낚아챘다. 일주일에 삼사일은 그랬다.

내가 사시에게 절실하게 바라는 건 푸른 눈이었다. 파란 홍채와 검은 눈동자 사이에서 새어나오는 붉은 빛을 만드는 게 내 삶이니깐. 그럴 때 식도는 내 방문을 안 열었다. 그런데 식도는 내게 뭘 바라지.

식도가 나더러 합치자 할 때였다. 내가 널 같은 고시원 방에서 사는 게 보기 싫다며. 나도 좋았다. 든든하며 튼튼한 녀석과 함께 산다면 손해날 일 아니었다. 생활비 걱정 없이 연구에 몰입할 수 있으리라.

사시가 걸렸다. 식도와 함께 산다면 사시를 만나지 못하리라. 나는 식도를 포기하더라도 사시는 버릴 수 없었다. 내가 침묵으로 버티자 식도는 끈질기게 졸랐다.

그런 와중에도 나는 사시를 고시원 방으로 데려왔다. 식도는 음식을 든 채 고시원 밖에 나타났다. 식도도 내 방이 그리웠다. 나는 방을 가르쳐주지 않았다. 남자랑 함께 있으면 좌우 옆방 사람들 신경이 곤두선다는 핑계였다.

언제나 식도는 거칠고 시끄럽다. 사시는 늘 조용했다. 고시원 옆 분식집에서 식도와 초밥을 먹을 때였다. 그때도 사시는 방에 있었다. 식도가 말했다.

“자기, 말 못할 일 있지?”

내가 침묵했다.

“말해, 다 들어줄게, 무조건 오케이야.”

“자기는 나를 왜 그렇게, 미친 듯이 좋아하는 거야.”

“자기, 연구, 성공하면, 대박이라며?”

“그럼, 지금, 나한테 투자하는구나.”

“꼭 그런 건 아니야.”

그랬구나, 내가 속으로 그랬구나, 했다. 아무도 내 연구에 관심이나 기대를 안 가졌다. 식도만 투자하는 건가. 투자라니, 잘 됐다. 나도 눈빛에서 붉은 빛이 솟는 걸 보려고, 사시한테 미치지 않았나. 내가 식도에게 사시를 말했다.

“그러니까, 잠도 잔다, 이 말이지?”

“자기가 나한테 투자하는 것처럼 나도 그래, 그뿐이야.”

“그 친구, 만나게 해줘.”

내가 사시에게 전화했다. 5분쯤 지나자 사시가 분식집으로 들어왔다. 나는 둘에게 서로를 소개했다. 식도가 소주를 한 순배 돌리더니 말했다.

“남자끼리 이야기할 건데, 자기, 자리 비켜줄래?”

사시도 동의했다. 뜻밖의 상황이었다. 나는 자리에서 일어나 분식집을 나섰다. 둘이 싸우지 않을까, 라는 생각이 들었다. 하지만 어쩌지 못했다. 나는 불안감을 뒤통수에 매단 채 방에 가 누웠다.

잠자다 눈을 뜨니 자정이 지난 한 시쯤이었다. 둘에게서 연락이 없었다. 분식집으로 갔는데 문이 닫혀 있었다. 식도에게 전화를 걸었더니 길 건너 '24시 소주방'이라 했다.

둘은 마주 앉아 거나하게 취한 듯했다. 탁자에 소주병이 다섯 개 있었다. 나도 합석해 셋이서 날이 밝을 때까지 소주를 마셨다. 사시가 다른 때와 달리 들떠보였다. 돋을별이 스러지며 하늘이 밝아지자 술자리에서 일어났다. 술집 앞에서 식도가 말했다.

"집은 자기가 구해라, 계약은 내가 할게."

"잘 됐어."

생뚱맞게 사시도 나를 위로했다. 내가 눈물이 핑 돌았다. 그들은 나더러 잘 자, 하며 다정한 친구처럼 함께 나란히 걸었다. 나는 둘의 등을 바라보며 손을 흔들었다. 그러면서 뭔가 너무 쉽게 잘 풀리는 느낌이 들었다. 어, 둘이 저렇듯 가까운 거야, 하며 알쏭달쏭했다. 둘은 내 시야에서 서서히 멀어졌다.

언제나 내가 그들에게 콘돔을 씌워주었다. 처음에는 밋밋한 걸 썼다. 내가 인터넷 쇼핑몰에서 구입했다. 나중에는 옵션으로 콘돔 바깥 귀두 부분에 메주 콩알만 한 돌기가 예닐곱 개 붙은 거로 바꿨다. 써보니 괜찮았다. 하지만 메시지가 잡히지는 않았다.

식도가 콘돔 안쪽이 귀두 마취제로 코팅된 게 있는데 더 오래 하는 거라며 가르쳐줬다. 내가 인터넷에서 검색했다. 겉에 돌기가 붙고 안에 마취제도 묻힌 콘돔이 보였다. 옵션이 없는 처음 콘돔보다 세 배나

비쌌다.

소량으로 자주 주문하면 번거로울 듯해 열개들이 다섯 통을 샀다. 써보니 달랐다. 어쩌다가 카톡, 카톡, 하는 음성이 들릴 것도 같았다. 그런데 나중에 이상한 일이 생겼다. 왠지 콘돔 통이 쉬 헐거워지는 느낌이 들었다. 그러거나 말거나, 내가 신경 안 썼다.

며칠이 지난 일요일 저녁이었다. 신혼여행 다녀온 여자 연구원이 저녁 식사 자리를 마련했다. 함께 일하는 연구원들을 뷔페로 불렀는데 나도 초대받았다. 식사하며 한참 수다를 떨다보니 두어 시간이 지났다. 모두 자리에서 일어났다.

거리가 야광으로 번득였다. 내가 택시를 탄 뒤 오피스텔 앞에서 내렸다. 510호 앞에 서서 스마트키에 비밀번호를 입력했다. 현관문을 열며 안으로 들어섰다. 거실과 싱크대에 불이 켜졌는데 분위기가 생각보다 조용했다.

일요일인데 저녁 시간이 지난 그쯤이면 뭔가 어질러지거나 인기척이 나야 했다. 싱크대나 거실에는 저녁을 먹은 흔적이 없었다. 둘 다 나갔다면 방문이 열렸을 터, 내 방문은 열렸는데 그들 방문은 평소와 달리 굳게 닫혀 있었다. 그들 방안이 뭔가 꺼림칙했다. 내가 둘이 자살이라도 했나, 라는 상상을 하며 슬그머니 방문을 열었다.

식도 침대는 비어 있었다. 사시 침대로 눈길을 돌리니 둘이 함께 모로 누워 있었다. 사시가 뒤에서 앞의 식도를 끌어안았는데 애널섹스였다. 이불도 덮지 않은 두 알몸을 통째로 드러낸 상태였다. 내가 방문을 열자 그들이 몸짓을 멈췄다.

콘돔이 빈다는 내 육감은 맞았다. 내가 그냥 방문을 닫으려다 짚이는 게 있어 안으로 되돌아섰다. 그들 앞으로 다가선 뒤 침대 앞에 무릎을 꿇었다. 둘의 알몸에 이불을 덮어주었다. 그들이 눈을 꼭 감은 채 꼼짝하지 않았다. 숨소리조차 죽였다.

내가 왼손으로 식도를 뒤에서 껴안은 사시의 머리통을 가볍게 붙잡았다. 내 오른손 엄지와 검지를 사시 눈으로 가져갔다. 두 손가락으로 왼쪽 눈꺼풀을 벌리며 홍채를 살폈다. 푸르고 검을 뿐 다른 변화는 없었다. 오른쪽 눈알도 마찬가지였다.

사시가 뒤에 있다는 건 자발적 흥분상태였다. 그렇다면 홍채에 변화가 있어야 했다. 나랑 할 때처럼 심드렁하다면 삽입하기 힘들 건데. 내가 본 사시 홍채에서 반짝 빛나던 붉은 빛은 뭐란 말인가, 환상인가. 식도가 숨조차 쉬지 않는 듯했다.

"네로 났네, 네로."

내가 말을 던지며 침대 앞에서 일어나 방을 나왔다. 내 방을 들여다보니 컴컴했다. 머릿속도 어두웠다. 집안을 둘러보는데 곳곳에 배인 담배 냄새가 코끝에 닿았다.

내가 집 밖으로 나선 후 엘리베이터를 타고 일층으로 내려갔다. 건물 출입구 앞에서 주춤거렸다. 거리의 간판 불빛들이 나를 보며 웃는 것 같았다. 510호로 이사와 살면서도 야경에 관심이 없었는데 비로소 눈에 들어왔다.

내가 만들어내려는 색채가 밤을 밝히는 저 불빛들 어딘가에 있을까. 나는 간판에 켜진 전깃불들을 하나하나 살폈다. 그것들이 서로 꼬여 뒤

죽박죽 엉킬 듯한데 전혀 뒤엉키지 않았다.

길 건너 사층인가 오층에 붙은 키스방 간판 불빛이 눈에 띄었다. 510호 창문으로 내다본 키스방이었다. 불이 켜졌는데 Kiss 자는 파랗고 방 자는 검었다. 두 불빛 틈에 낀 하트가 붉었다. 내가 간절하게 보고픈 파랑과 검정 새에 자리잡은 홍색 하트였다.

그 간판이 나를 바라보는 눈깔이며 끌어당기는 눈빛이었다. 나를 지치게 만들어버린 동공과 홍채 사이 붉음을, 하트까지 간판에 내걸다니. 그 에너지는 전기가 아닌가. 삶에는 사랑보다 전기가 더 유효한가. 전기가? 내가 뭔가를 깨달은 느낌이 들었다.

건물 출입구 앞에서 마냥 서성거릴 수 없었다. 어디론가 가야 하지만 마땅히 갈 곳이 없었다. 머릿속을 헤집어도 내가 발 뻗고 누울 데가 고시원 말고는 떠오르지 않았다. 연구실로 갈 처지는 아니었다. 가시적인 효과가 몇 년째 드러나지 않는 내 연구로는 낯을 들고 발붙일 데가 아니었다.

누군가 있어서, 거대한 뭔가 있어서, 그게 괴물이라도 좋으니, 내가 어디로 가야 할지 가르쳐준다면, 홍채에서 붉은 빛 하트를 창출해낼지 못해낼지 알려준다면, 식도와 사시가 나를 배반할 거라고 미리 알려줬다면. 나는 도리질치며 차도를 건넜다.

내가 키스방 건물로 들어서려는데 뒤가 쭈뼛거렸다. 나는 돌아서서 두리번거렸다. 510호가 든 건물이 보였다. 옆에 일식집과 노래방이 있었다. 너머에 모텔이 버티었다. 내가 되돌아 엘리베이터로 걸었다. 키스방 입구는 사층이었다. 출입문은 투명한 통유리인데 쥐색 선팅지가 발라져 있었다.

안으로 들어서자 데스크에서 중년 여자가 반갑게 맞았다. 나는 대기실로 안내되었다. 안에 두 여자가 앉았는데 경쟁이라도 하듯 손가락으로 스마트폰 액정판을 찍어댔다. 둘 다 나이 들어보이는데 한 여자는 늙수그레했다.

내가 커튼이 드리워진 창가 의자에 앉아 둘 중 누군가는 서빙을 할까, 노래방에서 도우미를 할까, 모텔에서 콜걸을 할까, 잠깐 키스하러 왔을 거야, 라는 상상을 했다.

내 핸드백에서 참새 떼가 떠들었다. 스마트폰을 꺼내자 식도 전화번호가 떴다. 수신 거절 메시지 창을 열어 아무거나 눌렀다. 벨 소리가 멎었다. 또 참새 떼가 내게 몰려들었다. 사시 번호여서 거절했다. 내가 커튼을 젖히고 창문을 열었다.

내가 기거하던 510호 창이 보였다. 그 창을 내가 바라보는데 그쪽에서도 내가 이쪽 창을 본다. 두 창은 서로 마주 보는 동공이리라. 내가 두 곳 다 들어앉아 있겠지. 그 존재는 여기까지 스스로 달음질쳤나, 마지못해 끌려왔나, 아니면 피노키오나 요나처럼 거대한 게 삼켰나. 키스방이 고래인가. 아니면, 연구실이? 잘 모르겠다. 그걸 모르다니, 왜 모르는 거야, 라고 자문하는데, 대기실 문이 열리며 안내하는 여자 얼굴이 보였다.

나이 더 든 여자가 의자에서 일어났다. 안내 여자가 손사래치며 내게 말했다.

"대학생?"

늙수그레한 여자가 얼굴을 찌푸리며 주저앉았다. □

등대가 웃을 때

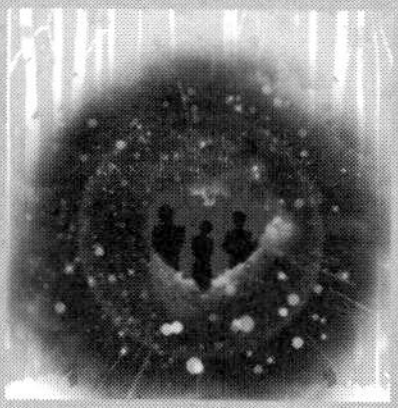

등대가 웃을 때

왜, 웃음이랑 표정까지 잃어버렸을까. 어릴 적 겪은 '심적 외상후 스트레스 장애' 탓인가, 아니다, 나는 트라우마 없이 자랐다. 내가 중딩3 봄 즈음이었다. 『쇼펜하우어 인생론』을 읽었다. 다 읽었는데 어려운 단어들이 많은 탓인지 뚜렷하게 기억나는 글귀가 없었다.

'모든 개체는 한 톨 먼지다'라는 알쏭달쏭한 의미만 머릿속에서 깜박거렸다. 그 뜻을 되씹고 되씹는데 어느 한순간 나를 포함한 모든 물질이 먼지로 보였다.

우스웠다. 내가 한참 웃었다. 내 머릿속은 먼지 이미지로 가득 찼다. 내가 먼지야? 믿기지 않았다. 그러고는 잘 안 웃었다. 먼지라니, 못미더웠다. 나중에는 어쩌다 나오는 웃음마저 버렸다.

내가 끝내 웃을 일 없다고 단정할 때는 코끝이 찡하며 눈에 눈물이 고였다. 울 필요도 없어, 라는 다짐까지 했다. 그로부터 나는 무표정하게 살았다. 나 홀로 태양과 바다 틈바구니에 낀 한 점 섬에 서기까지는.

그 섬은 '돌섬'이라는 이름이 있지만 '유배지'로도 잘 통했다. 유배지라는 말은 시청 직원들끼리 쓰는 별칭이었다. 돌섬은 손바닥만 했다. 큰섬에서 낚싯배로 한 시간쯤 물길을 더 달리면 도착했다. 유배지 사진들이 시청 홈페이지에 꽤 올라 있었다.

그녀가 사진을 올리고 글까지 썼다. 그녀가 돌섬에서 한 달에 한번꼴로 외출을 했다. 집이랑 너무 멀어서 자주, 주말마다 뭍으로 나오기가 힘들다는 핑계를 댔다. 뭍에 나올 때는 토요일 앞이나 일요일 뒤에 휴가를 하루 덧붙여 쉬는 날짜를 늘렸다.

그런데 내가 그녀와 맞교대하러 가게 되었다. 그 계기는 몇 달 전에 터졌다. 새해를 며칠 앞둔 날 밤이었다. 연말에 내가 선배와 만났다. 식사를 마친 후 식당 밖으로 나섰다. 음식점 옆길 2차선 도로에 내 차가 주차돼 있었다.

차로 가면서 선배가 낄낄거렸다. 뭔가 좋아 웃기보다는 생활이 된 웃음이었다. 차가운 바람이 목 언저리로 파고들었다. 내가 코트 깃을 세웠다. 선배가 춥다며 어깨를 움츠린 채 발을 굴렀다. 술기운 탓인지 다른 때보다 더 추웠다. 그렇다고 나왔던 식당으로 다시 들어간다는 건 멋쩍었다.

둘이서 소주 세 병을 마셨다. 안주는 전통 순대와 국밥 국물이었다. 그 자리에서 선배가 나더러 좀 낄낄대라는 잔소리를 했다. 내가 웃을 일이 뭐 있냐며 받아넘겼다. 선배가 사무실에서 직원들끼리 웃지 않는 나를 두고 이러쿵저러쿵하는 뒷말이 들린다고 떠들었다. 과장이나 국장들 입살에도 오르내린다는 것이었다. 내가 상관없다, 일 잘하며 열심히 사는데 뭐가 문제냐, 며 되받았다. 선배는 내내 낄낄거렸다.

내가 스마트폰을 켜 통화목록 아이콘을 눌렀다. 화면에 목록이 펼쳐졌다. 아까 걸었던 대리운전회사 전화번호가 첫 줄에 있었다. 그 번호를 눌렀다. 통화 시각이 나타났는데 20여 분이나 지났다. 찬바람이 손등에 닿자 핸드폰 쥔 손이 시렸다. 곱은 엄지손가락으로 통화 앱을 문질렀다. 신호음이 들리자마자 여자가 전화를 받았다.

"왜 이렇게 늦어요."

"연말이라 대리가 딸려요."

빨라도 30분은 기다리라는 것이었다. 10분을 더 견뎌야 했다. 몸은 점점 더 얼어붙는 것 같았다.

선배와 나는 공무원인지라 술을 먹어도 실수하지 않으려 긴장했다. 지금껏 술자리를 했지만 선배는 빈틈이 없었다. 나도 마찬가지였다. 그런 탓에 둘 사이는 의리가 두터웠다.

그녀는 달랐다. 술에 취해 운전을 자주 했다. 그 때문에 선배와 내가 그녀와 술자리 하는 걸 회피한 적이 여러 번 있다. 그녀가 돌섬에서 나온 주말이었다. 오랜만에 셋이서 술자리를 가졌다. 셋 다 취기가 돌 즈음 선배가 낄낄대며 그녀에게 물었다.

"다른 건 다, 이해가 되는데 말이지" 해놓고 또 낄낄거리더니 "거시기는 어떻게 해결할까?" 하고는 또 낄낄댔다. 그녀가 간드러지게 웃으며 "머시기하지"로 맞받았다. 선배가 나를 웃기려 한 농인데 그녀가 맞장구쳤다. 누구나 공감할 우스갯말이니 나더러 웃어보라는 투였다.

하지만 내가 반응을 안 보였다. 나는 누군가와 무뚝뚝하게 그러나 부드러우면서 차분하게 말을 주고받았다. 마지막 잔을 따르던 선배가 나더러 못 웃는 건 병이라며 신경정신과 대학 선배에게 가보자는 말을 꺼냈다. 그 말을 내가 무시했다.

나는 선배보다 학번이 세 끗 늦지만 그녀와는 같다. 대학교 1학년 3월 말쯤이었다. 학과 내에서 내게 '웃지 않는 왕자'라는 별명이 생겼다. 4월 MT 때였다. 첫날 저녁에 학과 공주가 한 명 선발되었다. 간드러지게 잘 웃는 애였다.

그녀의 사명은 나를 웃게 만드는 일이었다. 안 웃는 나를 웃게 하려 뽑힌 공주였다. 익히 알려진 동화는 안 웃는 공주를 웃기려 왕자가 나타나는데, 결말에 공주는 웃으며 왕자와 결혼을 한다.

그녀가 학과 애들 앞에 섰다. 자신이 나를 웃게 만들겠다며 내가 웃기만 하면 나와 결혼한다는 서약까지 했다. 그녀를 포함해 그 자리에 있던 사람들 모두 배꼽 잡고 나뒹굴었다. 나만 표정 없이 바닥에서 뒹구는 그들을 지켜보았다.

그녀와 나는 가까워졌다. 사귀는 건 아니지만 함께 지내는 때가 많았다. 학과 애들은 그녀가 나를 웃게 하는지 못하는지 관심이 많았으나 시간이 흐르면서 흐지부지되었다.

그녀는 소설을 쓰려 했다. 그녀가 소설 읽는 걸 본 적 없는 나는 소설 안 읽어도 소설가 되니? 하며 몇 번 놀렸다. 그때마다 그녀는 간드러지게 웃었다. 3학년이 되자 그녀가 공무원시험 공부를 시작했다.

내가 입대했고 그 뒤로 그녀와 소식마저 뜸했다. 그녀가 4학년 때 시청 공무원시험에 합격했다. 이미 졸업한 선배도 함께 붙었다. 제대 말년이던 나도 내무반에서 공무원시험 공부를 하는 중이었다.

내가 복학하자 그녀는 졸업한 뒤 시청에 다녔다. 나도 4학년 때 시청 공무원시험에 합격했다. 졸업 직전인데 과에서 나 혼자였다. 내가 시청으로 출근하면서부터 셋은 한 달에 네댓 번씩 어울렸다.

선배는 낄낄거리며 잘 웃는데 나더러 웃어, 웃어야 해, 라는 말을 자주 했다. 그때까지 그녀는 나를 웃기지 못했다. 이듬해 봄이었다. 뜬금없이 그녀가 소설 쓰는 남자와 결혼했다. 그 뒤로 그녀는 퇴근하자마자 귀가하기에 바빴다. 셋이 어울리는 건 쉽지 않았다. 나와 선배 둘이서만 가끔 어울렸다.

10분이 더 지나도 대리기사가 오지 않았다. 몸속으로 한기가 스며들었다. 위아래 이가 서로 맞부딪혔다. 내가 다시 핸드폰을 꺼내 들어 대리운전회사로 전화했다. 여자가 전화를 받았다. 기사를 보내달라는 손님들이 너무 많이 밀렸는데 나더러 기다린 김에 쪼금 더 기다리라며 아양을 떨었다. 전화를 끊었는데 밖에서 버티기가 힘들었다.

내가 선배더러 차 안으로 들어가요, 했다. 선배가 펄쩍펄쩍 뛰며 차 앞 조수석 쪽으로 다가갔다. 차 안은 바깥보다 더 추웠다. 내가 히터를 틀기 위해 시동을 걸려다 말았다. 그러다 차를 몰면 어떻게 하나, 라는 생각이 들었던 것이다. 음주단속에 걸려 측정 당하면 면허취소 기준이 넘는 만취 상태일 게 뻔했다.

옆에 앉은 선배가 몸을 움츠리며 숨을 몰아쉬었다. 콧김들이 차 유리에 닿아 서리가 되었다. 저러다 저체온증이 올까 싶었다. 내가 시동을 걸었다. 히터는 찬바람만 나올 게 뻔해 틀지 않았다. 의자 바닥과 등은 열선으로 인해 따뜻해졌다. 선배가 머리를 의자 베개에 기댄 채 눈을 감았다.

디지털 계기판 온도계 눈금이 올라가기 시작했다. 내가 히터 스위치를 눌렀다. 포근한 바람이 발치를 감싸더니 다리통을 휘감았다. 그때 내가 앉은 쪽 차 문 유리를 가볍게 두드리는 소리가 들렸다. 어떤 남자가 허리를 숙여 차 안을 들여다보며 노크했다. 나는 차 문을 열며 바깥으로 나섰다. 남자가 말했다.

"찐하게 드셨나봐요. 사장님."

"뭐, 많이는 아니지만, 그래서 기사님 기다렸죠."

"아, 선생님. 저는 대리기사가 아닙니다."

난 이게 무슨 소린가 했다. 남자가 170이 넘은 듯했고 통통하며 몸집이 좋았다. 전체를 가로로 누빈 짙은 색 오리털 파카를 입었다. 머릿결은 귀를 살짝 덮고 얼굴이 넓적하며 눈도 큰 편인데 깡다구까지 있어 보였다. 남자가 말을 이었다.

"선생님께서 음주운전을 하시기에 도와드리려구요."

뜬금없는 상황에 남자 눈치를 봐가며 내가 말문을 열었다.

"음주운전이요? 운전대에 앉아 있었어요."

"다 알면서, 운전석에 앉아 시동 걸면 운전행위로 들어갑니다."

비로소 나는 뭔가 시비에 휘말린다는 낌새를 챘다. 선배가 차에서 내렸다. 남자가 얼굴에 미소를 머금고 있었다. 나는 무덤덤한 표정이었다. 운전석 문 곁으로 다가온 선배가 낄낄거리며 남자에게 뭐하는 분인지 물었다. 남자가 대답했다.

"기초생활수급자입니다. 왜요?"

시비하는 말투였다. 한마디로 정리하자면 남자가 나더러 음주운전했으니 고발당하기 싫으면 돈을 달라는 말이었다. 요구한 액수는 내 한 달 봉급이었다. 아니면 경찰에 신고한다며 큰 눈을 부라렸다. 선배가 낄낄대며 남자한테 말했다.

"지금 공갈협박하는 거요?"

남자가 "오! 선생은 법 잘 알아? 어디 한번 해봐!" 하더니 다짜고짜 선배 멱살을 잡으며 입이 찢어지게 웃었다. 선배는 170이 안 된다. 남자에게 멱살을 끌리면서도 양 손은 뒷짐진 채 "왜, 이러실까" 하며 낄낄거렸다.

남자가 "어디, 해봐!" 하며 왼손으로 선배 멱살을 잡은 채 눈으로 나를 쏘아보았다. 히히히 소리를 내며 얼굴에 커다란 웃음을 머금기도 했다. 선배의 낄낄거림과 남자의 히히거리는 낯짝들이 클로즈업되었다.

남자가 포악해야 할 상황에서도 착한데 어쩔 수 없어서 마지못해 싸우는 듯한 표정을 지었다. 선배는 화를 내야 할 처지인데 마냥 웃었다. 나는 그들이 성직자처럼 보였다.

남녀 구경꾼들이 여남은 모여들었다. 그들은 엉겨붙은 두 사람을 보며 소리나지 않게 웃었다. 나는 그들에게 돌멩이를 던지고 싶었다. 그래도 웃을지 궁금했다.

내가 들러붙은 두 사람에게 바싹 다가갔다. 남자 왼손 팔목을 두 손으로 붙잡으며 비틀었다. 붙잡힌 선배 멱살이 수월하게 풀렸다. 내가 비틀린 남자 팔을 가볍게 떠밀었다. 남자가 중심을 잃더니 내 차로 밀렸다. 뒷문에 부딪히더니 아스팔트 위로 쓰러져 소리를 질렀다.

"사람 살려!"

그걸 본 구경꾼들이 배꼽을 잡아가며 허리를 비틀었다. 선배가 낄낄거리는데 눈에 눈물이 맺혀 있었다. 나는 남자를 과격하게 대할 뜻이 없었다. 그런데 길바닥에 쓰러지다니. 일부러 넘어진 게 분명했다. 내가 상황이 꼬여간다는 걸 직감했다. 그때 정장 차림에 모직 코트를 입은 중년 신사가 구경꾼들 사이를 비집고 앞으로 나서며 말했다.

"아우야, 이게 뭔 일이야, 누가 널 이랬어!"

신사가 선배와 나를 번갈아보더니 쓰러진 남자와 함께 핸드폰 카메라 렌즈에 들이몰아 사진을 찍었다. 카메라 플래시 불빛이 두세 번 번뜩였다. 주변을 둘러싼 구경꾼들 얼굴에 불빛이 비치는 순간이었다. 구경꾼들 표정이 반사되었다.

여전히 낄낄거리는 선배 눈두덩에서 눈물이 떨어졌다. 나는 울화가 치밀었다. 선배가 흘리는 눈물을 내 오른손 중지 끝에 찍어 발라 구경꾼들에게 뿌려댔다. 눈물은 알알이 튀었다. 흩뿌리는 손가락에 따라 구경꾼들에게로 날아갔다. 선배 입과 눈은 웃음과 눈물이 쉴 새 없이 나오는 화수분이었다. 그 상황에서 내가 무표정하게 사는 게 다행이라 느꼈다.

그때 경찰관 두 명이 나타났다. 신사가 핸드폰으로 어딘가에 전화를 건 후였다. 남자가 길바닥에 누워 사람 살리라며 끙끙 앓았다. 선배가 여전히 낄낄대며 눈물을 흘렸다. 구경꾼들이 끊임없이 키득거렸다. 그날 내가 음주운전과 폭행으로 입건되었다. 그로 인해 직장에서 징계를 받아 유배지로 떠나게 된 것이다.

유배지인 돌섬은 둘레가 하늘과 바다뿐인 무인도인데 최신 항공모함만 했다. 꼭대기는 축구장 한 개 남짓한 풀밭이었다. 가운데는 높이가 아파트 이삼층쯤 되는 소나무 세 그루가 한두 사람이 쉴 만한 그늘을 만들어냈다. 풀밭 주변은 바위들이 둘러싸고 있었다.

시장은 지자체사업 중 하나로 돌섬을 탐사하기로 했다. 섬을 활용해 특화사업으로 확대하려는 것이었다. 그러한 것들을 홍보하여 정치적 효과를 최대한 얻으려는 꿍꿍이였다. 훗날 국회의원에 당선되려는 꿈을 가진 시장으로서는 돌섬사업이 잘만 된다면 정치적 이득을 얻는 셈이었다.

지질학 환경학 교수들이 동원되었다. 그들이 돌섬에 마실 물만 있으면 사람이 기거할 수 있다는 결론을 만들어냈다. 그 후 돌섬 지질을 탐색하고 해저 1.1㎞ 지점에서 지하수를 찾아냈다. 곧 굴착기를 실은 바지선이 섬에 닿았다. 헬기가 떠서 굴착기를 섬 꼭대기 풀밭으로 옮겼다. 거대한 기계가 땅에 구멍을 파기 시작했다. 머지않아 땅속 깊이 박힌 어른 다리통만 한 파이프로 해저 심층수가 솟구쳐 올랐다. 무색무취한 물이었다.

시장이 물줄기가 바위틈을 흐르게 만들어 석간수처럼 꾸몄다. 바위가 경사진 곳은 여울목이 되었다. 그 밑에는 바위를 깎아 좌변기통만 한 돌 웅덩이를 하나 만들었다. 바위 웅덩이는 맑은 물이 넘실거리는 옹달샘으로 탈바꿈했다. 샘에서 넘친 생수는 풀밭으로 흘렀다.

풀밭 한 켠에는 방 두 개에 거실 겸 사무실이 달린 콘크리트 집을 지었다. 지붕은 태양열 전지판으로 덮였다. 거실에서는 위성TV, 인터넷 전화, 스마트폰이 다 잘 터졌다. 지하수로 욕실과 수세식 화장실까지 만들었다.

그러나 돌섬 새 집에서 살 사람이 없었다. 도시 사람들은 물론 돌섬에서 가까운 큰섬 주민들조차 아무도 나서지 않았다. 돌섬에는 배를 안전하게 댈 만한 나루터가 없었다.

본청에서는 궁여지책으로 공무원을 파견하기로 했다. 하지만 나서는 이가 없었다. 남자 직원들이 자신에게 불똥이 떨어질까봐 마음을 졸였다. 그때 본청에서는 음주운전으로 집행유예를 선고받은 직원에 대한 징계위원회가 열렸다.

그녀였다. 음주단속을 피하려다가 경찰차를 들이받은 사고를 저지른 것이다. 그녀는 소설 쓰는 남편, 초등 1학년 딸, 유치원생 아들을 부양했다. 그녀 음주사고는 공식적으로만 세 번째였다. 직원들은 그녀가 파면당할 거라며 수군댔다.

징계위원들이 그녀를 파면하라는 의견을 모았다. 그래야 직원들의 음주운전이 뿌리뽑힐 거라는 설명도 덧붙였다. 징계위원들은 국장들과 고참 과장들이었다.

그녀가 징계위원장인 시장에게 독대를 신청했다. 3년 동안 돌섬 근무를 자원한 것이다. 술을 끊겠다는 다짐까지 했다. 시장이 고민에 빠졌다. 그녀를 돌섬으로 보낸다면 파면해야 한다는 시 공무원 인사 규정을 위반하는 것이었다.

이틀이 지난 뒤였다. 시장이 그녀를 돌섬으로 인사 발령했다. 직원들은 월급을 받으며 푹 쉬려면 음주운전 사고를 내라고 수군거렸다. 삼삼오오 모여 킥킥거리며 서로에게 속닥거렸다. 시의회는 돌섬으로 술을 실어 나른 배가 적발되면 선박등록을 취소시키겠다는 조례를 만들어 공표했다.

그녀가 돌섬으로 들어간 뒤였다. 직원들 사이에서는 그녀가 시장에게 돈을 줬다는 소문이 나돌았다. 내 연봉만큼에다가 반을 더한 액수였다. 선배가 술자리에서 내게 소곤댄 말이었다. 얼마 후 홍보실에서 언론사들을 상대로 돌섬 홍보작업에 나섰다. 그 비용을 시장이 그녀가 준 돈으로 충당한다는 말까지 돌았다.

TV에서 돌섬을 방영하기 시작했다. 방송국 예닐곱 개가 서로 경쟁하듯 법석을 떨었다. 중앙지와 지방지 지면들도 떠들썩했다. 육지 부두를 떠나 면 소재지 큰섬을 지나 돌섬에 이르는 바닷길이 널리 알려졌다. 돌섬을 둘러싼 바다와 수평선과 섬 바위들을 시청자들에게 보여주었다. 풀밭과 소나무와 옹달샘 들이 드러났다. 사무실 겸 거실이 공개되었다.

그녀가 화면에 떴다. 아무도 희망하지 않는 돌섬 근무를 자청한 훌륭한 공직자로 소개되었다. 그녀의 마초적 기질은 어떤 남성도 따라잡기 힘들 것이라 했다. 그녀가 집 아이들과 5G 스마트폰으로 영상 통화하는 장면도 보였다. TV에서 그녀는 늘 밝았다. 이런 멋진 곳에 근무하게 해준 시장님과 시민에게 감사드린다며 TV에 나올 때마다 떠벌였다. 3

넌 동안 떨어져 살도록 허락해준 아이들과 남편에게 사랑해, 라고 예쁜 표정을 지으며 말했다.

그녀가 TV에 낯선 남자와 함께 나오기도 했다. 남자는 큰섬에 사는 낚싯배 선주 겸 선장이었다. 보름 만에 한번꼴로 돌섬 그녀에게 주식과 부식, 생필품들을 배달한다고 TV에서 소개했다. 인터뷰에서 남자는 사투리로 큰일을 맡아 영광이라 했다. 남녀가 손을 맞잡으며 서로에게 고개를 굽실거렸다.

시장이 미소를 듬뿍 머금은 얼굴로 출연했다. 훌륭한 부하직원을 둬 자신의 삶까지 덩달아 보람된다며 웃었다. 돌섬을 개발해 국가와 지역 주민에게 헌납하게 된 것이 일생일대의 업적이라 했다. 점차 생수를 개발해 국내는 물론 수출까지 하겠다며 열변을 토했다. 그때마다 흰 이가 반짝였다. 그녀와 시장과 선장 들이 전국적으로 알려졌다. 보도 내용을 두고 직원들이 틈만 나면 삼삼오오 무리지어 시시덕거렸다. 선배가 낄낄대며 나한테 말했다.

"저년, 돈 안 아깝네."

"진짜로 좋아서 웃는 거라 믿어요?"

"진짜든 가짜든 웃는 건 웃는 거야, 너, 이럴 때 좀 웃어라."

나는 TV 출연자들이나 누군가의 뒤에서 뒷말하는 사람들이 머금는 웃음을 진짜라 인정하기 싫었다. 돌섬 홍보 행사는 코미디였다. 뭔가를 완전하게 가린, 숨긴, 웃음판이었다. 내가 TV에 나오는 돌섬 기사를 보며 웃거나 화내지 않았다.

그녀가 시청 홈페이지 돌섬 코너에 사진을 잘 올렸다. 비키니 차림으로 일광욕하는 사진이 여러 장 보였다. 옹달샘에서 심층수 떠 마시는 사진을 올리며 '술이 땡길 때는 이렇게 해요'라는 글을 달았다. 사진들로만 본다면 그녀는 언제나 간드러지게 웃으며 살았다.

어쩌다 내가 그 웃음에 소름이 끼치고 정나미가 떨어지기도 했다. 다른 직원들은 돌섬과 그녀에게 일부러 관심을 두지 않았다. 살다보면 뜻하지 않게 뭔가를 뒤집어쓰는데, 돌섬에 관심을 두거나 그녀와 친근하다보면, 돌섬으로 파견나가야 하는 액운을 뒤집어쓴다는 걱정 때문이었다. 선배와 내가 가끔 그녀에게 전화하거나 댓글을 달았다. 그 때문일까. 어처구니없이 내가 음주운전 사건에 휘말린 것이다.

그 일로 내가 억울하다는 건 아니다. 술에 취해 시동만 걸어도 도로교통법에서 운전행위로 규정한다면 나도 할 말 없다. 하지만 남자가 돈 뜯으려 시비를 안 걸었으면, 신사가 경찰에 신고 안 했다면 탈 없이 넘어갈 일이었다. 두 사람의 계획된 공갈협박인데도 그들이 피해자가, 나는 가해자가 되었다. 공갈협박자가 선량한 피해자로서 법의 보호를 받다니, 추워서 몸을 녹이려 부득이 차에 시동을 건 내가 가해자라니.

그날 밤 나는 경찰차에 태워졌다. 남자는 신사의 차를 타고 경찰차를 뒤따랐다. 내가 경찰서에서 음주측정을 했다. 혈중알코올농도는 1.0이 나왔다. 운전면허증은 바로 취소되었다. 폭력까지 얽힌 내가 유치장에서 쭈그려 앉아 눈을 붙였다.

오전 10시쯤 되자 한 경찰이 유치장 문을 열며 나를 불렀다. 이파리 네 개짜리 견장을 달았고 키가 크며 듬직한 몸집이었다. 경사가 미소를 머금고 있었다. 선배가 미리 와 서성거리다가 내게 "다 손 써 놨어"라는 귓속말을 했다. 경사가 의자에 앉더니 미소 지으며 말했다.

"공무원은 몸조심이 첫째인 줄 아시면서."

내가 대답을 안 했다.

"음주운전 건은 어쩔 수 없고 폭행은 쌍방 합의할 거지요?"

나는 선배가 해준 말이 생각났으나 한마디 했다.

"아니, 히터만 틀었는데, 억울한 거 아닌가요?"

"법이 그래요, 꿰인 겁니다. 피해자가 입원한답니다."

"저들의 공갈협박은 죄가 안 돼요?"

"남자는 음주운전하지 마시라 지켜드리려 했답니다."

"거짓말! '좀 달라' 했어요."

"증거 있습니까?"

내가 할 말이 없었다. 경사가 미소 지으며 말했다.

"안 웃으시네요, 웃어보세요."

내가 침착하게 대꾸했다.

"항상 이렇게 웃어요? 안 좋은 일도요, 왜 그래요?"

경사는 자판기를 두드리며 껄껄껄 웃었다.

"웃으세요, 웃어보면 알 겁니다."

선배가 손을 내 어깨에 얹었다. 그때 남자와 신사가 사무실로 들어선 뒤 경사의 책상 앞으로 다가왔다. 선배와 신사가 서로 고개 숙여 인사하더니 둘이서 함께 사무실 밖으로 나갔다.

남자가 내 옆 의자에 앉았다. 나는 남자 쪽으로 얼굴을 돌리지 않았다. 경사가 남자와 내 신원을 확인하면서 자판을 두드렸다. 경사가 여전히 껄껄대자 남자는 고개를 굽실거리며 히히거렸다. 곧이어 선배와 신사가 되돌아왔다.

신사가 경사에게 서류 두 장을 건넸다. 남자가 쓴 합의서와 인감증명서였다. 남자가 인감도장을 꺼내 조서에 찍었다. 나도 조서에 오른손 엄지를 눌렀다. 조서는 피해자가 가해자의 처벌을 원치 않는다는 내용이었다. 경사가 자리에서 일어나며 말했다.

"이제, 됐습니다. 돌아가셔도 됩니다."

신사가 히죽거리며 경사에게 손을 내밀었다. 경사는 손을 맞잡았다. 우리가 먼저 사무실 밖으로 나섰다. 선배 차로 경찰서를 벗어났다. 선배가 낄낄대며 말했다.

"야, 돌섬 생수사업 보류한대."

환경부에서 돌섬 축구장만 한 풀밭에 생수공장을 지으면 안 된다는 통보를 해왔다. 돌섬의 자연을 훼손하지 말라는 뜻이었다. 시장은 우리가 힘이 없어서 그런다고 주장했다. 자신이 국회의원에 당선되면 그때 생수사업을 다시 하자며 너스레를 떨었다. 차기 국회의원으로는 자신이 되어야 한다는 말이었다. 선배가 말했다.

"이제, 돌섬은 진짜 유배지야."

돌섬이 개발될 때까지 누군가 파견 관리한다는 말이었다. 그래야 다음에 생수사업을 쉽게 다시 시작하리라. 그렇지 않으면 원점에서부터 새로 출발해야 하는데 그만큼 어려울 일이었다.

내가 고개를 끄덕이자 선배는 함께 어디 좀 가자, 했다. 찾아간 곳은 신경정신과였다. 의사가 대학 선배인데 가끔 봤던 탓에 낯익었다. 의사가 나를 보며 미소지었다. 선배가 옆에서 낄낄거렸다. 내가 무뚝뚝하게 굴었다. 의사가 물었다.

"안 웃나? 아예 거부하나?"

내가 대답하지 않았다.

"맞아, 진짜로 웃을 일이 드물어."

의사가 미소를 머금은 채 말을 이었다.

"연습으로 한번 해보게, 지금, 연습으로, 지금."

내가 고개를 끄덕이며 웃으려 했는데 안 됐다. 의사가 다시 해봐, 했다. 선배가 옆에 앉아 나를 뚫어지게 바라보았다. 의사가 또 지시했다. 하지만 안 나왔다. 의사가 자신과 눈길을 맞추라 했다. 내가 시선을 의사 눈에 고정시켰다. 의사의 웃음은 부드러워 내게 전염되는 듯했다. 그 덕분에 가능했다. 드디어 나는 빙그레 미소지었다.

의사가 폭소를 터뜨려, 했다. 내가 입을 크게 벌려 소리내 웃었다. 의사가 짜증이나 화를 내보라 했다. 내가 말대로 따라했다. 선배 얼굴이 어두워졌다. 의사 표정이 굳어졌다. 내 뇌와 얼굴을 MRI로 찍었다. 영상에는 좌 측두엽 뇌 웃는 부위가 활성화되지 않았다. 웃음을 조절하는 뉴런과 시냅스가 퇴화한 것이었다. 그뿐 아니다. 안면에서 웃거나 짜증내고 화내는 근육마저 퇴화했다.

나는 표정 바보였다. 뇌를 치료해 감정이 얼굴로 전달돼도 근육마비로 인해 표정을 짓지 못할 터. 의사가 표정근육 되살리는 물리치료가 아직은 없어, 했다. 내가 회복할 수 없는 표정장애자였다. 어이가 없었다. 나도 모르게 웃음이 나왔다. 진짜로 웃었다. 하지만 표정을 짓진 못했다.

내가 보기에 사람들이 웃는 건 가짜가 너무 많다. 뭔가를 가리려는 짓거리다. 꿍꿍이속셈을 어영부영 넘기려는 수작이다. 그 증거는 넘쳐난다. 나쁜 짓 하다 붙잡혀 다른 구실을 댈 때 나오는 첫 행동거지가 그 근거다. 속으로는 '이런 18' 하면서 겉으로는 화사한 낯빛을 띠지 않는가. 욕심을 채우려 할 때 가장 먼저 짓는 표정을 떠올려보라. 웃음이다. 대부분 그렇다.

다른 웃음은 자신을 위해 즐거워하거나 해주는 척, 하는 거다. 누군가에게 '나는 당신과 한통속이요, 함께 잘하자구' 라는 표식이다. 또 남 앞에서 자신이 더 잘났다는 착각이 주는 위안이다.

내가 상실한 건 웃음만이 아니었다. 고딩 때였다. 야자를 하거나 밤늦게 학원을 드나들며 짜증이나 화낼 일 없다는 걸 깨달았다. 나는 먼지인데 그런 꼴에 성깔부려봐야 별 볼 일 없을 거니깐. 그 뒤 나도 모르게 표정 없이 살았나보다. 그런데 문득문득 내가 사회에 잘 적응할 수 있을까, 라는 걱정이 떠올랐다. 그럴 때도 덤덤하게 넘기곤 했다.

대학 갈 때였다. 한 톨 먼지인 나를 어디로 보낼지 고민했다. 인도로 보낼까, 이스라엘로 보낼까, 메카로 보낼까, 애를 태웠다. 불교대학은 싯다르타가 잘 웃어서 불편했다. 뭘 저렇듯 웃을 일이 많나, 했다. 기독교대학은 안 내켰다. 십자가에 매달린 예수의 무덤덤한 표정이 맘에 들었으나, 내가 예수와 같은 처지에 놓였을 때 아픈 표정을 지을 수밖에 없을 터, 자신이 없었다. 무슬림대학은 화 잘 내는 폭탄이 무서웠다. 내가 폭탄을 몸에 숨겨 어딘가로 뛰어들지는 못하리라.

그냥 수능 점수에 어울리는 딱 맞는 학과를 골랐다. 그 덕에 공무원이 됐다. 그러나 나는 절이나 교회나 모스크보다 더한 데로 떠밀리는 중이었다. 돌섬이라는 유배지였다.

내가 돌섬 가는 낚싯배에 옮겨 탔다. 큰섬 주민인 선장이 시청 연락을 받고 나를 기다렸다. TV에서 그녀와 손을 맞잡으며 서로에게 감사하다는 말을 주고받았던 남자다. 선장이 파도가 세다며 후후거리는데 마늘 냄새를 풍겼다. 선착장이 없는 돌섬에 배를 댈 수 있을지 모른다며 구시렁거렸다.

"지름값 빼면 반나절 일당도 안 되는디, 배 깨지면 망쫀디."

큰섬 사람들이 파도가 드센 날 돌섬에 배 대는 걸 싫어하는 것 같았다. 배가 스스럼없이 나루터를 벗어났다. 지켜보는 이가 아무도 없었다. 수평선 쪽에서 연이어 나루터로 밀려드는 파도가 제법 거칠었다.

배가 큰섬 선착장에서 벗어난 지 10분쯤 되자 사방은 온통 바다였다. 내가 좌우로 달걀 등처럼 길게 휘어진 수평선을 보며 지구가 둥글다는 기억을 되살렸다. 나는 동그란 어항에 갇힌 한 점 개체였다. 쇼펜하우어 말이 떠올랐다.

배가 여울목을 헤집는 활엽수 이파리처럼 뒤뚱거렸다. 해가 수평선으로 쏠려 있었다. 배가 항로를 따라 질주하는 게 아니었다. 태양이 바다에 배설하는 기다란 붉은 잔해의 뿌리를 거슬러 가는 중이었다.

"저거는 해가 바다에다 뿌리를 꽂은 건디, 둘이서 빠구리하는 거여."

선장이 말했다. 내가 무슨 말인지 몰라 멍, 했으나 곧 이해됐다. 바다가 자궁이라는 말이었다. 해가 배설하는 기다란 붉은 잔해가 거시기, 바다가 머시기란 말인가.

태양과 바다 사이에서 나는 한 톨이었다. 내가 진짜 먼지인가, 라는 느낌에 이어 웃음이 나올 듯한 기분이 들었다. 상실해버린 내 표정까지 되찾을까.

배가 바다로 가라앉는 태양을 향해 달렸다. 내가 햇살에 눈이 부셔서 배가 가는 쪽을 똑바로 못 쳐다봤다. 배가 도착할 시각이 다 돼가는데 돌섬이 나타나지 않았다. 내가 스마트폰을 꺼내 시계를 보았다. 큰섬을 출발한 지 한 시간이 되려면 10분 남았다. 돌섬에 가까이 다가갔어야 할 시각이었다.

잔뜩 열 오른 얼굴 같은 해가 수평선에 닿을 듯했다. 내가 손을 수평선으로 뻗었고 손바닥을 펴 해와 바다 사이를 가늠했다. 바다와 해의 턱 틈새는 한 뼘보다 조금 작았다. 눈이 부셔서 더는 해 쪽을 똑바로 바라보지 못했다.

그때 해가 입을 쩍 벌렸다. 수평선에 아래턱을 담근 채 주둥아리를 벌려 바닷물을 들이켰다. 나는 해가 물 마시는 걸 처음 보았다. 그 물길에 휩쓸려 배가 해에게로 끌려갔다. 갑자기 배 바로 앞에 커다란 바위섬이 떡하니 나타났다. 그건 마술이었다.

한동안 해가 역광으로 섬을 가린 것이다. 해가 수평선에 가까워지자 눈이 부셔 둘 사이에 낀 돌섬이 해의 아가리처럼 보였다. 그러나 배가 돌섬에 바싹 다가가자 섬이 해를 가로막았다. 비로소 돌섬이 나타났다.

배를 끌어당긴 건 태양이 아닌 돌섬이었다.

바닷물이 철렁대는 바위 끝에 그녀가 서 있었다. 발치에는 큼직한 캐리어 두 개가 놓였다. 선장이 배 속력을 늦추며 그녀 쪽으로 몰았다. 후후대는데 그럴 때마다 입에서 마늘 냄새가 났다. 배가 바위틈새에 닿았다. 내가 배에서 내리고 그녀에게 다가갔다. 그녀가 오른손을 내밀었다.

"아직도 안 웃어?"

그녀는 내게 웃음과 표정장애가 있는 걸 몰랐다. 전처럼 그냥 안 웃는 거로 여겼다. 선장이 배에서 가방과 생필품 보따리를 내려놓았다.

"술 있어?"

그녀가 말했다. 내가 그녀 손을 놓고 가방 지퍼를 열었다. 1.5L짜리 소주 페트병이 세 개 보였다. 한 개를 꺼내려는데 그녀가 먼저 가방 안에 손을 넣었다. 술병 한 개를 집어들더니 마개를 따서 고개를 뒤로 젖혀 병째 들이켰다. 꿀꺽이는 소리와 더불어 목울대가 출렁거렸다.

그녀가 술을 대여섯 모금 마시더니 입에서 술병을 떼며 숨을 몰아쉬었다. 내가 술병을 빼앗아 목구멍에 들이붓는데 맛이 달달했다. 둘이서 병을 주거니 받거니 하며 소주를 반쯤 축냈다. 선장이 다가서며 말했다.

"뭔, 술이다냐, 시장이 알먼, 내 배, 큰일나겠네."

그녀가 간드러지게 웃으며 취기 오른 목소리로 대답했다.

"자기는 걱정 마, 내가 다 알아서 할게."

그녀가 무심코 뱉은 말이었다.

'자기?' 내가 속으로 이게 무슨 말인가 했다. 선장이 그녀에게서 술병을 빼앗아 병째로 입에 털어넣었다. 셋이서 순배가 돌고 또 돌았다. 나중에는 선장이 술병 주둥이를 혀에 댄 채 탈탈 털었다.

"뭐야, 자기, 음주 항해 아니야?"

그녀가 선장에게 알랑거리며 또 '자기'라 했다. 선장이 후후대며 그녀 가방들을 배에 실었다. 그녀가 배에 오르며 간드러지게 웃었다. 선장이 나와 눈 한번 맞추지 않고 후후거리며 조타실로 갔다. 머지않아 그는 생필품을 싣고 이 섬에 올 게 아닌가. 배가 후진으로 바위틈에서 빠져나갔다.

그녀가 웃으며 손을 흔들었다. 나도 손을 흔들려 했으나 팔이 따라주지 않았다. 뱃머리가 큰섬 쪽으로 돌더니 꽁무니를 드러냈다. 그녀가 몸을 돌려 나에게 손을 흔들었다. 얼마 후 배가 수평선 너머로 스러졌다.

배를 댄 곳에서 풀밭으로 올라가는 길이 없었다. 내가 바위틈을 비집으며 위로 올라갔다. 풀밭이 잡초로 우거져 있었다. 잡풀 새로 발자취가 희미하게 드러났다. 내가 흔적을 따라 걸었다. 짐들을 다 옮기자니 그 바윗길을 세 번이나 오르내렸다.

주변을 둘러보니 바다뿐이었다. 해가 수평선 너머로 사라졌다. 하늘에는 구름결 따라 노을이 퍼져 있었다. 조금 후면 어두워져 꽃노을은 스러질 터. 낚싯배가 사라진 바다를 살피니 고요했다.

내가 풀밭을 걸었다. 우뚝 선 소나무 세 그루는 단단했다. 돌섬에 부딪히는 파도 소리와 솔잎을 스치는 바람 소리가 휘날렸다. 그런데 귀에 익은 말이 들렸다. 내가 귀를 곤두세웠다. 낯익은 말인데, 내 이름이었다. 누군가 나를 불렀다. 이런 막막한 곳에서 날 찾다니.

내가 풀밭을 뛰어다녔다. 찾아야 해. 이런 데서 나를 부르는 자가 누군지 찾아내야 해. 바위로 올라선 다음 돌들을 짓밟으며 풀밭 둘레를 싸잡아돌았다. 새 한 마리 없었다. 세 바퀴나 헤맸다. 다리가 후들거렸다. 나를 부를 만한 게 없었다. 마음을 다잡으려 눈을 감았다. 쇼펜하우어를 생각했다.

발밑에 옹달샘이 보였다. 생수사업이 불가능한 걸 시장이 미리 알았는지 모른다. 그렇다면 돌섬 생수사업을 빌미 삼아 그녀와 내가 파면당할 걸 막은 꼴이다. 큰돈을 건네긴 했지만. 시장에게 준 돈은 유배기간 받는 봉급이라 치면 된다. 더 중요한 건 직장을 잃지 않는 것이다. 다행이라 여겨지는데 왠지 씁쓸했다.

내가 샘으로 다가가 안을 들여다보았다. 잔잔한 샘물에 비친 눈에 눈물이 고였다. 그런데 얼굴은 미소를 머금었다. 내가 뭔가에 홀려 있었다. 눈물을 흘리는데 웃다니, 웃거나 화낼 수 없는 장애자가 말이다. 납득이 안 됐다. 내가 일부러 눈물을 더 흘려보았다. 입이 벌어지면서 웃음이 따라나왔다.

신경정신과에서는 웃으려 했기에 웃지 못했을까. 울었다면 웃었을까. 그러면 뇌 웃음보가 MRI 필름에 활성화돼 찍혔을까. 선배나 의사가 왜 내게 울어보라 말하지 않았을까. 내가 큰섬 쪽 바위로 뛰어올랐다. 눈물 흘리면서 낄낄대던 선배가, 바다 건너 뭍에 있을 선배가 암초처럼 바다에 떠 있다.

갈목이네 집

갈목이네 집

1

언덕 위 집 한 채. 바다로 탁 트인 마당 끝에 길쭉한 나무의자가 놓였다. 세 사람이 나란히 앉아 해넘이를 보았다. 그가 쌍안경으로 바다를 살폈다. 그녀와 갈목이는 서로 어깨를 기댄 채 물굽이에 눈길을 주었다. 해가 저물지 않으려 햇살로 바다를 따갑게 붙잡으며 버티었다.

바다의 푸른 피부가 벗겨졌다. 붉은 속살이 드러난 바다가 보호색이 절실했다. 생채기에 햇살색 살갗을 바로바로 재생시켰다. 노을이 바다의 줄기세포였다. 그녀가 말했다.

"바다가 불그스름한 칠면초밭 같아."

그녀가 의자에서 일어나며 한마디 더했다.

"따라오지 마, 선생님이랑 있어."

그녀가 딸에게 말하며 발을 뗐다. 맨발인데 발등이 희었다. 갈목이가 입을 삐죽거렸다. 의자 왼쪽 옆에 밑으로 내려가는 오솔길이 있다.

그녀가 네댓 발자국 걸어 내리막길에 발을 디뎠다. 흙에 스며든 햇볕이 발바닥에 간질밥을 먹였다. 발등 흰 살결이 발목을 지나 정강이로 이어졌다. 비탈길 끝에 닿으면 갯벌이었다. 그녀가 두 발을 뻘에 담그며 살가운 느낌을 받았다. 한 발짝씩 옮기며 두 팔을 벌려 중심을 잡았다.

"엄마 땜에 또 회오리바람 불겠네."

갈목이의 엄마를 닮은 맑은 목소리가 바다로 빠져나가지 않고 개어귀를 맴돌았다.

"하나 뽑아 갈게."

그녀의 맞장구가 파도 소리 같았다. 그가 손에 든 쌍안경을 눈에 댔다. 그녀가 주홍이며 선홍이기도 한 칠면초밭으로 다가갔다. 연한 쥐색 민소매 면티와 주홍색 핫팬츠를 입었다. 허벅지가 가늘었다. 종아리에 개흙이 잔뜩 묻었다.

그녀 마음이 칠면초밭 너머 갈대밭에 쏠렸다. 그녀는 갈대의 구릿빛을 보면 숨이 막혔다. 갈대에 안겨볼까 하다 실소를 지으며 칠면초에 마음을 돌렸다. 그녀가 무릎까지 자란 칠면초 한 뿌리를 통째로 뽑아들어 볼웃음을 지었다. 그녀 머릿결이 출렁였다. 귀밑을 지났으나 어깨에 닿을 듯한 머리카락들이 칠면초를 닮은 볶은 머리였다.

안간힘을 쓰던 해가 더는 견디지 못해 섬 너머로 떨어졌다. 햇살에 덴 바다가 어두운 연고를 바르며 몸을 다독거렸다. 그가 눈에서 쌍안경을 뗐다. 맨발인 그녀가 맨발인 칠면초를 안고 마당에 올라섰다.

그가 의자에서 일어나더니 세숫대야를 들고 그녀가 올라왔던 오솔길로 내려갔다. 대야로 개흙과 바닷물을 욕조만 한 주홍색 고무통에 서너 번 피날랐다. 그가 뽑혀온 칠면초를 통 속 개흙에 심었다. 칠면초가 들어선 통이 의자 옆에 놓였다. 하늘에는 별들이 음계처럼 떠다녔다.

갈목이가 하품을 크게 하더니 집안으로 들어가자 했다. 그녀가 수도꼭지를 틀어 정강이에 들러붙은 뻘을 씻어냈다. 물에 씻기는 손발이 시렸다. 그가 뒤란 보일러실로 갔다. 전깃불을 켠 뒤 기름통 눈금을 확인했다. 경유가 한 드럼짜리 통에 반쯤 들어 있었다.

옆에 놓인 하얀 플라스틱통에도 기름이 가득 채워져 있었다. 개천절과 주말이 낀 연휴에 쓰기는 넉넉했다. 일부러 맞춘 것처럼 그녀의 달거리도 연휴 전날부터 비쳤다. 그녀가 무슨 단체의 지부 사무실 사무원으로 근무한 지 조금 되었다.

세 사람이 거실 식탁에 둘러앉았다. 현관 옆 창 밑에 놓인 오디오에서 멜로디가 콧노래처럼 흘러나왔다. 그가 인터넷에서 내려받아 저장해놓은 가곡들이었다. 그녀가 물었다.

"저런 것밖에 없나?"

"나폴리를 노래한 것들이 많아요."

그가 집 앞 갯바닥과 바다에 마음을 빼앗기며 살았다. 갈대와 칠면초가 어울려 사는 것을 노랫말로 새기려 했다. 집 앞에 펼쳐진 포구를 둘러싼 두 동산과 바다와 섬들의 햇살 받는 모습을 음악으로 두루 알려야 된다고 여겼다. '저 파노라마가 노래로써 거듭나야 할 텐데'라고 자신이 운영하고 강의하는 'e-논술' 카페 수강생들에게 말했다.

그녀가 식탁에서 일어나 오디오 앞으로 갔다. 서른 장 남짓한 CD 음반을 뒤지며 '음악을 잘 모르구나' 하더니 오디오에 있는 라디오 버튼을 누르고 채널을 돌렸다. 그녀가 즐겨 부르는 유행가가 나왔다. 갈목이가 끼어들었다.

"그런 노래 싫어. 선생님이 듣는 가곡이 좋아."

그녀가 아랑곳하지 않고 오디오 볼륨을 높이며 노래를 따라했다. 잠깐이나마 상체와 하체가 엇갈리게 몸을 흔들어 보이더니 그에게 한마디 했다.

"이거 무슨 노랜지 알아요?"

그가 손뼉으로 박자를 맞추며 고개를 가로저었다.

"어~휴. 요즘 뜨는 노랜데, 삼십대들이 아주 좋아해요."

그녀가 가자미눈을 하며 그에게 핀잔을 줬다. 그가 배우고 싶으니 가르쳐달라 했다. 그녀 얼굴이 굳어졌다. 볼이 불어터진 갈목이와 눈이 마주친 탓이었다. 갈목이가 그녀에게 시선을 곧추세우며 앙칼지게 말했다.

"나, 여기에서도 나갈 맘 먹었거든, 엄마가 가곡을 배워라, 그게 졸나 더 낫다."

그녀가 말을 눌러 참고 식탁 의자에 앉았다. 갈목이가 자리에서 일어났다. 오디오 앞으로 다가가더니 전원 스위치를 눌러 꺼버리고 뾰로통한 얼굴로 식탁을 등진 채 현관 밖 어두움을 바라보았다.

그가 일어나 냉장고 문을 열었다. 소주 두 병을 꺼내 식탁에 놓았다. 갈목이가 작은방 문을 밀치고 들어갔다. 그가 멋쩍게 웃으며 잔에 술을 따랐다. 그녀가 갈목이 방을 향해 눈을 치켜떴다. 그가 분위기를 바꾸려는 듯 그녀를 향해 소주잔을 치켜들었다.

그가 중학교 2학년인 갈목이에게 1년이 넘도록 인터넷카페에서 논술을 가르치는 중이었다. 둘은 정모와 번개에서 여러 번 봤던 터라 익숙했다. 달포 전쯤이고 칠면초가 온통 빨간 색을 띠던 때였다. 그가 한 시간째 메신저 창으로 갈목이와 1 : 1 논술수업 중인 날이었다. 'e-논술' 카페가 접속된 컴퓨터에서는 멘델스존의 〈베니스의 뱃노래〉가 희미하게 흘러나왔다.

어쩌다가 그녀와 전화 통화를 하기도 했다. 그가 갈목이의 공부가 어떻다는 걸 말하고 그녀는 언젠가 '틈나면 함께 식사해요' 했다. 그녀 목소리는 인어공주인가 싶을 만큼 음색이 맑았고 말씨도 애교스러웠다. 가끔씩 그의 머릿속에서는 만난 적 없는 그녀가 우렁각시로 나타나곤 했다.

강의가 끝나려 할 때 갈목이에게서 '내일부터는 수업할 수 없어요'라는 쪽지가 날아왔다. 뜬금없었다. 그가 메신저를 보내 까닭을 물었다.

갈목이가 가출하려 마음먹고 있었다. 며칠 전 밤이었는데 갈목이 혼자 집에 있을 때였다. 덩치 큰 남자들 세 명이 집으로 찾아왔다.

"니네 집, 살림살이랑 홀라당 낙찰받았다, 빨랑 꺼져라!"

그들이 명함을 던져놓고 갔다. 갈목이가 그녀에게 전화를 걸었지만 연결되지 않았다. 집을 나간 아빠 휴대 전화번호는 이미 결번이었다. 아빠는 엄마가 하는 일을 도왔다. 매니저나 다름없었다. 엄마는 노래방 도우미였다.

둘은 노래방에서 만났고 돈을 모아 여자들을 1,000명쯤 데리고 노래방 하는 게 꿈이었다. 처음에 갈목이 아빠는 그녀가 유행가 잘 부르는 것에 반했다. '화끈하다'며 그녀에게 푹 빠졌다. 그녀가 술기운이 있어야 노래도 잘 되고 음색도 고와진다며 술을 늘 마셨다. 허구한 날 술내를 풍겼고 노랫가락을 흥얼거렸다.

머지않아 아빠가 그녀 입에서 끊이지 않고 새어나오는 알코올 냄새에 질려버렸다. 그녀가 술에 절어 돈이 안 된다는 푸념도 늘어놓았다. 쉴 새 없이 흘러나오는 그녀의 술 취한 콧노래에도 숨이 막히곤 했다. 그러다가 노래방 하고 싶어하는 다른 여자를 만났다.

갈목이도 그녀를 닮아 유행가를 잘했다. 그녀가 예쁘다 하고 아빠는 지겨워했다. 아빠가 집을 나갔고 돌아오지 않았다. 노래방 하고 싶어하는 여자랑 광역시로 갔다는 말이 들리기도 했다.

갈목이는 아빠를 찾지 않았다. 그녀 혼자서 노래방을 나다녔다. 집에서는 새로운 유행가 음반을 틀어놓고 따라 부르는 게 일이었다. 홀짝거리던 술을 어쩌다가 어린 딸에게 권하기도 했다. 그럴 때마다 갈목이가 술잔을 받아 입맛을 다시며 맛있어했다.

갈목이가 중학생이 되었다. 그의 인터넷 'e-논술' 카페를 알고 회원으로 가입했다. 카페에 접속하면 배경음악이 잔잔하게 흘러나왔다. 나폴리, 베네치아, 소렌토와 관련된 가곡들이었다. 그때부터 갈목이가 유행가보다 가곡을 더 좋아했다.

갈목이가 집에서 가곡을 흥얼거릴 때였다. 옆에서 듣던 그녀가 분위기 가라앉히는 노래들이라고 마땅치 않아 했다. 갈목이가 한술 더 떠서 가곡을 짓는 작곡가가 되겠다고 그녀 말을 되받았다. 그녀가 혀를 끌끌

찼다.

갈목이는 처음으로 엄마가 천박하다고 느꼈다. 슬픔이 솟구쳤고 반항심으로 이어졌다. 그 뒤로 유행가가 싫어졌다. 어디선가 가요가 흘러나오면 귀를 막고 싶었다. 음악은 있어야 하지만 그런 노래를 더 듣고 싶지 않았다. 술에 취한 채 새벽에 들어오는 그녀도 마땅찮아졌다.

갈목이는 늘 혼자였다. 한밤중에 집으로 찾아온 남자들로부터 집을 비우라는 말을 들은 뒤로 그녀의 그늘이 보금자리로 여겨지지 않았다. 더는 머물기 어려운 둥지였다. 집을 나가더라도 먹고 자는 것은 어떻게 되겠지, 라고 스스로를 부추기자 아빠가 떠올랐다.

"가출 안 하면 안 되니?"

그가 물었다. 갈목이에겐 다른 방법이 없었다. 그가 갈목이에게 피할 수 없는 가출이라면 자신의 집에 빈방이 하나 있으니 며칠은 머물러도 된다고 했다. 갈목이가 머뭇거렸다. 그가 안 되겠다 싶어 만나자 했다. PC와 연결된 스피커는 〈잘 있거라 나폴리〉를 들려주었다.

다음 날 오후에 그가 버스터미널 앞에서 갈목이를 만났다. 단발머리에 맑고 깨끗한 눈을 가진 아이였다. 거친 애라는 느낌은 한구석도 없어 보였다. 갈목이가 그의 낡은 차에 올라탔다. 볼웃음을 지으며 그녀에게 전화하지 말 걸 부탁했다.

새벽이었다. 그녀가 술에 취해 집으로 들어갔다. 갈목이가 없는 걸 예사롭지 않게 넘겼고 늘어지게 잠을 잤다. 다음날 해가 중천에 떴고 비로소 그녀가 거실 소파에 널브러진 갈목이의 책들과 가방을 보았다.

갈목이를 불렀으나 대답이 없었다. 그녀가 여기저기 전화를 했다. 갈목이를 찾지 못해 허둥대다가 저녁 무렵 그를 떠올렸다. 전화를 걸었고 그로부터 갈목이 이야기를 얼추 들었다. 그녀가 노래방 출근을 포기한 채 서둘러 집을 나섰다.

갈목이가 마당 의자에 앉아 있었다. 택시가 대문 앞에 닿는 소리가 들렸다. 그녀가 마당에 들어서고 그와 마주쳤다. 통화는 했지만 처음 보는 사이였다. 갈목이가 해넘이를 핑계로 뒤돌아보지 않았다. 그녀도 갈목이 뒷모습을 보자마자 갈목이보다 하늘과 바다에 넋을 줘버렸다.

해가 선홍색 스프레이를 허공에 뿌려댔다. 색 알갱이들이 바다로 내려앉고 개펄에도 내리꽂히면서 오만 가지 색깔로 바뀌더니 모자이크 치레가 되어 비구상을 그려냈다. 앞바다 섬들도 달맞이꽃잎으로 탈바꿈했다.

그처럼 어수선한 해넘이 바다와 오롯이 맞아떨어지는 노래를 그는 부르고 싶었다. 이태리 가곡들이 떠올랐으나 마땅치 않아 마음만 졸였다. 그 새 어두움이 바다에서 해를 풀어주고 있었다. 심드렁해진 해만은 잠자리에 들어야 했다.

땅거미가 밀려드는 포구를 동산 두 개가 둘러싸고 있다. 안쪽에 있는 속동산이 조금 짧다. 겉동산이 사람으로 치자면 속동산보다 머리 하나 정도 더 길다. 두 동산은 마주 보며 바다 쪽으로 뻗은 끝머리를 서로에게 구부리고 있다. 그가 두 동산이 감싸고 있는 개어귀를 노래로 부른다면 모녀가 서로 껴안을 거라 짐작했다.

갈목이가 여전히 바다를 향해 앉았고 그녀가 뒤에 서 있었다. 밤은 깊어갔다. 그녀가 슬그머니 갈목이 손을 붙잡았다. 노래 대신 검은 파도 소리가 세 사람을 쓸어안았다. 그가 빈방을 내주자 모녀는 잠자리에 들었다.

모녀가 이사를 하는데 짐은 그의 차로 세 번 날랐다. 번거로운 틈에도 그녀는 소주 한 상자를 사들여 냉장고에 넣었다.

그녀가 치켜올린 그의 소주잔에 자신의 잔을 맞부딪혔다. 그가 두세 잔인가 마시는데 그녀는 연거푸 들이켰다. 두 병쯤 비워지자 그녀의 말꼬리가 뒤틀렸고 몸짓이 흐트러졌다. 그의 마음도 흔들렸다. 그녀가 시선을 주며 한마디 했다.

"첫 일을 이런 때 치렀거든. 술 안 먹고 하면 별로야."

그가 그녀의 눈길을 피하지 않았다.

"어제 시작했거든, 오늘 양이 많아."

그녀가 혀 꼬부라진 말을 이었다. 그가 허탈하게 웃더니 마른침을 삼키며 대답했다.

"보혈로 쓰세요."

"그럼, 여신이네!"

그녀가 말끝에 입을 삐쭉거리며 그에게 눈을 흘기더니 의자에서 일어났다. 허리를 굽혀 식탁에 배와 젖가슴을 대고 그에게 입술을 내밀었다. 그가 입을 맞췄다. 거실에 거친 숨소리가 일었다. 그가 의자에서 일어섰고 그녀에게로 다가가 두 팔로 들어 안았다.

그의 방문이 여닫혔다. 방바닥에는 개키지 않은 이부자리가 널려 있었다. 홑청이 쥐색인 얇은 요와 이불이었다. 그가 깔개에 그녀를 눕히고 자신도 이불을 뒤집어썼다. 누운 그녀가 덮개에 묻혀 보이지 않고 엎드린 그도 뒤통수만 드러냈다. 방안에도 밀물이 들었다.

만조 때 칠면초는 머리끝까지 바닷물을 뒤집어쓴다. 갈대는 바닷물 밖으로 뒤통수만 내보인다. 그럴 때 둘의 숨소리는 거칠다. 칠면초는 감탕질을 하며 갈대 씨를 받아 뻘밭에 되뿌린다.

방에도 물너울이 사나워지고 갯내가 진동했다. 두 사람 너머로 커튼이 없는 커다란 창이 하나 있다. 창밖에는 담이 있고 쪽문이 달린 대문을 나서면 2차선 포장도로다.

창문을 비집고 들어온 햇살이 선잠에서 뭉그적대는 아이의 눈을 찔렀다. 갈목이가 눈을 비비며 잠자리에서 일어나 방을 나서고 거실에서 두리번거렸다. 그의 방문과 창문이 열려 있었다. 방은 치워졌고 아무도 없었다.

갈목이가 욕실로 들어가 변기에 앉았다. 아랫배가 서서히 가벼워졌다. 변기에서 일어나 허리춤을 추스르다가 욕조를 보았다. 세제가 풀어졌고 홑청 뜯긴 이부자리가 담긴 상태였다. 갈목이가 고개를 갸우뚱거리며 욕실을 나섰다.

현관문을 밀치고 마당으로 나서는데 햇살이 갈목이를 보고 한껏 아양을 떨었다. 빨랫줄에 홑청 두 장이 널려 있었다. 비릿한 내가 나는 거로 보아 세탁하지 않은 듯했다.

연한 쥐색 바탕에 선홍색이 짙거나 옅게 흩뿌려져 있었다. 동그랗고 둥글넓적하기도 한 무늬들이었다. 짙은 선홍 떼거리는 칠면초밭, 옅어서 갈색 비슷한 패거리는 갈대밭을 닮았다. 마당에는 떼어낸 갯발 두 쪽이 빨랫줄에 널려 나부꼈다.

그녀와 그는 의자에 나란히 앉아 바다를 보다가 인기척을 느끼고 고개를 돌렸다. 홑청 사이에서 갈목이가 서성댔다. 그들이 느끼기에 하늘의 해보다 빨랫줄에 널린 갈목이 얼굴이 더 붉었다. 갈목이가 애써 그들과 시선을 마주치려 하지 않았다. 그녀가 웃음 반 말 반 섞어가며 말했다.

"선생님 제의야, 잘 말려서 보관하신대."

연휴가 끝난 다음 날이었다. 갈목이가 서둘러 학교에 가고, 한 시간 후 그녀도 시내버스로 출근했다. 그녀가 쪽문을 열고 나간 뒤부터 그는 마음이 편치 않았다. 지겨웠던 고독이 씻기긴 했는데 그 자리가 다른 것으로 채워진 탓이었다.

그가 방으로 들어갔다. 그녀 체취가 짙게 묻어나는 방바닥에 드러누웠다. 눈을 감고 그녀의 알몸을 그리다가 잠들었다. 눈을 떴으나 얼마나 잤는지 알지 못했다. 창밖이 캄캄한 게 밤이 꽤 깊었다. 해거름에 퇴근했을 그녀는 그때껏 귀가하지 않았다.

갈목이가 학교에서 돌아와 있었다. 그녀를 기다리며 마당과 거실을 들랑거리다가 지쳤는지 제 방에 틀어박혔다. 그녀가 첫 출근 날, 다음 날, 다다음 날, 그렇게 3일 만 퇴근한 뒤 바로 집에 들어왔다.

그때마다 갈목이가 두 팔을 벌려 그녀 목에 매달렸다. 넷째 날은 지부 간부들과 저녁 식사가 있다며 좀 늦다더니 이튿날 새벽에야 누군가의 승용차를 타고 집에 들어왔다. 그때부터 그녀가 늘 새벽에 들어왔고 갈목이는 어깨가 처졌다.

이사할 때 갈목이가 그녀에게 노래방을 또 나다니면 '아빠처럼 멀리 가버리겠다'고 으름장을 놓았다. 그녀는 '가시나야, 목구멍에 풀칠하는 것이 최고여!'라고 대꾸했다. 그는 둘의 실랑이를 들으며 그녀에게 마땅한 일자리를 구해주고 싶었다.

며칠간 궁리 끝에 지부장인 선배에게 전화를 걸었고, 잘 아는 여자인데 일자리를 알아봐달라 했다. 나이가 어떻게 되냐고 선배가 되물었다. 그가 동갑내기라 했다. 선배는 그보다 열 살 더 많았다. 선배가 그녀에 대해 요것조것 꼼꼼하게 묻더니 좋다며 다음날이라도 지부 사무실로 출근해 서류를 정리하거나 전화받는 일을 하라 했다.

이사 온 지 일주일 만에 그녀가 취직되었다. 집에서 쉬는 이레 동안 그녀가 싱크대와 욕실의 더께를 벗기고 유리창을 닦았다. 한여름을 넘기면서 눅눅해졌던 침구며 옷가지들이 마당에서 일광욕을 했다. 그녀가 틈틈이 소주를 마셨다. 술기가 돌면 콧노래를 흥얼거리다가 갈목이의 눈치를 봐가며 목청껏 부르기도 했다.

그녀는 는실난실했다. 민소매 면티 자락 틈으로 삐져나온 하얀 젖가슴은 그의 가슴에 생채기를 냈다. 그녀를 겁탈하려 마음먹고 군침을 꿀꺽 삼키기도 했다. 그녀는 강간당하더라도 경찰에게까지 어쩌고저쩌고 할 것 같지 않았다. 그럴 때마다 갈목이의 얼굴이 그의 앞을 가로막았다. 그는 때때로 그녀가 샤워를 마치고 나간 욕실로 들어갔고 변기에 앉아 욕조를 바라보며 자위를 했다. 그는 말라가는 자신을 알 수 있었다.

그녀가 여전히 술을 잘 마시고 유행가를 놓치지 않았다. 그 때문에 갈목이와 자주 다퉜다. 그녀가 늘 청바지와 청재킷을, 쥐색 라운드 티셔츠를 받쳐 입었다. 출근하는 첫날도 그랬다. 그가 허름한 승용차에 그녀를 태웠다. 선배를 만나 그녀를 소개했다. 집으로 돌아온 그가 그녀 생각만 했다. 그녀가 남편을 집에서 나가게 했고, 갈목이가 지겨워하도록 술 먹고 노래 부르고 춤추기를 좋아한다.

그가 자신을 돌이켜보았다. 가난하고 혼자였다. 성욕을 누르고 살긴 하지만 그에게 필요한 것은 여자의 알몸만이 아니었다. 함께 바다를 바라보며 가곡을 짓고 부를 여자라야 했다. 그가 머릿속 그녀를 지워버리려 고개를 가로저었다. 하지만 겉마음뿐이었다.

속마음은 달랐다. 겉마음은 그의 힘으로 부릴 수 있으나 속마음은 다루기 힘들었다. 갈수록 속마음이 겉마음을 누르며 그녀의 알몸을 그의 뇌리에 그려 넣었다. 그가 다짐을 바꿨다. 억눌린 채 지쳐 있는 자신의 욕정만 삭이면 된다고 속마음과 타협했다.

그때였다. 창 넘어 불빛이 어두운 방으로 스며들었다. 멀리서 집으로 다가오는 자동차 불빛이었다. 그가 시각을 아침 다섯 시쯤으로 가늠했다. 그즈음에 집 앞을 지나갈 차는 흔치 않았다. 그녀를 태운 차가 틀림없었다.

누구이기에 그녀를 하루 이틀도 아니고 매일, 그것도 새벽녘에 차로 태워다주는지 궁금했다. 그가 뭉그적대던 잠자리에서 일어나 창밖을 내다보았다. 그가 방을 나섰다. 대문으로 가지 않고 무너진 담으로 다가갔다.

어른 키만 한 블록 담이 삐걱거리는 철대문에 기대어 포장도로와 경계를 이루었다. 처음에 담은 집을 빙 둘러 에워쌌고 바다가 보이지 않았다. 그가 고등학생일 때 할아버지를 졸라 바다 쪽 담을 허물고 마당 끝 언덕배기에 나무의자를 놓았다.

그가 허물지 않은 담 바깥 가장자리를 조심스럽게 밟으며 도로로 나갔다. 대문 앞으로 나서지 않고 담 모퉁이에 몸을 숨겼다. 잠시 후 승용차가 대문 앞에 멈췄다. 커다란 외제차였다. 그녀가 차에서 바로 내리지 않았다. 10분 정도 미적거렸다. 잠시 후, 그녀가 비틀거리며 쪽문으로 들어서고 차는 떠났다. 그가 차번호를 적어두었다.

다음 날 또 살폈다. 6일간 그녀를 태우고 온 차들은 모두 고급 승용차들인데 번호가 다 제각각이었다. 한 대는 선배 차였다. 일요일은 쉬고 월요일에 출근한 그녀가 변함없이 화요일 새벽에 들어왔다. 일주일이 또 흘렀는데 여섯 대 차들이 돌아가며 그녀를 실어날랐다.

다음 주도 마찬가지였다. 3주 동안 오가던 차들은 모두 여섯 대였다. 요일별로 뒤섞이기는 해도 빠지거나 더해지지 않았다. 그녀는 언제나 차가 멈추고도 차 안에서 한참을 더 머물다가 내렸다. 그가 차번호를 빠뜨리지 않고 적었다.

그러면서도 그가 새벽에 들어오는 그녀를 날마다 기다려도 되는지 자신에게 물었다. 겉마음은 아니라고 하는데 속마음은 열이 끓어올랐다. 연휴 동안 함께 뒹굴던 걸 떠올리며 창으로 다가가 마냥 서성거렸다. 깜깜한 창밖을 바라보며 잠을 자야 한다고 추스르기도 하지만 가슴이 꿍꿍거려 눕고 싶지 않았다.

그날도 시간은 새벽으로 들어서고 있었다. 멀리에서 차 불빛이 보였다. 그가 현관 밖으로 나섰다. 담 밖으로 나가지 않고 마당에서 머뭇거렸다. 차가 대문 앞에 멈춰 서는데 곧바로 돌아가지 않았다. 십 분을 넘어 이십 분도 지났다. 차 소리가 들리더니 멀어져 갔다.

쪽문이 열리고 그녀가 콧노래를 부르며 들어섰다. 현관으로 다가서더니 마당에 선 그를 가까이에서 발견하고 소스라치게 놀랐다. 그가 손을 내밀자 그녀가 마주 잡았다. 그는 부드럽고 따스한 그녀 손을 놓고 싶지 않았다. 그녀를 이끌어 의자로 갔다. 칠면초가 심어진 고무통을 피해 나란히 앉고는 서로 몸을 바싹 기댔다. 그가 그녀의 체온을 느끼며 입을 열었다.

"이제, 일 나가지 말고 집에서 쉬세요."

그녀가 그의 가슴에 머리를 파묻고 낄낄거렸다. 머리채에서 우러나오는 담배 냄새가 그의 코로 파고들었다. 그가 한쪽 팔로 그녀 어깨를 감쌌다. 그녀가 웃음을 멈추더니 그의 팔을 치우고 자세를 바로하며 한 마디 던졌다.

"갈대와 칠면초 알아? 갯벌 때문에 그냥 엉켜 사는 거야, 사랑이라고 생각해?"

말을 마친 그녀가 비틀거리며 일어섰다. 그도 따라 섰고 그녀를 부축하는 척하며 입을 맞추려 했다. 그녀가 고개를 돌리며 그를 밀쳐낸 뒤 '잘 자'라고 소곤거리며 현관으로 걸어갔다. 어두움 속에서 문소리가 들렸다. 그는 속삭임이 사라진 곳을 멍하니 바라보다가 의자에 드러누워 눈을 붙였다.

돋을볕이 눈꺼풀에 닿자 눈이 쓰렸다. 그가 눈을 뜨고는 쓰러질 듯

걸음을 옮겼다. 현관문을 밀고 안으로 들어간 후 제 방문을 열고 방바닥 이부자리에 몸을 던졌다. 그녀는 출근했는지 인기척이 없었다. 그가 뒤치락거리며 잠에 들지도 벗어나지도 못했다. 그때껏 홀로 견뎌온 삶의 무게보다 얼마 안 되지만 그녀와 함께 지낸 며칠 동안 덮어쓴 멍에가 더 무겁고 뼛속까지 아렸다. 잠자리에서 뭉그적대다보니 또 저물녘이 되었다.

쪽문 여닫는 소리가 들렸다. 갈목이가 현관문을 밀치고 거실로 들어섰다. 그를 찾지 않고 작은방으로 들어갔다. 그가 얼굴에 그늘이 짙게 깔린 갈목이를 떠올렸다. 그러자 화가 솟구쳤다. 몸을 일으키더니 이불장에 개켜 넣어놓은 제의를 꺼냈다. 마당으로 들고 나가 불태우려 하는데 발이 움직여지지 않았다. 제의를 요에 던졌다. 웅크리고 엎드려 제의에 얼굴을 처박았다.

불태워야 하는데, 불태워야 하는데, 입으로 중얼거리면서도 코는 그녀의 비린내를 털어내지 못했다. 문득 생각이 달라졌다. 한 번 만 더 그녀에게 애걸하기로 했다. 갈목이를 봐서라도 그녀가 마음을 돌릴 거라 가늠했다.

고급 승용차들이 떠올랐다. 차 주인들이 그녀를 붙들지 말아야 했다. 그가 벌떡 일어나 거실로 가서는 전화기를 집어들었다. 신호가 몇 번 울리더니 귀에 익은 선배 목소리가 들렸다.

"… 놔주라고? 야! 너, 한두 번 잤다고 죽을 때까지 같이 살래? 그년, 우릴 따로따로 다 데리고 논 거야. 우린 서로 다 알거든. 우리가 쫙~ 통한다는 걸, 그년만 몰라…."

그가 통화를 끝내지도 않고 전화기를 방바닥에 내동댕이쳤다. 방바닥에 널브러진 제의를 집어들고 마당으로 나와 빨랫줄 밑에 던졌다. 소란스러웠던지 갈목이가 마당으로 나왔고 그와 눈이 마주쳤다. 그의 서슬이 슬그머니 가라앉았다.

갯가는 찬물때(밀물, 만조)인데도 파도 소리가 희미했다. 그러는 동안 날은 저물었다. 그가 의자에 앉아 바다의 침묵을 견디었다. 바다에서는 한사리 물결 소리가 졸아들고 있었다. 그가 펄이 오롯이 드러나는 간물때(썰물, 간조)까지 주체하기 힘든 그녀에 대한 애증을 아득히 멀어져가는 해조음에 씻어내고 싶었다. 그가 시간을 견디고 있었다. 시간과 싸웠다.

바닷물의 발자국 소리가 스러지며 가물거렸다. 바닷물이 파도를 타고 아득히 멀어졌다. 하늘에서는 동살이 쇠붙이 같은 어두움을 갉아먹었다. 그가 꼬박 밤을 새우고 시각이 다섯 시쯤 된 거로 짐작했다. 의자에서 일어나 뒤꼍으로 갔다. 대문과 보일러실은 서로 맞보고 있다. 그가 보일러실로 들어가더니 플라스틱통을 들고나와 제의 옆에 놓았다.

대문 밖에서 차 멎는 소리가 들렸다. 그가 대문이 바라보이는 곳으로 옮겨갔다. 쪽문이 열리고 그녀가 뒤안으로 들어서는데 문틈으로 택시 불빛이 보였다. 고급 승용차가 아니었다. 그녀는 눈꺼풀이 풀릴 정도로 술에 취했다. 청재킷과 쥐색 라운드 티셔츠에서 풍기는 노래방 냄새에 그가 이맛살을 찌푸리며 한소리 뱉었다.

"노래방이 갯바닥인가요?"

목소리가 빨랫줄을 뛰어넘었다.

"뭐? 근디, 우리 둘이 한 것을 여섯 놈이 어떻게 다 알아?"

그녀가 혀짤배기소리로 맞받았다. 그가 되받았다.

"이 밤중에 여섯 놈을 다 만난 거요?"

그녀가 쓰러질 듯 비틀거리며 말을 이었다.

"개새끼들, 쪽팔려 죽을 뻔했네."

"일곱 놈을 하룻밤 새 모두 만나네."

"무슨 상관이야?"

"그런 것이 당신 뻘밭이냐고!"

"내 밭 내가 팔아먹어! 어쩔 건데."

그가 기름통을 들더니 제의에 등유를 뿌렸다. 그녀가 땅바닥을 살피더니 콧방귀를 뀌었다. 그가 홑청 자락에 라이터로 불을 붙였다. 불길이 서서히 기어올랐다. 피어오른 연기가 어둑새벽을 타고 달려드는 갯바람까지 그슬렸다.

그가 손에 든 기름통을 고무통 옆에 놓았다. 통 안에서 소금을 빨아들이지 못한 칠면초가 붉은 색조를 잃어버리고 푸르스름한 모습을 드러낸 채 말라갔다.

그때 '흥' 하는 비음이 들렸다. 언제 나왔는지 갈목이가 서 있었다. 갈목이가 고무통으로 다가갔다. 시들어가는 칠면초를 뿌리째 쑥 뽑더니 불길에 던졌다. 건초 타는 내음이 마당에 엷게 깔리는데 갯내를 닮았다.

"난, 어디로 가."

갈목이가 콧날을 오뚝하게 세우며 말을 튕겼다. 그녀가 술이 깨는지 재가 되어가는 제의와 칠면초 옆에서 어깨를 움츠리고 턱을 떨었다.

그가 몸을 돌려 마당을 벗어나 대문으로 갔다. 쪽문을 열고 밖으로 나서더니 낡은 승용차에 탔다. 차를 몰고 도로를 달렸다. 오 분 정도 달리다가 속동산으로 가는 비포장길로 들어섰다. 차를 등산로 입구에 세웠다. 차에 두었던 쌍안경을 들고 전망대를 향해 오솔길을 밟았다.

속동산은 초입에서 전망대까지 15분이면 올라가는데 땀이 날 듯 말 듯한다. 겉동산은 봉화대까지 오르는데 30분 정도 걸리고 온몸에서 땀이 줄줄 흐른다. 그는 하루가 멀다고 갓밝이에 속동산으로 올랐다. 전망대에서 쌍안경으로 개어귀를 톺아보는데 겉동산 가슴팍쯤에 머무는 자신의 집도 빼놓지 않았다. 큰방과 작은방이 있는 허름한 슬레이트집이었다.

전망대에 다다른 그가 쌍안경으로 개어귀를 들여다보며 새 가족들을 찾아 두리번거렸다. 때마침 청둥오리 떼 중 한 무리가 개펄에서 날갯짓하며 떠올랐다. 삼삼오오 어우러져 뻘을 헤집는 마도요들도 보였다. 긴 부리를 이용해 아침을 먹는 참이었다.

그가 철새들을 따라 입맛을 다시며 '무리지어 잘 살기가 어렵다'고 느끼는데, 갈대밭 복판에서 몸을 푸는 회오리바람이 쌍안경에 잡혔다. 밤새 개어귀로 몰려든 저잣거리의 타락한 공기를 쓸어내려고 준비운동을 하는 중이었다.

갈대가 해뜰녘과 해질녘에 바다와 뭍의 공기 틈에서 온도 차이를 느끼면 한쪽으로 쏠렸던 제 몸을 뒤집어 회오리를 일으킨다. 썩은 공기를 바다로 쑤셔박고는 해안에서 기다리던 맑은 공기가 도심으로 파고들도록 길을 터준다. 저잣거리가 흥청거릴수록 돌개바람은 세차게 일어난다.

그렇듯 갈대들이 갯골을 지켜주지 않으면 칠면초도 발붙이지 못한다. 칠면초들은 곡우가 지나면 뻘건 새싹이 개흙을 뚫고 나오는데, 햇살을 보자마자 녹색이 되다가 자라면서 보라색을 드러낸다. 5월 중순부터는 선홍색으로 바뀌는데 한여름을 넘기고 처서를 보내면서 주홍으로 변한다. 한겨울에 누렇게 마르고 이른 봄부터 햇갈대의 먹이가 된다.

갯벌을 살피던 그가 쌍안경 초점을 집에다가 맞췄다. 홑청을 태우던 불이 꺼졌는지 연기가 피어오르지 않았다. 갈목이가 개흙밭을 향해 의자에 앉았다. 그녀는 보이지 않았다. 그가 쌍안경으로 갈목이의 눈길을 좇았다. 누군가 개흙에 발이 푹푹 빠지며 힘겹게 걸었다. 뻘과 비슷한 색 옷을 입었는지 사람처럼 느껴지지 않았다. 하얀 것만 또렷하게 움직였다. 자세히 보니 그녀였다. 머리에 인 하얀 통을 두 손으로 떠받친 채 뒤뚱거렸다. 그는 그녀가 뭘 이고 가는지 얼른 알아내지 못했다.

아침을 먹던 긴부리마도요 한 쌍이 그녀 머리 위로 날더니 속동산으로 달려들었다. 그가 깜짝 놀라며 쌍안경을 손에서 떨어뜨릴 뻔했다. 그가 다짜고짜 뛰었다. 개어귀에는 회오리가 움직이고 있었다. 이리저리 싸다니다가 끝내는 그녀가 서성거리는 곳을 지나 바다로 빠져나갈 거친 바람이었다.

그는 차 있는 곳으로 가는 자신의 달음박질이 답답했다. 달리기를 더 재우쳤다. 차가 보이고 앞에 다다랐다. 그가 차에 오르고 시동을 걸었다. 차가 굉음을 짓밟으며 득달같이 달렸다. 그녀를 떠올리며 안 돼, 했다.

그녀가 청바지를 걷어올리고 종아리까지 빠지는 갈대밭에 등유를 뿌리며 돌아다녔다. 칠면초는 타게 하고 싶지 않았다. 뻘이 발목을 붙잡아 잘 걷지 못하자 그냥 갈대밭 언저리에 기름을 쏟아버렸다. 흰 통을 탈탈 털며 갈대밭에서 한두 발자국 떨어진 칠면초밭으로 빠져나온 뒤 라이터를 꺼냈다. 뿌려진 등유가 개흙에 스며들지 못했다. 갯물이 만든 촘촘한 골들을 타고 흐르더니 그녀 종아리에 다다라 청바지 자락에 스며들었다.

구릿빛 갈대밭을 바라보자 그녀는 가슴이 두근거렸다. 바닷바람에 갈대 이삭들이 출렁거리며 콧노래를 부르면 앙가슴이 찡하기까지 했다. 갈대 끝에 달린 갈목이들이 내는 비음은 그녀 뇌리에서 파도 소리보다 울림이 더 컸다. 바닷물 물결 일구는 소리가 귀에 닿을 때는 아무렇지도 않았던 마음이 갈대들이 내는 비성에는 꽤 저렸다. 노래방에서 자신보다 가요를 더 잘 부르는 남자를 바라볼 때와 같았다. 그런 느낌 뒤에는 그 남자와 꼭 하고 싶었다. 갈대에 안겨볼까 하는 충동은 그 때문이었다. 지부회 회장도 그런 남자 중 한 명이었다.

"확, 태워버려."

그녀가 중얼거리며 허리를 굽히고 기름이 묻은 갈대 밑동에 불을 붙였다. 빼기는 놈들은 태워버려야 했다. 갈대들도 놈들과 한 패거리였다. 갈목이들이 그녀 목 언저리를 쓰다듬었다. 등유 힘으로 갈대 하나에 가녀린 불꽃이 일어났다. 그녀 머리채가 불씨에 닿을 듯 말 듯했다. 그녀가 허리를 펴고 불이 살아나기를 기다렸다.

불이 주먹만 해지더니 위로 가지 않고 옆으로 번졌다. 그녀가 돌아서려는데 개흙이 발목을 놓아주지 않았다. 그녀가 휘청거리며 쓰러졌다. 몸을 일으키고 겨우 한 발자국 뗄 때 파란 불 한 줄기가 파르르 떨며 그녀에게로 달려들었다. 그녀가 급하게 두세 걸음 옮기더니 또 쓰러졌다. 겨우 두 팔을 개흙에 짚고 엎드린 채 고개를 세웠다. 가슴이 답답하고 팔다리에 힘이 없었다. 예상치 못한 일이었다.

갈목이가 갈대들 틈새에서 뿌옇게 술렁거리는 연기를 보았다. 연기가 그녀 발목을 붙잡아 뻘에 쓰러뜨리는 것이다. 그녀가 갈목이와 눈을 맞추기에는 너무 멀다고 느꼈다. 때마침 갯밭을 맴돌던 회오리바람이 저잣거리의 탁한 공기와 함께 불기둥을 그녀 쪽으로 밀어붙였다. 불줄기가 그녀 몸집만큼 커지며 갈대들을 짓밟고 일어섰다. 연기도 치솟았다.

그가 마당으로 들어서는데 갈목이가 없었다. 갯바닥이 한눈에 들어왔다. 그녀가 미처 불길에 휩쓸리지 않은 채 네 발로 뻘밭을 기었다. 불덩이보다 성급한 연기가 그녀를 곧 삼켜버릴 것 같았다.

갈목이가 오솔길 끝에서 개펄로 뛰어들려 했다. 그가 소리쳐서 갈목이를 멈춰 세우며 앞뒤 가리지 않고 비탈길을 뛰어내려갔다. 신발만 벗고 양말은 신은 채 개흙에 발을 디뎠다. 뻘에서는 걸음걸이가 더디다. 그가 서둘렀다. 빨리 걸으려 할수록 몸이 더 뒤뚱거렸다.

그녀 눈에 뻘밭으로 뛰어든 두 사람이 들어왔다. 그녀가 있는 힘을 다 써가며 갈목이에게로 그에게로 기어갔다. 등과 엉덩이가 열을 받아 후끈거리고 연기가 숨통을 조였다. 그녀가 이를 악물고 죽을힘을 쓰지만 어쩔 수 없어 느릿느릿 기었다. 그가 엉거주춤 그녀 앞에 다가섰다.

그녀가 온통 뻘을 뒤집어썼다. 그가 가슴으로 그녀 윗몸을 끌어안았다.

갈목이가 달려들어 몰골이 험한 그녀 턱을 두 손으로 받쳐들었다. 그녀가 갈목이와 눈을 맞추더니 느닷없이 양 팔로 둘의 목을 휘감아 뻘에 눕혔다. 갑작스레 쓰러져 당황해하는 두 사람에게 번갈아가며 입을 맞췄다.

갈목이가 '미쳤냐'며 버둥거리고 그가 '징그럽다'며 소란을 떨었다. 불길은 갈대 곁에 흩뿌려진 등유가 타버리자 제풀에 시들해졌다. 그녀가 입맞춤 새에 사나운 웃음을 흘렸다.

2

거실에서 안방 문을 서너 번 발로 찼다. 아침마다 갈목이가 하는 발길질이다. 그때서야 그가 눈을 떴다. 방안에서는 그가 그녀를 껴안고 잤다. 둘은 갈목이가 방문을 걷어찰 때까지 널브러졌다. 그는 마흔 초반인데 총각이었다.

갈목이가 시내 아파트에서 살 때는 집에 남자가 없었다. 그녀와 둘이 살았다. 여기에서 그와 셋이 함께 산 지는 두어 달쯤 됐다. 발로 문을 패는 소리에 그가 이부자리를 걷어찼다.

두서없이 잠자리에서 일어나다 하체나 골반에 힘을 주니 방귀가 나왔다. 몸이 긴 휴식에서 막 깨어나자마자 활기 넘치는 생체리듬으로 기체를 쏜 것이다. 가스는 창자에서 밤새 머무른지라 모질었다. 그가 코를 틀어잡고 방을 빠져나갔다. 갈목이가 냉장고로 다가갔다. 갈목이는 그가 미더웠다.

그녀는 문을 걷어차거나, 세게 여닫거나, 농도 짙은 메탄가스에도 아랑곳하지 않은 채 잠에 빠져들었다. 그가 뿜어낸 악취로 그녀는 논렘수면을 초월하는 거나 다름없었다. 기절이랑 비슷했다.

새벽녘에 잠들고 한낮에 일어나는 버릇이기도 했다. 그녀는 노래방들을 나다니며 노래하고 술 마시고 춤을 췄다. 그가 거실로 나섰다. 두유를 마시던 갈목이가 그에게 한 잔 건네며 말했다.

"딸보다 늦게 일어나는 엄마, 틀림없네."

그가 고개를 가로저었다. 그가 보기에 갈목이는 가슴이나 엉덩이가 작았다. 여중생 치고는 발육이 덜 된 듯했다. 갈목이가 입이 짧은 탓이라고 그는 짐작했다. 두유는 그가 갈목이 먹으라며 냉장고에 넣어두었다. 그가 두유를 벌꺽벌꺽 들이켜는데 갈목이는 홀짝홀짝 삼켰다.

그가 현관으로 나서자 갈목이도 뒤따랐다. 그가 늘 돈을벌을 맞았다. 그녀는 잠에 취해 갈목이가 그러든지 말든지 아랑곳하지 않았다.

갈목이가 두어 달쯤 전에 가출했다. 겨울이 깊어지는 때였다. 그가 빈방을 갈목이에게 내주었다. 그날 갈목이가 방안에서 문손잡이 자물쇠를 콕 눌렀다. 그러고도 문밖에서 인기척이 날까봐 긴장한 탓에 잠을 설쳤다. 하지만 탈 없이 밤을 잘 넘겼다.

갈목이는 갈대밭이 좋았다. 엄마에게 갈대밭에서 살자 했다. 그와 엄마가 마주 앉아 술을 마셨다. 술에 취한 둘은 한낮인데 안방으로 들어갔다. 다음날 해가 중천에 걸릴 때까지 둘은 퍼질러 잤다. 갈목이는 엄마가 그를 받아들인 건지 그가 엄마를 맞아들인 건지 헷갈렸다.

그와 갈목이가 마당 끝 나무의자 옆에 섰다. 마당이나 언저리 마른 풀들에는 서리가 내려 있었다. 나무의자도 서리로 코팅한 것 같았다. 돋을볕이 일었다. 점점 굵어지지만 미처 온기를 챙기지 못한 햇발이었다. 마당에 안착한 햇살은 서리에 발부리가 걸려 힘없이 스러졌다. 바다에는 개흙들이 섬을 향해 멀리 나아가는 중이었다. 바닷물은 뭍을 포기한 채 아득히 퇴각했다.

둘이 대문 밖에 세워둔 낡은 차로 다가갔다. 그가 운전석에 갈목이가 조수석에 탔다. 집에서 갈대밭 마을로 가는 아스팔트 해안길을 따라 가다보면 속동산 곶으로 가는 오솔길이 나온다. 차는 오솔길로 들어서자마자 멈췄다. 둘은 차에서 내려 산길을 걸었다.

소나무와 참나무가 뒤섞인 숲길을 걷다보면 갈대밭 마을에서 갯가로 흐르는 하천을 건너기도 하고 따라가기도 했다. 하천에서 이른 아침의 물안개가 피어올랐다.

하천을 건널 때였다. 갈목이는 길이가 열댓 걸음 정도 되는 나무 다리 위에서 서너 차례나 두 손으로 물안개를 낚아챘다. 그도 물안개는 신비스러웠다. 물안개 속 자신이 신선처럼 느껴지기도 했다. 물안개를 따라 촐랑대는 갈목이도 한 마리 새 같았다. 갈목이가 앞서 뛰다시피 걷고 그가 쌍안경을 든 채 뒤따랐다.

속동산 곶 꼭대기는 갯벌 중심부와 가까워 쌍안경으로 철새들이 잘 보인다. 겉동산 곶 정상 봉화대에서는 갈대밭이 멀어서 쌍안경으로도 철새들을 살펴보기 힘들다. 그는 쌍안경으로 속동산 곶 꼭대기에 서서 갈대숲을 둘러보았다.

먼저 눈에 띄는 것은 얼어 있는 곳이었다. 진흙에 들러붙은 빙판은 아침 햇살을 받아 하얗게 빛났다. 개흙 탓에 판이 고르지 않고 바닷물이 빠져나간 까닭에 얼음장들은 얇았다.

그 사이 해가 동녘 수평선을 훌쩍 벗어났다. 햇발은 아직 따갑지 않은 온기를 실어와 개흙에 꼭꼭 들러붙은 얼음장들을 들추려고 깔짝거렸다.

물은 간물때였고 뻘밭은 앞을 가로막은 섬이 없다면 수평선에 닿을 만큼 널리 뻗쳐 있었다. 널따란 뻘 위를 새들이 쏘다니며 얼어붙은 진흙을 쪼았다. 삼삼오오 패거리를 지어 움직이거나 헤아리기 힘든 만큼 떼를 지어 몰려다니기도 했다.

청둥오리나 노랑부리저어새들은 진흙들이 얼어붙은 탓에 딱딱하여 쉽지 않지만 먹이를 찾아내 빈속 채우기에 바빴다. 두루미나 왜가리는 하늘로 날아오르고 흩뿌려진 이삭들을 탐내며 뭍의 논이나 밭을 향해 날갯짓했다. 이삭들은 갈대밭 마을 주민들이 일부러 뿌려놓은 새들 먹이었다.

쌍안경에 잡힌 새들이 뻘밭에서 바빴다. 머리를 자신의 발치에 두고 우왕좌왕 바쁘게 휘둘렀다. 부리로 먹을 것을 물면 주둥이를 허공으로 추켜올렸다. 그런 새들은 힘이 넘쳐 보였다.

그가 찾는 건 건강을 잃은 새였다. 그가 쌍안경을 들여다보는 동안 갈목이도 맨눈으로 갈대숲을 둘러보았다. 쌍안경이 닿은 그의 눈언저리가 저렸다. 그가 눈에서 쌍안경을 떼어 갈목이에게 주었다. 갈목이가 기다렸다는 듯 건네받더니 뻘밭이거나 뻘밭이면서도 갈대가 우거진 곳들을 촘촘하게 둘러보았다.

그가 건너편 자신의 둥지에 시선을 두었다. 집은 떠오르는 태양의 햇귀를 받아 언덕에서 빛났다. 지붕에 내렸거나 마당에 눌러앉은 서리가 햇살을 반사해 더욱더 하얗게 보였다.

그녀가 자는 중이었다. 그가 집으로 돌아가 밥을 한 다음 식탁에 차려놓고 깨울 때까지 잠을 잤다. 아침 식사 때 그녀는 반주로 두 홉짜리 소주 한 병을 먹었다. 식사 후에는 마당으로 나가 바다를 바라보며 콧노래를 흥얼거렸다.

그와 갈목이가 번갈아가며 식탁을 정리하거나 설거지를 했다. 그는 그녀가 가곡을 부르면 좋겠다며 권하기도 했다. 그녀가 분위기 죽이는 노래는 딱 질색이라며 거절했다.

그녀 목에서 나는 고음은 두 옥타브를 넘어설 듯했다. 소주를 좋아하지만 담배는 피우지 않기에 목소리가 탁하지 않았다. 와인 잔에 와인을 반쯤 담고서 한두 모금을 마신 다음 잔끼리 맞부딪칠 때처럼 맑은 소리가 났다.

그녀가 체질적으로 밝고 경쾌하고 힘찬 흥에 잘 적응했다. 길게 늘어지거나 암울한 분위기가 느껴지는 리듬에는 곧 싫증을 냈다. 그는 담배를 피우지 않아도 목소리가 탁했다. 노래를 잘할 수가 없었다. 고음을 끌어올리지 못했고 가요를 세 곡쯤 부르고 나면 목이 쉬었다. 그녀는 혼자서 한 시간이나 노래를 불러도 목소리가 조금도 달라지지 않았다. 교성 또한 그를 미치게 했다. 어쩌면 그가 그녀의 신음 때문에 그녀를 탐닉하는지도 몰랐다.

"샘, 저기 이상해요."

그는 갈목이가 부르는 소리에 그녀에게 팔렸던 정신을 되돌렸다. 그가 뭐냐는 말을 미처 꺼내지 못했다. 갈목이와 눈길을 맞춤으로써 무슨 일이냐는 대답을 했다. 갈목이가 갈대밭 끄트머리쯤을 집게손가락으로 가리키며 그에게 쌍안경을 건넸다.

그가 쌍안경을 들고 초점을 갈목이가 지목한 곳으로 향했다. 삼삼오오 무리지은 새 떼들 서너 동아리가 나름대로 영역을 지키며 어울리고 있었다. 그가 왜 이상하지, 하며 갈대숲이 우거진 곳에 신경을 곤두세워 살폈다.

갈목이가 알려주는 지점은 그가 쌍안경으로 바라본 지점과 감각적인 차이가 있었다. 갈목이가 가리킨다고 생각되는 곳에는 서성거리는 새들 말고 다른 건 없었다.

그가 조금 오른쪽으로 틀어보니 칠면초와 갈대밭이 경계를 이루는 근처 갈대숲 속에 뭔가가 보였다. 갈대가 듬성듬성한 곳에 움직이지 않는 물체가 하나 있었다.

주변 활기찬 다른 새들과 달리 그 물체는 자리에서 움직이지 않았다. 이따금 날갯짓하는 거로 보아 새가 맞긴 했다. 몸이 온통 검은 게 흑두루미라는 짐작이 들었다.

"아픈가보다."

"어떡해, 어떡해."

갈목이가 울상을 짓더니 발을 굴리며 그의 얼굴을 쳐다보았다. 그가 쌍안경에서 눈을 떼지 않았다. 주저앉은 새는 혼자였다. 다른 새들로부터 공격받았고 상처를 입었을 가능성이 컸다.

그는 이해가 되지 않았다. 흑두루미라면 가족이 있을 터인데 가족들이 공격하지는 않았으리라. 또 일행과 함께 있는 저 새를 다른 무리 새들이 쉬 공격하지는 못할 터였다.

두루미들은 적은 수로 된 가족들이 많이 모여 셀 수 없을 만큼의 개체가 된다. 그러한 전체가 통일된 단체행동을 하는 무리로 서로 무난하게 잘 어울린다.

그렇다면 저 새는 흑두루미를 닮았을 뿐 흑두루미가 아닐 수도 있었다. 그는 그럴 가능성이 매우 높다는 결론을 내렸다. 갈목이가 그의 얼굴만 바라보며 발을 굴리다 못해 울상이 되어버렸다.

"저 새가 많이 아픈가보다."

갈목이가 그의 팔에 매달렸다. 그 새가 있는 쪽을 바라보며 불쌍하다는 말을 연거푸 했다. 새들은 갈대숲에서 밤잠을 잘 때도 불침번을 세워둔다. 뭔가가 접근해오는 것을 느끼면 지킴이 새가 위험하다는 신호를 하며 밤하늘로 치솟는다. 그에 따라 잠자던 모든 새가 하늘로 날아오른다. 미처 피하지 못한 새는 고양이나 살쾡이나 수달의 공격을 받는다.

저 새가 오늘 밤을 넘기기는 힘들 것이었다. 어쩌면 해질녘에 저녁먹이감으로 희생될 수도 있었다. 그가 마음을 굳혔다.

"저 새를 집으로 데려가자."

갈목이가 놀랐다. 새가 움직이지 못해 죽을 줄만 알았지 새를 구한다거나 집으로 데려간다는 걸 생각해보지 않아서였다. 곧바로 갈목이가 얼굴을 펴고 웃음을 머금었다.

그가 또다시 쌍안경으로 그 새의 위치를 확인했다. 머릿속에 겉동산과 속동산의 두 정상을 기준으로 삼아 주저앉은 새와 삼각형을 만들었다.

"넌, 여기에 가만히 있어."

그가 밑으로 내려가는 비탈길로 향했다. 갈목이가 혼자 있기 싫다며 그를 따랐다. 곶 꼭대기에서 뻘밭으로 내려가는 오솔길은 물매가 가팔랐다.

내리막길은 군데군데 미끄러워 뒤로 넘어질 수도 있었다. 그가 발 앞부리에 힘을 줘 걸으며 갈목이에게 따라하라 했다. 갈목이가 뻘 속으로 발이 빠지면 어떻게 하냐고 물었다. 그가 글쎄, 했다.

갈목이가 먼저 한쪽 발로 바닷물 얼음을 살며시 밟았다. 얼음장은 으깨어질 뿐 꺼지지 않았다. 내친김에 다른 발까지 내딛어 온 체중을 뻘밭에 실어보았다. 발은 빠지지 않았다.

얼음장은 살얼음보다 조금 더 두꺼웠다. 개흙 위에 덮여 있어 울퉁불퉁했고 미끄럽지 않았다. 얼음장이 밟혀서 일그러지는 소리가 과자봉지 뜯을 때 나는 소리보다 더 맑고 가벼웠다. 바스러진 얼음 틈으로 검은 흙물이 올라왔으나 신발을 적시지 못했다.

갈목이가 장난삼아 발에 힘을 주어 발걸음을 꽁꽁 내딛기까지 했다. 얼음장 으깨지는 울림은 처음 그대로였다. 발도 더는 뻘로 들어가지 않았다. 얼음장들은 햇살을 받아 빙하처럼 빛났다.

바닷물이 빠진 지 서너 시간쯤 되었을까. 그동안 진흙들이 꽁꽁 얼었

든 살포시 얼었든 얼어붙었을 터, 그래서 괜찮을 걸로 그가 짐작했다.

아까 머릿속에 그려둔 삼각형을 그가 놓치지 않고 있었다. 갯벌로 들어오면 너무 넓어서 잘못하면 방향을 놓친다. 그런 까닭에 미리 삼각형을 그렸다.

두 사람 때문에 놀란 새들이 하늘로 치솟고 인간 냄새가 닿지 않는 거리까지 날아갔다. 그는 5분 이내로 거동하지 못하는 새에게 다가갈 것으로 예상했다.

또 다른 새들이 푸드득 날아올랐다. 갈목이가 발걸음을 주춤거리며 몸을 움츠렸다. 그가 보기에 갈목이는 얼음장 밟는 재미에 불쌍한 새를 잊은 듯했다.

그들이 펄밭 툭 트인 곳에서 칠면초와 갈대가 어우러진 풀 무더기 속으로 들어섰다. 갈대들 피부는 누런 윤기가 묻어날 만큼 번들거렸다. 갈대들 푸른 색이 한여름에 제철이라면 누런 색은 한겨울이 한철이었다.

이때 갈대 껍질은 바로 황금이었다. 거기에 서리가 내려앉으면 황금에 서리를 상감했다는 느낌이 들었다. 그러면 갈대는 공예품이었다. 둘이 그런 갈대를 만났다.

칠면초는 키가 작은데 갈대의 반에도 미치지 않았다. 갈대보다는 작은 군락을 이루는데 개체 수가 적은 탓이었다. 칠면초도 한겨울에는 노랗다. 칠면초도 서리를 맞았는데 속이 노랗고 겉은 하얀 아이스크림 같았다.

그와 갈목이가 왼쪽은 칠면초를 스치고 오른쪽은 갈대를 스치며 얼음장 위를 걸었다. 다시 한번 그는 마지막이라 여기며 삼각형을 허공에 띄워보았다. 몇 걸음 바로 앞에 날 수 없는 새가 있어야 했다.

그가 숨을 죽이며 손을 흔들어 갈목이에게 발걸음을 죽이라 신호했다. 둘이 자세를 낮추고 느리게 걸었다. 그가 갈대 한 움큼을 손으로 젖혔을 때 두어 걸음 앞 갈대들 틈바구니에 검은 새 한 마리가 웅크리고 앉아 있었다.

새가 그들과 눈이 마주치자 날려했으나 몸부림뿐이었다. 오른쪽 날개가 허공을 후려쳤으나 왼쪽 날개는 펼 듯 말 듯했다. 자리에서 일어서려 했으나 몸이 왼쪽으로 기울어 일어서지 못했다.

갑자기 그가 두 팔을 허공으로 벌려 사방팔방으로 까닥거리고 엉덩이를 빙글빙글 돌리며 두 발은 엉거주춤 앞뒤 좌우로 흐느적거렸다. 새에게 친구라는 걸 온몸으로 보여준 것이다.

갈목이가 깔깔거리며 그를 따라했다. 그들이 도라지타령을 랩 박자로 바꿔 춤을 춘다고 해도 말이 되었다. 새가 두 눈을 몇 번 깜박이더니 무리한 날갯짓을 더 하지 않았다. 새가 까만 눈길을 허공도 아니고 땅도 아닌 어딘가에 멍하니 놓고 있었다.

갈목이가 새 옆으로 다가가 손을 뻗어 등을 쓰다듬었다. 그가 손수건을 갈목이에게 건네자 갈목이가 새 날개에 묻은 흙을 훔쳐냈다. 새가 저항하지 않았다. 새의 몸집은 어미 흑두루미 반쯤이었다.

흑두루미는 몸 대부분이 검다. 검지 않은 데는 몇 군데뿐이다. 목과 머리가 하얗다. 또 다리와 부리가 흰 색에 가까운 회색이다. 이 새도 몸 대부분이 다 검었다.

그런데 흑두루미와 조금 달랐다. 목과 머리마저 검은데 다리와 부리가 회색이 아닌 갈대 색이었다. 그의 직감대로 흑두루미가 아니었다. 흑로였다. 흑로는 왜가리 쪽 새인데 텃새고 이곳 개어귀에서는 드물었다.

그가 느끼기에 새의 나이는 어려 보였다. 어쩌다 길을 잃었을까. 이곳에서 허둥대다가 다른 철새들 중 저보다 몸집이 작은 어린 새끼를 건드렸을 것이다. 옆에 있던 새끼의 어미가 놀랐을 거고 화가 나서 얘를 공격한 것 같았다.

제 몸집보다 두 배나 큰 어미 새가 달려들면 얘는 당할 수밖에 없었을 거라고 그는 추리했다. 아울러 오나가나 청소년들이 걱정거리라는 생각까지 했다.

흑로가 목을 꼿꼿하게 세우지 못하고 지쳐 보였다. 갈목이가 차디찬 얼음장에 무릎을 꿇고 흑로 목언저리 몸통을 끌어안더니 중얼거렸다.

"얘 몸이 차가워요."

흑로가 체온을 잃어가고 있었다. 갈목이가 흑로 몸을 더 꼭 끌어안았다. 흑로가 갈목이의 체온을 느끼리라. 그가 어떻게 하지, 라고 생각하다가 갈목이가 더 걱정되었다.

차디찬 얼음장 위에 꿇어앉은 갈목이었다. 그가 갈목이에게 일어나라 했다. 갈목이가 고개를 끄덕이는데 일어나지 않고 눈물바람을 했다. 그는 갈목이든 흑로든 내버려 둘 수 없었다.

"집으로 데려가자."

갈목이가 꿇어앉은 자리에서 일어났다. 눈언저리에 시커먼 뻘이 묻어 있었다. 그가 손으로 갈목이 얼굴에 묻은 뻘을 닦아주며 흑로 왼쪽에 쭈그려 앉았다. 슬그머니 날개를 들추자 흑로는 화들짝 놀라며 날갯짓을 했다.

왼쪽 날개를 펴지 못했다. 드러난 날개 밑에는 상처가 나 있고 핏덩어리가 깃털에 뭉쳐 있었다. 상처는 허벅지에도 났는데 꽤 깊어 보였다. 그 때문인지 살집이 통통 부어 있었다.

집으로 데려가 상처를 살펴야 했다. 필요하다면 동물병원에 데리고 가 날개가 부러졌는지 상처를 꿰매야 하는지 진찰도 해야 했다. 안 되면 야생동물구호단체에 연락해 치료와 보호를 받아야 했다. 아무튼 상처를 치료하고 하루 정도 상태를 살펴야 했다.

그가 흑로를 양 팔로 가슴에 끌어안았다. 새가 놀라는 듯했으나 갈목이가 머리를 쓰다듬자 안정을 찾았다. 갈목이가 얼음장을 걸으며 새한테 눈을 떼지 않으려 했다. 새를 어루만지며 울기도 웃기도 했다.

새가 갈목이를 바라보며 그의 품에 안겨 있었다. 체온을 느끼는지 나중에는 스스로 그의 가슴에 기대었다. 그는 어린아이를 안고 가는 느낌이 들었다. 그가 무겁지 않고 온기가 없는 새에게 자신의 체온을 전해주고 싶었다.

그러면서도 갈목이가 이상하다는 생각을 버리지 못했다. 갈목이가 뒤따라오고 있었다. 갈목이는 잘 울지 않는다. 그녀한테 쥐어뜯겨도 눈물을 보이지 않았다. 되레 혼을 낸 그녀가 찔끔거렸다. 새가 불쌍해서 저렇듯 서러워할 갈목이가 아니라는 게 그의 판단이었다. 그가 자신의 직감을 믿었다.

"너, 학교에서 무슨 일 있었니?"

대답이 없었다. 그가 뒤돌아보았으나 갈목이가 보이지 않았다. 큰소리로 이름을 부르고 싶었으나 흑로가 놀랄까봐 참았다. 그가 두리번거리다 마지못해 왔던 길을 되돌아갔다.

대여섯 발자국 걸었을 때 갈목이가 나타났다. 목에 금목걸이를 걸었는데 갈대를 두세 개 정도 꺾어 꼬아 만든 것이었다. 조금 전에 슬퍼했던 모습은 사라지고 화사하게 웃었다. 그를 보고 쑥스러운지 몸을 비비 꼬았다. 양 팔에 팔찌도 하고 있었다. 갈대 한 개를 두세 겹으로 꼬아 만든 것이었다. 그것들은 황금 목걸이나 팔찌처럼 누렇게 빛났다.

그들이 얼어붙은 갯벌을 벗어나 산비탈을 오르기 시작했다. 비탈길을 그가 앞서고 갈목이가 뒤따랐다. 갈목이가 이제 울지도 웃지도 않았다. 새가 몸을 뒤척이며 고개를 두리번거리다 갈목이를 보았다. 그때마다 갈목이가 새와 눈을 맞추며 손을 흔들었다.

"안녕, 나 여기 있당."

새가 머리를 갈목이 쪽으로 많이 두었다. 그가 말했다.

"너, 학교에서, 무슨 일, 있었던 거 맞지?"

갈목이가 들은 척하지 않고 새에게 손장난을 걸었다. 그가 다시 말했다.

"나는 니 편이잖아, 도와줄게."

"비밀과 비밀 아닌 이야기가 뒤섞여서 난감해요."

"좋아, 비밀은 지켜주고 비밀 아닌 것은 네 편이야."

비로소 갈목이가 말을 꺼냈다. 갈목이네 학교는 남녀공학이었다. 겨울방학 시작하기 며칠 전이었다. 기말고사가 끝난 날이었다. 방학이 코

앞이어서 다 들떠 있었다.

갈목이도 평소처럼 친한 친구들 서너 명과 어울리려 했다. 애들은 모두 일이 있다거나 몸이 안 좋다며 집에 일찍 들어가야 한다고 했다. 그 바람에 갈목이도 집에 일찍 들어갔다.

이튿날이었다. 친한 애들이나 친하지는 않아도 함께 어울리던 애들이 갈목이를 피했다. 갈목이에게 다가오지 않을 뿐더러 갈목이가 다가가면 낄낄거리며 웃거나 쌀쌀하게 대했다. 뜬금없는 일이었다.

그러기를 삼 일이 지나고 나흘째였다. 갈목이가 답답하고 미칠 것 같았다. 자신이 친구들에게 무슨 잘못을 했는지 알고 싶었다. 하지만 그건 아닌 것 같았다. 친한 친구들끼리는 서로 잘못을 해도 타이르고 용서해주는 사이였다. 아마도 다른 까닭이 있는 것 같았다.

갈목이가 그게 뭔지 궁금했다. 학교가 끝나자 갈목이는 가까운 친구들을 미행했다. 여섯 명인데 그 중 한 애는 절친한 사이였다. 갈목이가 거리를 두고 뒤따랐다.

애들이 피자집으로 들어갔다. 갈목이는 뜸을 들이다가 10분쯤 뒤에 들어갔고 친구들 앞에 섰다. 친구들 모두 당황했다. 갈목이가 목에서 솟구치는 응어리를 삼키며 절친에게 큰소리쳤다.

"내가 뭘 잘못했냐, 죽을 만큼 했냐, 이 자리에서 꽉, 죽어버리면 되겠네?"

애들이 의자에 앉았고 갈목이 혼자 탁자 앞에 서 있었다. 잠시 침묵이 흐르고 주문한 피자는 나오지 않았다. 갈목이는 가게 안에 널리 퍼진 구수한 피자 냄새를 느끼지 못했다. 그때 절친이 자리를 내어주었다. 갈목이가 앉지 않았다. 한 애가 다른 애들에게 말했다.

"야, 야, 그걸 주는 게 낫겠어."

그 말을 들은 다른 애가 핸드폰을 꺼내 들었다. 그 애의 손가락이 폰 화면 위에서 춤을 추었다. 손놀림이 멈추자 갈목이 핸드폰에서 가벼운 울림이 일었다. 핸드폰을 손에 든 애가 갈목이한테 말했다.

"야, 톡 봐. 그거 보고도 우릴 보고 싶으면 또 오든지."

다른 애들이 키득거렸다. 절친만 울상을 지으며 갈목이에게 손사래를 쳤다. 갈목이가 친구들을 째려보았다. 절친에게 눈길이 갔을 때는 뭔가가 울대를 가로막았고 콧구멍이 얼큰하게 매워지는 걸 느꼈다. 절친도 갈목이와 눈을 맞추며 울상을 지었다. 갈목이가 카톡에 담긴 내용이 궁금해 그 자리를 벗어났다. 피자집을 나서자 옆 커피숍 화장실로 들어갔다.

카톡에는 동영상이 한 개 들어와 있었다. 갈목이가 오른 삼각형으로 된 실행 표시를 누르자 동영상이 돌아갔다. 첫 화면은 조명이 반짝거리는 어두운 실내였다. 10명 남짓한 남녀들이 왁자지껄하게 술을 마셨다. 그 와중에 한 여자가 방 가운데에 서서 마이크를 잡은 채 몸을 흔들며 노래를 불렀다. 유심히 보니 홀라당 벗은 몸이었다. 한 남자가 노래 부르는 여자 앞에 서서 온몸을 흔들며 율동으로 박자를 맞추었다.

갈목이가 눈을 크게 떴다. 엄마였다. 어두운 화질로 인해 얼굴이 또렷하진 않으나 윤곽으로 보아 엄마가 맞았다. 춤을 추며 박자를 맞추던 남자가 그녀 손을 잡아끌며 방문을 열고 통로로 나갔다. 엄마가 알몸인 상태였다. 화면이 어두워졌다. 다시 화면은 밝아졌다. 이어지는 화면은 다른 방이었다. 화면은 서성거리는 남녀를 보여주는데 깜깜해서 보일 듯 말 듯했다. 엄마가 선 채로 남자 바지 주머니에 손을 넣어 뭔가를 꺼내는데 지갑 같았다. 남자가 엄마를 끌어안았다. 선 채로 엉클어져 옷을 벗더니 탁자 옆 의자로 쓰러졌다.

갈목이가 화면에서 눈을 떼지 않았다. 뗄 수 없었다. 생각해보니, 옆 반 누군가네 집이 노래방을 한다고 들었다. 언젠가 갈목이도 친구들과 어울려 그 노래방에 가 땀을 흘리며 놀았다. 그 애가 자기네 노래방에 드나드는 갈목이 엄마를 알아본 것이다. 일부러 엄마를 초점으로 잡아 녹화한 것 같았다. 그리고 카톡으로 학교 애들에게 뿌렸다. 갈목이는 그 애가 누군지 생각해내지 못했다.

이튿날 갈목이는 학교에 가고 싶지 않았다. 망설이다 할 일이 한 가지 있어서 아침밥도 굶은 채 아파트를 나섰다. 엄마는 자고 있었다. 교문과 운동장을 지나는 갈목이가 교실로 들어가는 내내 머리가 어지러웠다. 교실에서는 누구하고도 눈을 맞출 수 없었다. 속이 울렁거렸다.

아이들의 수다스러움이 귓가에서 윙윙거렸다. 갈목이가 애들 떠벌이는 소리는 자신을 험담하고 웃음소리는 자신을 비웃고 발자국 소리는 자신을 조롱하려는 거로 느꼈다. 몇 명이 어울려 수다를 떨다 갈목이가 옆으로 지나가자 말들을 멈추며 시치미를 뗐다. 더러는 갈목이를 외면하기도 했다. 남학생들 중 어떤 애는 갈목이 얼굴을 신기하다는 듯 빤히 쳐다봤다.

갈목이가 오전 내 책상에 엎드려 있었다. 매시간 공부하러 들어온 선생들도 갈목이에게 아무런 말을 하지 않았다. 갈목이는 점심도 먹지 않왔다. 점심때가 끝날 즈음이었다. 누군가 갈목이에게로 다가왔다. 절친인데 얼굴에는 부드러운 표정을 짓고 손에 우유와 빵을 들고 있었다. 갈목이가 막 잠에서 깨어난 듯 어수선한 얼굴을 들어올리고 자세를 바로했다. 간식을 건네주고 돌아가려는 절친 손을 붙잡았다. 절친이 몸을 되돌리자 갈목이가 낮은 목소리로 씩씩하게 물었다.

"옆 반에, 노래방 하는 집, 아이가 누구야."

절친은 모른다는 표정을 지었다.

"엄마가 노래방 하는 건 괜찮데?"

절친이 울상을 지었다. 교실 아이들 모두 두 친구를 바라보았다. 그때 반장이 교실로 들어오며 큰소리를 쳤다.

"야, 갈목아, 담탱이 교무실로 오래, 지금."

갈목이가 자리에서 일어나 거울도 보지 않은 채 손가락으로 머리를 대충 정리하고 교실을 나섰다. 교무실에서 만난 담임은 갈목이더러 내년 봄학기에는 다른 학교로 전학 가라는 말을 했다. 이런 분위기로는 잘못하면 학교에서 사고가 터질 위험이 높다는 것이었다. 그러면 학교 명예가 크게 손상된다며 그 전에 그냥 간단하게 처리하자는 뜻이었다.

갈목이가 아무런 대답도 할 수 없었다. 학교 명예가 크게 손상된다는 말만 머릿속에서 맴돌았다. 교무실을 벗어나는데 5교시 시작을 알리는 벨이 힘차게 울렸다. 갈목이가 교실에 들르지 않았다. 운동장을 지나 교문을 벗어나자 어지럼증과 울렁증이 씻은 듯이 사라졌다. 갈목이가 몸에 힘이 너무 없어서 다른 생각은 들지 않았다. 버스를 탔고 집으로 향했다. 며칠 뒤 갈목이가 아파트를 떠나 갈대밭으로 나섰다.

갈목이가 이야기를 끝내면서 물었다.

"샘, 나한테 잘못이 있어요? 무슨 죄여요?"

"세상은 지루하고 따분한 걸 싫어해."

"그럼, 노래방이나 CCTV나 동영상을 날린 애는요?"

"노래방은 돈이잖아, 걔는 패거리가 많아, 돈 많고 패거리가 많으면 달을 폭파해도 죄가 안 돼."

"나도 용돈 많이 타다가 애들 맛있는 거 많이 샀는데."

"그 동영상으로 너의 실체가, 말하자면 가치가 무너진 거야."

더는 아무도 말하지 않았고 둘은 속동산 곶 꼭대기에 도달했다. 그가 바다를 바라보았다. 바닷물이 드는 중이었다. 그가 흑로를 풀밭에 앉힌 뒤 옆에 앉았다. 갈목이도 앉으며 새를 향해 히히 웃었다. 그가 덩달아 따라 웃었다. 새도 먹을 것을 찾는지 앉은 채 주둥이로 풀밭을 쪼았다. 갈목이가 우울한 목소리로 말을 꺼냈다.

"엄마가 불쌍해요."

"그래, 갈목이도, 나도, 또 친구들도, 다, 몽땅 다, 불쌍해."

"학교에서 일어난 일은 비밀이니까 지켜줘야 해요."

그가 고개를 끄덕였다.

"이제는 학교에 다니지 않을 거예요."

갈목이가 난감한지 울상을 지었다. 그가 말을 이었다.

"고입, 대입, 검정고시 보면 돼, 어렵지 않아."

"애 불쌍, 노래방 불쌍, CCTV 불쌍, 다 불쌍. 담탱도요."

그가 고개를 끄덕였다. 새가 머리를 갈목이 얼굴로 들이미는데 장난을 치는 것 같았다. 그들이 자리에서 일어나 오솔길을 따라 차가 있는 곳으로 향했다. 갈목이가 또 앞에 섰다. 5분쯤 가다가 갈목이가 말했다.

"새를 보았을 때, 나를 보는 거 같았어요."

그가 침묵하자 갈목이가 물었다.

"샘, 흑로 이름 내가 지어도 돼요?"

그가 엄청 좋은 일이라 했다.

"그럼, 갈목이라고 해요, 작은 갈목이요."

"갈목이가 둘이네."

"아니요, 셋이요."

갈목이가 갈대들의 이삭을 기억하며 응수했다. 그들이 집에 들어선 시각은 점심때가 지난 뒤였다. 해가 기울고 서녘 하늘에 먹구름이 밀려오는 게 보였다. 바람도 그들이 속동산 꼭대기에서 내려올 때보다 드세게 불었다.

그녀가 그와 갈목이가 늦게 온다는 이유로 화가 나 얼굴이 부어 있었다. 그가 새를 안고 들어오는 걸 보고 얼굴을 놀란 표정으로 바꾸었다. 그녀가 거실에 널따란 비닐 자리를 깔자 그가 흑로를 앉혔다. 그녀가 갈목이 몸에 두른 목걸이와 팔찌를 보고 달려들며 떠벌였다.

"야, 뭐야, 금, 아니야? 이런 엉터리, 이게 뭐야."

갈목이가 목걸이와 팔찌를 벗겨 그녀에게 주었다. 그것들을 받아 몸에 두른 그녀가 사진 찍히는 자세를 하며 그에게 눈웃음을 쳤다. 둘의 옷은 온통 뻘로 범벅되어 있었다. 그녀가 흑로를 보며 입맛을 다셨다.

그가 흑로의 상처를 치료하려 했다. 그녀가 몸에 둘렀던 금빛 목걸이와 팔찌를 벽걸이에 건 후 구급상자를 가져왔다. 그가 소독약으로 날개의 핏덩어리를 닦아내자 상처가 보였다. 깊고 넓게 감염돼 살집이 퉁퉁 부어 있었다. 사람 같으면 병원에 가 꿰매야 했다. 날갯죽지 밑도 깊이 팬 상처가 있는데 붓기가 심했다.

새들끼리 싸워서 생긴 상처이기보다는 흑로가 급하게 땅에 내려앉다가 아니면 땅에서 먹이를 보고 재빨리 이동하다가 날카로운 것에 찍힌 듯했다. 흑로가 상처를 입은 후 기를 쓰고 더 안전하게 여겨지는 갈대숲으로 자리를 옮긴 듯했다. 그의 눈에 띈 곳까지 죽을힘을 다해 움직인 것이다. 나중에는 힘이 파하고 상처가 악화돼 더는 한 발짝도 떼지 못했다.

그러나 그의 추측일 뿐 뚜렷한 건 알 수 없었다. 흑로가 상처를 소독할 때 몸을 움츠렸으나 불안해하지는 않았다. 자신을 구하려는 줄 아는 듯했다. 갈목이랑 자주 눈을 맞추었다.

이틀 정도 지나면 상처가 낫는지 안 낫는지 그가 안다고 했다. 만일 그 안에라도 악화되는 것 같으면 야생동물보호협회에 연락해 치료와 보호를 요청하리라 했다. 그들이 흑로의 상처를 소독하고 항생제이며 살도 차오르게 하는 연고를 듬뿍 발랐다. 그러고도 갈목이가 상처에 연고를 덧칠했다. 그녀가 갈목이한테 쓸데없는 짓을 하냐며 핀잔을 줬다. 갈목이는 아무 말도 하지 않았다.

흑로를 거실에 둔 채 그들이 식탁에 앉아 늦은 점심밥을 먹었다. 갈목이가 허기진 탓인지 밥을 두 그릇이나 비웠다. 그도 한 그릇 반을 먹었다. 그녀가 술이 당긴다며 두 홉짜리 소주 한 병을 혼자 다 마셨다. 갈목이가 흑로 앞에 밥을 수저로 떠다 놓았다. 새는 몇 번 깔짝거리더니 먹지 않았다. 갈목이가 하품을 연거푸하더니 제 방으로 들어갔다. 그녀는 술기가 돌아 노래를 흥얼거렸다.

그가 흑로에게 먹이로 줄 갯지렁이를 잡으러 가야겠다고 마음먹었다. 튼튼한 비닐봉지에 나무젓가락 하나를 넣고 모종삽을 들었다. 그녀에게 말한 뒤 마당 끝으로 나가 나무의자 왼쪽 옆에 섰고 바다를 바라보았다. 맑았던 하늘은 구름이 잔뜩 끼었고 바람은 옷자락이 날릴 정도로 불었다. 갯벌은 간조때에 비해 삼 분의 이 정도 바닷물이 차오르고 있었다. 머지않아 만조때가 될 것이었다. 그가 비탈길을 타고 밑으로 내려갔다. 펄밭에 도착했을 때 그동안 내리쬔 햇살에 얼음장이 녹아버린 개흙은 질컥거렸다.

그가 개흙 가장자리에 서서 삽으로 펄을 찔렀다. 퍼올린 개흙 속에 숨었던 갯지렁이들이 드러났다. 파인 개흙 구덩이 밑에는 바닷물이 스며들었다. 곧 바닷물이 그곳까지 차오를 것이라는 예고였다. 그가 떠올려진 진흙덩어리를 삽으로 잘게 부셨다. 갑자기 노출당한 갯지렁이들이 몸을 주체하지 못하고 꿈틀거렸다. 그가 나무젓가락으로 검붉은 갯지렁이들을 집어들어 비닐에 담았다. 비닐에서 바스락거리는 잡음이 끊이질 않았다.

갯가 가장자리를 따라가던 그가 구덩이를 파고 흙덩어리를 잘게 부수며 갯지렁이를 건져 비닐에 담았다. 그때마다 패인 구덩이에 고이는 바닷물은 점점 많아졌다. 드디어 바닷물이 구덩이에 가득 차더니 나중에는 개흙 위로 차올랐다. 그가 허리를 폈다. 비닐봉지가 반쯤 찼고 개흙 한 삽만큼 묵직했다. 그가 흑로를 떠올리며 비닐봉지를 집어든 뒤 언덕 위를 보았다. 날빛(햇빛을 받아서 나는 온 세상의 빛)이 꽤 바래 보였다. 시간이 제법 흐른 것 같았다. 그가 발걸음을 돌렸다.

현관문을 밀고 거실로 들어서는데 흑로가 보이지 않았다. 집안에 음식 향이 가득했다. 그가 싱크대 쪽을 보았다. 가스레인지 위에 한 말짜리 찜통에서 뭔가가 자글자글 끓었다. 거실 바닥이 깨끗하게 치워졌고 갈목이는 방에서 자는 중이었다. 그가 뭔가 이상하다고 느끼는 순간 깜짝 놀라 뒤로 나자빠질 뻔했다. 그가 그녀를 찾았다. 큰방 문을 열었으나 없었다. 화장실에도 없었다.

화장실 옆 복도에 난 뒷문을 열었다. 문밖은 허물어버린 담장과 허물지 않은 담장의 경계가 있는 곳이다. 그녀가 허물어진 담장 바깥에서 뭔가를 하고 있었다. 그가 왼손에 갯지렁이가 담긴 비닐봉지를 든 채 슬리퍼를 끌고 밖으로 나가며 그녀를 불렀다. 그녀가 예쁘게 웃었다. 아름다운 미소에 그가 가슴이 뛰는 걸 느끼며 그녀에게로 다가갔다. 그녀는 땅에 구덩이를 파고 뭔가를 묻는 작업을 막 끝낸 참인데 그를 보고 방글방글 웃었다. 그가 느끼기에 넘쳐나는 웃음이었다.

"흑로는?"

그녀가 소리 없이 웃으며 술 냄새를 풍겼다. 그가 비닐봉지를 들지 않은 오른손으로 그녀 뺨을 후려쳤다. 그녀가 몸을 휘청거리더니 곧 중심을 되찾았다. 눈을 크게 뜨며 그를 노려보았다. 눈에 눈물이 핑 돌고 왼뺨이 붉게 물들었다. 그가 또 흑로를 어떻게 했냐고 큰소리를 질렀다. 그녀가 부리나케 열린 뒷문을 통해 거실로 들어갔다. 그가 화를 삭이려 무너지다 만 담장에 기대어 왼손에 들린 비닐봉지를 허망하게 바라보았다.

뒷문으로 들어간 그녀가 도로 나오는데 오른손에 큼직한 부엌칼이 들려 있었다. 그는 뺨 때린 게 미안하지만 흑로를 생각하면 어이가 없었다. 아무 생각 없이 담장 쪽에 등을 둔 채 서 있었다. 그녀가 다가서더니 왼손으로 그의 멱살을 잡아 벽으로 밀쳤다. 그가 중심을 잃고 몸을 벽에 기댔다. 그녀가 오른손에 든 식칼을 그의 목에 들이댔다. 그가 목이 따끔한 걸 느꼈다. 엉겁결에 벌어진 일이었다. 그녀가 이를 앙다물고 눈알이 뻘겋게 충혈된 채 술 냄새를 짙게 내뱉었다. 그녀가 들이민 오른손 떨림이 식칼 날을 통해 그의 목 너머 심장에 다다랐다. 그녀가 목소리를 낮게 깔았다.

"니가 뭔데."

그가 순식간에 당한 일이라 어찌할 바를 몰랐다. 손에 든 비닐봉지를 내던지며 두 손으로 그녀의 칼을 든 오른손을 붙잡았다. 그가 밀어내자 그녀는 안간힘을 다해 버텼다. 그의 두 팔이 조금이라도 힘을 잃으면 식칼 날은 그의 목으로 파고들리라. 칼끝에 닿은 살갗이 따끔거렸다. 아차 하면, 그녀가 손에 힘을 조금만 더 주면, 어떻게 될지 모를 일이었다. 그가 뜸을 들였다. 그녀에게 부드럽게, 공손하게 대하기로 마음먹었다. 그가 유치원 다니는 아이처럼 말을 꺼냈다. 그의 목소리가 가늘게 떨렸다.

"미안해. 내 정신이 아니었어."

"나도 지금 내 정신이 아니거든,"

그녀 목소리가 조금도 떨리지 않았다.

"죽여버릴 거야, 흑로 잡은 이 칼로."

그녀의 차분한 목소리가 그에게 교성처럼 다가왔다. 그래서 잘못했다고 미안하다고 말하지 않았다.

"사랑해요!"

그녀는 아랑곳없이 칼 쥔 손에 여전히 힘을 잔뜩 주었다. 그녀 손을 잡고 버티는 그의 두 팔이 저렸다. 그녀가 또렷한 목소리로 물었다. 그는 다리가 후들후들 떨렸다.

"흑로하고 섹스 할 수 있냐?"

"흑로는 아무것도 아니에요."

"진심이냐?"

"갈목이한테 걸고 맹세해요."

날카로운 칼 부리가 숨통에 닿아 있는 순간에 그가 비로소 깨달았다. 그녀가 옆에 머물기 전 시간들은 얼마나 지루하고 따분했는지 말이다. 죽고 싶을 만큼 고독했다. 베트남이나 필리핀 처자를 맞이하려고도 했다. 중매인에게 줄 목돈이 없어서 하지 못했다. 그녀가 집으로 들어온 뒤로 그토록 허전했던 것들이 채워졌다. 하루가 어떻게 가는지 모르게 넘길 때가 허다하다.

그녀가 한없이 귀하고 소중한 까닭이다. 흑로도 소중하다. 하지만 그녀와 흑로를 양자택일하는 상황이 아닐 때 그렇다. 그녀와 흑로 중 하나를 골라야 한다면 서슴지 않고 그녀를 택한다. 섹스도 절대 항목이다. 아닐 수 없다. 하지만 그녀가 지닌 것은 헤아릴 수 없을 만큼 크다.

최고로 값진 존재였다. 그가 또 애걸했다.

"진짭니다, 갈목이를 걸어요."

"내 딸이야! 내 딸을 당신 맘대로 거나?"

"이제는 내 딸도 돼요, 내가 키울 건데요, 뭐,"

그녀가 '이 남자는 갈목이를 제 딸처럼 생각하네'라는 느낌을 가졌다. 싫지 않았다. 그녀 눈동자가 조금 부드러워졌다. 팔힘은 여전히 대나무처럼 짱짱했다. 그가 칼끝이 닿은 목살이 따끔거리는 걸 느꼈다. 칼이 숨통으로 파고들 기세가 조금도 수그러들지 않았다.

하지만 그가 한 말은 칼이 무서워서가 아니다. 깨달음을 얻은 탓이었다. 바로 득도한 것이었다. 수도승이 경지에 다다를 땐 특정한 형식이 없다고 그는 들었다. 자다가도 깨닫고 먹다가도 깨닫고 턱을 괴고 있다가도 깨닫는다고 책에서 읽었다.

뭔~ 족인가 하는 꽤 똑똑한 중이 기생이랑 이불 속에서 알몸으로 엉클어지다가 문득 깨달았다는 말도 듣긴 했다. 그는 목에 닿은 칼끝에서 깨닫는 중이었다. 나쁘지 않았다.

"또 있어, 흑로 백숙 먹을 거냐?"

그녀가 그를 몽상에서 깨웠다.

"그건, 곤란해요."

그가 대답하자 그녀도 그럴 줄 알았다는 듯 바로 되받았다.

"먹어! 갈목이한테 고기 먹인 지 오래됐어."

그 말에서 그가 찐한 모정을 느꼈다. 꼭 하고픈 말이 있었다.

"흑로, 개, 이름이 뭔지 알아요?"

"이름? 왜? 질 좋은 고기, 그냥 먹어."

"갈목이라서, 갈목이가 그렇게 지었어요, 작은 갈목이라고."

"뭐야?"

"우리가 갈목이를 먹어요? 아까 갈목이를 걸고 맹세까지 했는데, 그렇게 소중한 갈목이를 어떻게, 난 죽어도 못 먹어요."

그가 더는 양보할 수 없었다. 그녀를 바라보던 애처로운 눈빛을 거두며 눈을 감아버렸다. 이제는 죽이려면 죽이라는 식이었다. 그녀가 멱살쥔 왼손에 힘을 잔뜩 주며 그를 벽으로 더욱 밀어붙였다. 갈목이를 향한 그의 애정에 이미 감동되어버렸지만 그렇다고 물러설 수 없었다.

"이봐, 남편, 남편 님, 한번만 봐주라, 응? 이번 한번만, 갈목이한테 말은 내가 알아서 잘할 거니까, 님은 나를 도와주면 돼, 응? 흑로를 맛나게 먹으면서."

그녀의 응? 하는 코맹맹이 소리에 그가 눈을 번쩍 떴다. 어느새 그녀 얼굴에는 무서운 표정이 사라졌다. 남은 건 귀여운 표정뿐이었다. 그는 그녀가 사랑스러운 존재라는 걸 새삼 깨달았다.

"좋아요, 키스 해주세요."

그녀가 칼을 거두고 그의 목에 매달렸다. 서로 입술이 맞닿는 순간에도 그녀는 칼을 버리지 않았다. 그의 목덜미와 뒤통수에는 하늘의 잿빛 구름을 반사하느라 검게 번득이는 칼날이 곧추서 있었다. 얼마 후 그녀가 호흡을 가다듬었다. 칼 든 손은 여전히 그의 목덜미에 걸고 왼손으로 그의 가슴을 쓰다듬으며 속삭였다.

"내가 흑로 잡아 백숙한 거, 갈목이한테 비밀이에요?"

그가 기억하기로 그녀가 존댓말을 쓴 것은 처음이었다. 부드럽기까지 했다. 모르긴 해도 처음이자 마지막이리라. 그가 존댓말에 감격하며 고개를 끄덕였다. 그녀가 깔깔거리며 그에게 요염한 눈살을 보냈다. 그 눈빛은 그가 성욕을 느끼기에 충분했다. 그녀가 왼손으로 그의 한 손을 잡아 이끌며 뒷문으로 향했다. 식칼은 여전히 오른손에 들렸고 소불알처럼 덜렁거렸다.

그가 다른 한 손으로 식칼이 닿았던 목언저리를 더듬었다. 쓰린 게 상처가 난 듯했고 손가락을 보니 피가 조금 묻어났다. 그가 등골이 오싹했고 오줌을 두어 번 찔끔거렸다. 둘이 거실로 들어갔다. 거실 바닥은 그녀 운동화 자국이 뚜렷했다. 식칼을 가지러올 때 신발 신은 채 거실로 올라선 모양이었다. 그녀가 걸레를 그에게 던졌다.

“바닥 좀 닦아줘, 난 저녁 차릴게.”

그가 걸레를 손에 쥐고 거실 바닥에 엎드렸다. 그녀가 신발로 찍어놓은 흙 발자국을 닦았다. 그녀는 갈목이 방으로 들어가 저녁밥 먹으라며 갈목이를 흔들어 깨웠다. 처음 보는 엄마다운 모습이었다. 흑로를 토막낸 죄를 갈목이에게 들키지 않으려는 수법이기도 했다.

그가 거실을 다 닦은 뒤 화장실로 가 걸레를 빨았다. 걸레에서 흙탕물이 시커멓게 나왔고 세면기 배출구로 빠져나갔다. 그가 세 번이나 걸레를 헹구고 나서 물을 꽉 짠 뒤 탈탈 털어 수건걸이에 널었다. 식탁에는 음식이 차려지고 갈목이가 제 자리에 앉아 하품을 연거푸 했다. 그가 갈목이 옆에, 그녀는 갈목이를 마주 보고 앉았다. 반주도 준비되었다. 그녀가 갈목이에게 말했다.

"오리 백숙이야, 맛있다, 많이 먹어라."

그를 바라보며 예쁘게 웃었다. 갈목이가 서너 숟갈을 떠먹는데 그는 벌써 반 공기나 먹었다. 그새 갈목이는 흑로를 까맣게 잊은 것 같았다. 갈목이가 말을 꺼냈다.

"닭백숙은 여러 번 먹어봤는데, 오리백숙은 처음이다."

"쌀을 넣어 죽을 쑤면 다 백숙이야, 맛있지?"

"오리고기 어디서 났어? 시장도 안 갔다왔잖아."

"아까, 야생동물구호단체가 흑로 데려가면서 선물로 줬어."

비로소 갈목이는 흑로가 떠올랐다. 흑로가 앉아 치료받았던 거실 바닥을 보았다.

"작은 갈목이, 흑로, 어디 갔어?"

"아까, 말했잖아, 야생동물구호단체에서 차로 실어갔다고."

"진짜예요?"

갈목이가 말하며 눈을 크게 뜨고 그녀가 아닌 그를 뚫어지게 쳐다보았다. 그녀도 그를 바라보며 빙그레 웃었다. 마치 '그렇죠?'라고 동의를 구하는 듯했다.

"그래, 너 깨웠는데 안 일어났어."

그녀가 술잔을 들어 그에게 건배하자 했다. 그가 잔을 들어 그녀 잔에 가 부딪혔다. 그가 반 잔을 마셨고 그녀는 한 잔을 다 비웠다. 갈목이가 입술을 삐죽거리며 울상을 지었다.

"안 그래도, 샘이, 니가 서운해 할 거라고 말했어."

갈목이가 울상을 지으며 수저를 놓았다. 그는 대화를 다른 곳으로 돌리고 싶었다.

"갈목이가, 검정으로 고딩이랑 대학에 가야 할 것 같아."

그가 엉뚱하게 말을 돌렸다. 그녀가 갈목이에게 물었다.

"학교에서 무슨 일 있어?"

갈목이가 서둘러 백숙을 떠먹기 시작했다. 덥석 날갯죽지를 들고 살을 물어뜯고 씩씩거리며 씹었다. 그녀가 소리를 빽 질렀다.

"말을 해, 가시나야! 학교 가기 싫은 거야? 왜?"

갈목이가 움칠하더니 말했다.

"나도 술 한 잔 줘."

그녀가 눈을 동그랗게 떴으나 그는 태연했다. 갈목이가 그한테 물었다.

"샘, 저, 술 한잔 해요?"

"괜찮아, 애들은 못 먹게 하는 것도 이상해."

그녀가 자신의 빈 술잔을 갈목이에게 건넸다. 갈목이가 잔을 받자 그녀는 소주병을 들어 술을 따랐다. 갈목이가 두 손으로 그녀가 따르는 술을 받았다.

"안 좋으면 어른들부터 안 먹어야지, 막 퍼마시면서 말이야."

그녀가 술을 다 따른 뒤 갈목이를 째려보았다. 그가 식탁 위 빈 공기를 그녀에게 건넸다. 그녀가 따르던 술병을 갈목이에게 주었다. 그녀가 공기를 받아들자 갈목이가 두 손으로 술을 따랐다. 반 공기 남짓 차도록 그녀는 그만 따르라는 말을 하지 않았다. 술이 공기에 가득 차오르자 그녀는 그만, 했다. 갈목이가 술병을 탁자에 놓자 그가 술잔에 키스를! 하며 잔을 내밀었다. 갈목이도 술잔을 그녀는 공기를 내밀었다. 식탁 위에서 세 개의 잔이 부딪혔다.

"대학 신입생이 고딩보다 검딩이 더 많아야 해요."

그가 한마디 하고는 술을 단숨에 들이켰다. 그녀가 공기를 입에 대고 갈목이는 어떻게 마시나 하고 지켜보았다. 갈목이도 한방에 마셔버렸다. 그걸 본 그녀가 한입에 털어넣은 후 말했다.

"자기가, 학교에 한번 가보지 않을래?"

"갈목이를 믿으세요, 나는 갈목이가 든든해요."

그의 말을 갈목이가 거들었다.

"요즘, 검정고시 보는 애들 많아."

그녀가 발끈했다.

"노래방 팁도, 석사, 박사 하면 더 많이 나와."

갈목이가 깔깔거리며 응대했다.

"엄마는, 팁 박사네, 팁 많이 받으라고… 공부하라는… 거야…."

갈목이가 웃느라 말끝을 맺지 못했다. 그도 자지러지고 그녀는 웃는 척했다. 갈목이가 소릴 질렀다.

"술 맛있다. 나중에 또 먹어야겠네."

갈목이가 자리에서 일어섰다. 거실 창가로 다가가는데 밖은 이미 어두워져버렸다. 갈목이가 창밖을 보더니 눈이 온다며 소리를 질렀다. 현관으로 가 신을 신고 마당으로 나가더니 바로 되돌아왔다. 함박눈이라 큰소리치는데 그새 머리와 어깨에 하얀 눈이 얹혀 있었다.

갈목이가 다시 밖으로 나갔다. 두 사람도 뒤를 따라 마당으로 나섰다. 팝콘만 한 눈송이들이 날렸다. 마당에는 벌써 발자국이 찍힐 만큼 눈이 쌓였다. 폭설이었다.

밤하늘이 쏟아지는 함박눈 때문에 검지 않았다. 검은 빛에 비비크림을 듬뿍 발라 놓은 것처럼 뿌옇게 바랬다. 그들이 마당 나무의자에 앉았다. 쌓인 눈 위로 엉덩이들을 들이밀었다. 마당에 바람은 불지 않고 눈만 내렸다. 그들이 먼 어두움으로 시선을 주었다.

갈대밭이 하얗게 빛났다. 갈대 끝에 달린 갈목이들이 함박눈 모자를 쓴 탓이었다. 나무의자에 앉은 갈목이에게 눈이 내려앉은 모습이랑 같았다. 밤새 갈목이네 집으로 오가는 길들을 함박눈이 다 막아버렸다.

3

빽, 하는 소리가 터져 나왔다. 겉동산 곶 꼭대기 카페 안이었다. 어두움을 쪼개는 굉음이었다. 문틈에서 나는 게 아니라 색소폰에서 났다. 알토 색소폰이고 리드가 건조한 탓에 생기는 실없는 음조였다.

실내에 트로트가 울려 퍼졌다. 색소폰에서 만들어내는 진폭이 카페 안 공기를 서핑하는 중이었다. 기체를 잘 타지 못해 찢어발겨 진 빽, 하는 잡음은 어디에도 끼어들 틈새가 없이 벌써 소멸해버렸다. 사람들도 그냥 스쳐지나갔다.

그녀가 붙잡은 카페 출입문 손잡이를 놓고 두 손바닥으로 소멸하는 공명을 더듬었다. 스러진 잡음의 찌꺼기가 만져졌다. 내게는 아직도 남아 있어, 정수리가 말초에서 느끼는 여운을 일러주었다. 이어 앙가슴에 진동이 왔다.

그녀가 음대 다닐 때였다. 실없는 음조를 '미음'이라고 불렀다. '미조'에서 따왔고 길 잃은 음이라는 뜻이었다. 교수도 친구도 선후배도 사귀는 애도 그 단어들을 이해하려 하지 않았다. 그때도 그녀는 미음을 들으면 앙가슴이 울렸다. 파동이 오목가슴을 타고 복부를 지나 샅으로 내려갔다.

그녀가 음대생이던 때 자신의 몸을 느끼며 카페 안으로 들어갔다. 실내는 사람들로 차 있었고 조명은 겨우 얼굴을 알아볼 수 있을 만큼 밝았다. 그녀가 사람들을 알아보지 못하고 머뭇거렸다. 자신을 바라보는 눈동자들이 여러 개 된다는 것만 얼추 짐작했다. 누군가가 그녀를 향해 팔을 높이 들고 손을 흔들었다. 그녀도 가슴께로 왼팔을 올리고 흔들어 보이며 홀 가운데쯤으로 들어갔다.

대여섯이거나 예닐곱 정도 되는 남녀들이 서로 어울려 몸을 흔들어 대고 있었다. 금관악기에서는 실내 분위기가 바라는 대로 공기의 진폭을 쏟아냈다. 아니면 공기의 진동에 따라 실내가 돌아가는지도 몰랐다. 그에 따라 그녀 걸음걸이도 조금은 들썩거렸다. 고개는 그냥 서 있기가 마땅치 않아 어딘가 앉기에 알맞은 자리를 찾으려 두리번거렸다.

그때 누군가 그녀 앞으로 다가섰다. 비로소 사람 윤곽이 또렷했고 그녀가 기겁을 했다. 눈앞에 선 사람은 남자이긴 한데 사람 얼굴이 아니고 웃는 원숭이였다. 그녀가 웬 원숭이, 하며 놀라 뒤로 물러서려다가 상대의 웃는 표정에 마음이 조금 놓였다. 이어 슬그머니 장난기가 발동

했다.

그녀가 오른손을 올려 조심스레 가면에 대보았다. 원숭이가 얼굴을 움직이지 않고 가만히 있었다. 그녀는 손끝에 부드러운 결들이 닿자 갈대라고 느꼈다. 마른 갈대로 엮어 만든 탈을 썼는데 입체감이 뚜렷한 원숭이 얼굴이고 방글방글 웃는 모습이었다. 그제야 그녀가 긴장을 풀고 다른 이들을 둘러보았다.

그녀의 홍채는 어둠에 익숙해져 있었다. 사람들 대부분 탈을 썼는데 영장류이거나 유인원 면상이었다. 그녀가 웃었다. 아니었다. 웃기 시작했다. 멈출 줄 모르는 폭소가 관악기 연주 소리처럼 터져 나왔고 줄곧 이어졌다. 색소폰 소리에 눌리기도 하련만 기가 꺾이지 않았다. 사람들이 그녀를 바라보았다. 웃음 때문이었다. 소리가 크기도 했지만 웃는 자태가 모두를 사로잡았다.

그녀가 선 채 왼손은 허리춤에 다른 손은 원숭이 얼굴을 만지며 고개를 뒤로 젖히고 웃었다. 그녀 모습은 실루엣으로도 드러났다. 어떤 각도에서는 그녀 벌어진 입 모양이 커다란 붕어가 아래턱을 쩍 벌리고서 두 입술을 다물지 못하는 것처럼 보였다. 뒤로 젖혀진 머리로 인해 아래로 늘어뜨려진 머리채 음영은 어떤 기운이어서 다물지 못하는 두 입술을 허공으로 떠미는 것 같았다.

서너 명이 자리에서 일어나 손뼉을 쳤다. 그녀에게 쳐주는 것이 아니었다. 다른 이들에게 함께 기립하자는 신호였다. 그에 따라 홀 안 사람들이 모두 일어나 그녀가 내는 웃음에 맞춰 손뼉을 치거나 어깨를 들썩였다. 율동은 사 분의 삼 박자였다. 그건 그녀에게 보내는 찬사였고 색소폰 리듬과 잘 맞았다.

그 바람에 그녀가 더욱 들뜨고 온몸이 열렸다. 눈물이 핑 돌아 콧속이 뭉클하고 침이 고이며 오줌도 마려웠다. 방귀도 나오려 했다. 그래서 더 웃지 않으려 했다. 웃음을 거두어야 하는데 멈춰지지 않았다.

그때였다. 색소폰에서 미음이 또 터지고 그녀에게로 파고들었다. 이미 열린 몸이기에 말초신경 전두엽 앙가슴 오목가슴 복부 들을 거치지 않고 바로 살으로 밀려들었다. 양 볼도 달아올랐다.

한 여자가 그녀에게 다가섰다. 원시인 탈을 쓰고 손에는 다른 탈이 들려 있었다. 그녀가 입을 다문 채 자세를 바로하며 원숭이 얼굴에 댔던 손을 뗐다. 여자가 두 손을 내밀었다. 그녀가 탈을 받아들었다. 원시인 가면인데 이마가 턱과 반듯해서 좋아보였다. 어떤 인종인지는 알 수 없는데 건네준 여자가 말했다.

"보노보예요. 예쁘죠?"

그녀가 고개를 끄덕이며 여자와 눈을 마주쳤다. 여자가 쓴 탈은 이마가 턱보다 들어간 탓인지 입이 앞으로 툭 튀어나와 있었다.

"저는 네안데르탈인이죠."

묻지도 않았는데 여자가 말했다. 그녀가 예쁘다 하자 여자는 웃음으로 맞장구치며 어두운 저편으로 가버렸다. 원숭이탈도 여자와 함께 사라졌다. 그녀 손에 들린 탈 뒷면에는 위아래로 탄력이 좋은 굵은 고무줄 두 개가 달렸다. 머리에 뒤집어쓸 수 있도록 하는 장치였다.

그녀가 탈을 머리에 뒤집어썼다. 그때 갈목이한테 쥐어뜯긴 머릿속이 욱신거렸다. 탈을 쓰고 보니 마른 갈대로 엮어 만들었다는 짐작이 맞으나 얼굴에 꽉 끼어 보기보다 편했다. 갈대 향이 진하고 피부에 닿는 안쪽도 부드러웠다. 탈 눈에 뚫린 구멍과 그녀 눈이 딱 맞아 앞이 잘 보였다.

그녀가 탈 눈구멍을 통해 실내를 살폈다. 달밤이긴 한데 눈앞에 보이는 건 실내가 아니고 숲속이었다. 탈이 부린 마법이었다. 그녀가 너무 놀라 오줌을 찔끔거리고 눈앞에 펼쳐진 엉뚱한 정경이 신기해 주춤거렸다. 탈을 벗어버리면 그것들이 사라져버릴 듯해 눈을 부라리며 앞을 살폈다.

카페는 온데간데없고 원시림으로 우거진 숲이었다. 하늘에는 둥근 달이 떠 있었다. 의자에 앉아 탁자에 기댄 채 웅성거리던 가면 쓴 사람들도 없어졌다. 원시인들이 삼삼오오 어울려 손뼉을 치며 춤을 추는 모습이 보였다.

음악은 울림이 강한 색소폰 소리가 아니고 무언가를 두드리는 단조로운 리듬이었다. 통나무 소린데 한 개가 아니고 여러 개를 동시에 서로 다루는 음조이고 사 분의 사 박자였다. 그 리듬에 맞춰 원시인들이 손뼉을 치고 엉덩이를 흔들며 흥겨워했다.

그녀도 박자에 맞춰 손뼉을 치며 엉덩이를 흔들었다. 내친김에 원시인들이 노는 곳으로 다가갔다. 예닐곱이 어울리는데 가운데는 고릴라 한 마리가 땅바닥에 주저앉아 손에 쥔 막대기로 통나무를 두드리며 흥을 돋우었다. 다른 이들은 몸을 흔들고 비음을 내지르며 고릴라 주위를 빙빙 돌았다.

그녀가 무리에 끼어들었다. 그때서야 그들이 나체고 다 여자라는 걸

파악했다. 그녀들의 감춤 없는 춤사위도 보았다. 낯이 뜨겁고 당황스러웠으나 원시인들이 뭐 그렇지 하며 넘겼다. 저들이 암컷이야 여자야, 로 고민도 했다.

그녀 자신도 나체라는 게 좋아 몸도 맘도 다 상쾌했다. 그들과 더불어 박자에 맞춰 괴성도 지르고 춤을 추다보니 나중에는 목이 말랐다. 그래서 큰소리쳤다.

"야, 술 가져와, 술!"

어제부터 먹고 싶은 술이었다. 그 말끝에 아무도 반응을 보이지 않았다. 다들 그녀가 신이 나서 아우성을 지르는 정도로 인식했다. 그녀가 말이 통하지 않는다는 걸 깨닫고 통나무 두드리는 고릴라에게 보라는 듯 오른손을 내보였다. 고릴라와 눈이 마주쳤다. 그녀가 손을 동그랗게 컵처럼 오므려 고개를 뒤로 젖히며 입안으로 단숨에 털어넣는 시늉을 했다.

고릴라가 통나무 두드리는 걸 멈추고 시선을 그녀에게 고정시켰다. 덩달아 암컷들도 춤을 그치더니 그녀를 바라보며 약속이나 한 듯 몸을 비틀어대며 가냘픈 신음을 연속 내질렀다. 그건 교성이었다. 그 소리만 모은다면 어떤 무리가 집단으로 섹스하는 것처럼 들렸다. 그녀가 돌변한 상황에 어리둥절했다.

무리 가운데 앉았던 고릴라가 그녀를 바라보며 벌떡 일어섰다. 비로소 그녀가 놈을 자세히 보았다. 놈은 유방이 없고 샅에 생식기가 꼿꼿하게 서 있었다. 그녀가 저놈은 수컷이네 하고 인식하는 순간이었다.

놈이 손에 쥔 막대기는 던져버리고 그녀에게로 달려들었다. 그때 그녀의 눈에 들어오는 건 놈의 생식기뿐이었다. 기분이 좋기도 하고 이상하기도 했다. 고릴라하고 한다는 건 기발한 발상이었다. 나중에 고릴라 새끼를 낳는다는 건 어째 좀 이상하지만 말이다.

그녀가 몸을 돌려 무조건 뛰었다. 뒤에서 쫓아오는 고릴라 발걸음이 땅을 울렸다. 그 진동으로 그녀는 달음박질이 엇갈려 뛰기 힘드나 죽어라 달렸다. 고릴라 새끼를 낳다니, 끔찍한 일었다. 신문에도 실리고 TV에도 나오고 인터넷에 퍼지면 자신의 신상이 다 털릴 일이었다.

그녀가 도망치면서도 너하고 하는 건, 살다보면 그럴 수도 있는데, 안돼, 하고 중얼거렸다. 나중에는 숨을 헐떡거리며 갈목아, 갈목아, 했다.

갈목이는 그녀가 술을 마시고 노래 부르는 걸 달가워하지 않는다. 그녀는 빈둥거릴 때도 물론이고 무언가를 할 때도 가요를 흥얼거린다. 냉장고에 넣어둔 소주를 아무 때나 홀짝거려서 술 냄새가 몸에 배었는데 그걸 갈목이가 싫어했다. 그 때문에 갈목이가 배낭을 짊어지고 집을 나간다고 대문 밖으로 나섰다. 그는 고입 검정고시 날짜가 얼마 안 남았다며 붙잡았다.

그때가 해질녘인데 갈목이와 그는 바다가 보이는 마당 끝 나무의자에 앉아 있었다. 그녀가 현관문을 열고 마당으로 나서고 의자 뒤에서 바라보니 둘은 친 부녀처럼 보였다. 그는 갈목이에게 좋은 아빠였다, 친아빠가 아닐지라도 말이다.

그가 뒤쪽에서 인기척을 느끼는지 고개를 돌리고 그녀에게 손을 내밀었다. 그녀가 손을 맞잡으며 그와 나란히 앉았다. 달콤한 알코올 향기가 그의 코를 자극하며 마당 끝을 벗어나 개어귀로 빠져나갔다. 갈목이가 그에게 말했다.

"또, 미조를 찾고 싶어요."

그가 맞장구를 치며 쌍안경을 치켜들고 뭔가 찾으려는 듯 갯벌에 초점을 맞췄다. 그가 비 오는 날 말고는 늘 돋을볕이 일 때쯤 갈목이를 데리고 속동산으로 갔다. 둘이 먹이를 찾아 비상하는 새들 수를 세었다.

그녀는 날마다 그가 점심 밥상을 차려놓고 깨울 때까지 잠을 잤다. 밥을 먹으며 뭐 하러 새를 세냐고 그럴 정신 있으면 잠이나 더 자라는 말도 했다. 갈목이는 콧방귀를 뀌고 그는 낄낄댔다. 그녀가 안 할 말을 해버렸다.

"그 새 잡아서 매운탕도 하고 볶음탕도 할 거니?"

갈목이가 자리에서 벌떡 일어서며 맞받아쳤다.

"엄마는 술하고 뽕짝밖에 몰라. 아는 게 그거밖에 없어?"

"나는 그게 젤 좋거든."

"엄마 딸인 게 존나 쪽팔린다."

그가 쌍안경을 들여다보며 뭔가를 발견한 듯 호들갑을 떨었다.

"저거 봐, 햇 갈대가 막 나왔어, 갈대밭이 새 탈을 썼어."

그녀가 갈목이에게 핀잔을 줬다.

"착한 척 그만해, 학교 밖 청소년 주제에."

"뭐? 딱, 맞네, 엄마라고 하는 말 좀 봐, 내가 누구 때문에 학교를 그만뒀는데, 지금, 꼬락서니, 진정한 당신 페이스네."

맞받아치던 갈목이가 내친김에 더 나갔다.

"아빠도 병신이야, 쫓아내지 않고, 나가다니, 병신!"

말끝에 그녀가 눈을 부라리며 느닷없이 손을 뻗어 갈목이 뺨을 때렸다. 갈목이는 엉겁결에 당했다. 얼굴이 붉어지며 뺨이 부어오르고 입을 열었다.

"미친년, 별 지랄 다 하네."

그가 쌍안경 초점을 끌어와 그녀에게 내밀다가 갈목이에게 주기를 반복했다. 쌍안경을 눈에 대고 두 여자 사이에서 일부러 두리번거리는 그가 우스꽝스러우나 아무도 웃지 않았다. 마침내 욕을 먹은 그녀가 화를 참지 못하고 비명을 지르며 갈목이 머리채를 휘어잡았다. 갈목이는 머리가죽이 벗겨지도록 아파도 입을 꾹 다물었다. 목이 부러지는 통증도 느꼈다.

오히려 그녀가 악을 질렀다. 외마디가 아니고 연속 터뜨렸다. 비명으로 친다면 갈목이가 그녀를 공격한 거나 다름없었다. 갈목이는 머리채를 잡힌 채 그녀를 향해 눈을 부라릴 뿐이었다. 그녀는 화가 더 치솟았고 머리카락을 움켜쥔 팔에 힘을 잔뜩 넣었다.

갈목이도 숨을 가슴 깊이 들이마시고 더는 참지 못해 두 손을 들어 그녀 머리채를 움켜잡아 좌우로 흔들었다. 그녀는 골이 흔들렸다. 마당은 비명으로 가득 찼는데 한 여자가 내지르는 소리였다. 갈목이는 소리 한번 내지 않았다.

그가 엄마와 딸 사이에 끼고 말았는데 엄마 쪽 귀만 고막이 아팠다. 두 몸과 두 쌍의 팔들이 그를 사면초가에 빠뜨렸다. 세 사람은 함께 마당으로 엎어졌다. 그가 쌍안경이 깨질까봐 가슴에 끌어안았다. 허리를 최대한 구부려 갇혔던 몸을 어렵사리 빼냈다.

땅바닥에서 꿈틀거리는 두 여자는 친 모녀가 아닌 것 같았다. 부모형제를 죽인 원수지간처럼 피가 터지게 싸우는 중이었다. 분명 친 모녀지간인데도 말이다. 두 몸은 뒤엉켜 몸부림치다보니 마당 끝 언덕바지로 밀려갔다. 몇 초 뒤에는 언덕으로 굴러떨어지고 뻘에 처박힐 게 뻔했다.

그가 조심스레 쌍안경을 의자에 놓고 다시 두 여자 위로 몸을 던졌다. 자신의 머리를 두 쌍의 젖가슴 사이로 들이밀었다. 두 귀가 각각 젖무덤에 묻히자 자신의 두 손을 귀까지 끌어올렸다. 한 손에 젖통을 두 개씩 쥐고 부드럽게 주물렀다.

싸움은 끝났다. 땅바닥에 주저앉은, 갈목이가 씩씩거리며 가슴을 추스르고 그녀는 젖을 방치한 채 엉엉 울었다. 갈목이가 손끝으로 머리칼을 쓸어내리고 그녀는 울부짖다가 엉덩이에 묻은 흙을 털며 자리에서 일어났다. 갈목이에게 삿대질하며 외쳤다.

"잘 살아라, 이년아."

한마디 뱉은 그녀가 대문을 향해 걸었다. 그가 엉뚱한 상황을 맞아 렌즈 조리개를 조절해가며 쌍안경으로 그녀를 추적했다. 그녀가 쪽문을 열고 집 밖으로 나섰다. 문을 도로 닫지 않았기에 대문은 한쪽이 뻥 뚫려버렸다. 갈목이가 주저앉아 그 구멍에 시선을 주고 있었다.

그는 갈목이가 그녀에게로 뛰어나가길 바랐다. 갈목이가 흙바닥에서 일어서고 움직이더니 현관으로 향했고 집 안으로 들어갔다. 그가 쌍안경으로 현관문을 살피는데 이미 잘 닫혀버렸다. 다시 쌍안경으로 대문을 바라보며 열린 쪽문을 닫아야 할지 말아야 할지 고민했다.

그들에게는 휴대전화가 없었다. 그녀가 노래방 도우미 생활을 접을 때 버렸다. 갈목이는 필요가 없었고 그는 불편하지 않았다. 집 밖에서 연락해야 할 때에는 집 전화를 이용했다. 누군가 밖으로 나선다면 집에서는 연락할 길이 없었다.

밖으로 나선 그녀가 먼저 하늘을 바라보았다. 저녁나절인데도 동녘 하늘에는 낮달이 떠 있었다. 보름달이었다. 해안도로를 걸으며 갈목아, 갈목아, 하고 부르짖으나 입 밖으로 나오지 않았다. 갈목이를 생각하면 언제나 눈시울과 코끝이 매웠고 그럴 때마다 목이 잠겨 호흡이 불규칙해졌다.

그녀가 고릴라에게 쫓기면서도 갈목이를 되뇌자 눈물 콧물이 목에 고여 숨을 삼킬 수 없었다. 숨이 헐떡거리고 보폭이 좁아지며 두 다리가 꼬였다. 쓰러지며 무릎을 꿇고 두 팔을 땅에 짚었다. 그런데 문득 생각이 드는 게 고릴라가 아주 좋아하는 자세일 것 같았다.

그녀가 몸을 뒤집자 엉덩이가 땅에 닿았다. 헐떡거리는 윗몸을 지탱하려고 두 팔을 등 뒤로 뻗어 양 손바닥으로 땅을 짚었다. 어째 자신이 고릴라를 반기는 듯한 자세였다. 고릴라는 두 걸음만 떼면 그녀를 덮칠 수 있었다. 그녀 눈에는 바나나 같기도 하고 오이 같기도 하고 가지 같기도 한 놈의 물건만 보였다. 그걸 보니 꼭 싫지만은 않았다. 자신이 취했거나 취하고 있는 자세가 그 증거였다. 이제 당하는 건 일도 아니었다.

고릴라 새끼를 낳는다면, 끔찍했다. 노래 좋아하고 술을 사랑해서 남편도 떠나보내고 집도 절도 없는 떠돌이 신세가 되었다. 어찌어찌하다가 그나마 갈대밭에 있는 그의 집에 머물렀다. 그는 그녀를 사랑한다. 그녀는 아니지만 말이다.

이런 형편에 고릴라 새끼를 낳는다면 끝장이다. 갈목이를 어떻게 본단 말인가. 갈목이도 아빠처럼 어디론가 떠나고 그도 집에서 나가라 할 것이다. 해외토픽이나 인터넷에 뜨는 것 정도는 얼굴을 감추고 살면 견딜 만하다. 그러나 갈목이 없이는 안 된다. 그의 집이 필요해 그래서 그도 있어야 했다.

잠깐 고릴라 놈과 그가 비교되었다. 놈은 빛나는 몸을 가졌으나 집이 없다. 그는 나약한 몸이지만 허름한 집이라도 있다. 갈목이랑 살려면 집이 있어야 했다. 더욱 중요한 건 고릴라 놈이 갈목이를 보면, 갈목이랑도 하려고 달려들 텐데, 뻔한 일이고 안 될 일이었다. 놈이 거칠게 숨을 쉬며 이제 그녀랑 한 걸음만 남겨두고 있었다. 놈의 생식기보다 구역질이 나는 호흡이 그녀에게 먼저 다가왔다.

그녀가 마지막으로 놈에게서 자신을 방어하는 뭔가를 하고 싶었다. 손에 잡히는 건 아무것도 없었다. 있다 쳐도 붙잡을 틈이 없었다. 뒤집어쓴 탈이 있었다. 이제 탈은 답답하고 숨쉬기도 힘들게 했다. 그녀가 탈을 움켜쥐며 온 힘을 다해 벗어 두 눈을 부릅뜬 채 놈의 면상을 후려쳤다.

탈이 그녀 손에서 벗어나자마자 원시림 속 땅바닥이 아니었다. 탈의 마법이 깨진 것이다. 탈을 쓰기 전 은은한 조명이 넘실대는 그 실내였다. 고릴라도 사라졌다. 그녀가 옷을 다 입은 채 의자에 앉아 있었다. 탈은 그녀 손을 벗어나 바닥에서 뒹굴었다. 그녀가 안도의 한숨을 쉬었다. 온몸이 땀에 젖어 있었다. 땀구멍만 열린 게 아니었다. 눈물 콧물 침은 말할 것도 없고 오줌도 지렸고 방귀도 나왔다.

땀으로 인해 갈목이에게 쥐어뜯긴 머릿속이 쓰렸다. 색소폰에서는 여전히 음악이 흘러나오는데 사 분의 사 박자였다. 실내를 가득 채운 남녀들은 탈을 쓴 채 의자에 뒤엉켜 앉아 곡조에 맞춰 흥얼거리거나 고개를 끄덕였다. 그들도 음악과 탈 속에서 온몸을 활짝 열고 있을 게 분명했다.

그녀는 실내 공기가 답답해 바깥 공기를 쐬고 싶었다. 자리에서 일어나 현관 쪽으로 다가가는데 색소폰에서 빽하는 소리가 또 터져 나왔다. 그녀가 미음을 뒤로 하며 문을 밀친 후 밖으로 나섰다.

밤인데 밖이 실내보다 더 밝았다. 둥근 달 덕분이었다. 달빛이 짙은 어두움을 짓이기는 중이었다. 음력 보름이 하루 지났는데 보름달보다 더 둥글었다. 그녀가 맑은 공기를 가슴 깊이 들이마셨다. 정신이 맑아지자 보름달이 하나 더 보였다.

밤바다에도 하늘의 것과 똑같은 달이 떠다녔다. 달은 같은 달인데 어두움은 바다가 하늘이나 뭍보다 더 짙었다. 그녀가 저 아래 햇 갈대와 햇 칠면초가 실해지려 달빛을 빨아들인 탓에 땅이 밤바다보다 더 밝을 거라 생각했다.

이곳 개어귀는 두 개 동산이 둘러쌌다. 갈대밭 마을에서 아스팔트 해안길로 가다보면 두 동산으로 갈라지는 길목이 나온다. 아득한 언제인가 도깨비들이 살았다는 겉동산 곶에 지금은 단층 건물 하나가 널따란 주차장과 함께 있다. 포장도로는 주차장을 지나 해안을 에둘러가며 면 소재지인 저잣거리로 이어진다. 속동산 곶까지는 갈림길에서부터 오솔길을 따라 걸어가야 한다.

그녀가 개어귀 갈대밭이 언제부터 존재했는지 생각했다. 뇌리에 갈대 탈 속에서 보았던 영장류와 유인원들이 떠올랐다. 그 기억이 뚜렷한 것으로 보아 아까 갔다온 원시림 속 무도회는 허상이 아니라는 확신이 들었다.

지금 무도회가 열린 카페 자리에는 멀고 먼 옛날에도 움집이 있었을 것이다. 이 시대엔 무도회라는 축제를 열지만 원시시대 땐 단순한 박자에 맞춰 율동하는 파티가 벌어졌으리라. 그녀의 먼 조상 누군가도 그 움집에서 살았으리라. 삶이라는 게 누군가는 예쁜 체하다가 겁탈당하거나, 누군가는 예쁘다고 겁탈하거나, 둘 다 해당하거나, 뭐 그렇지 않았을까. 이곳에서 말이다. 그녀는 생각의 탈을 쓰고 있었다.

그녀가 선 곳이 속동산 곶이다. 건너다보이는 밤하늘 겉동산 실루엣에 별 같은 흰 점이 두 개 반짝였다. 그녀가 선 채로 오른팔을 겉동산으로 쭉 뻗었다. 두 불빛끼리 틈새를 측정하니 한 뼘 반 정도 간격이었다. 겉동산 곶 주차장이 달린 단층 건물에서 새어나오는 밝은 광선이랑 그 아래 언덕길 중턱쯤에서 발하는 희미한 전깃불의 거리였다.

그녀는 그와 갈목이가 잠드는 보금자리인 아래쪽 불빛을 한참 동안 바라보았다. 삼거리에서 겉동산 곶으로 가는 차도 중간쯤에 자리잡은 외딴집이다. 평소 깊은 밤에는 마당 전깃불을 꺼버리는데 지금은 켜졌다. 갈목이가 잠들더라도 그는 마당에 전깃불을 켜놓고서 달빛을 쐬리라 짐작했다.

그는 비가 오지 않는 날이면, 오더라도 많이 안 온다면, 날마다 새벽녘에 집을 나섰다. 동살이 트기 전 속동산에 도착하기 위해서였다. 그가 그녀에게 함께 가자고도 했다. 그녀가 그런 짓을 왜 하냐고 따졌다. 그에게 짜증을 내기도 했다.

그가 길 잃은 새를 찾아 갈대밭을 살폈다. 철새들은 봄이 무르익으면 시베리아로 떠나야 했다. 서리가 내리기 전에 동남아로 날아가는 집단도 있다. 그런데 가끔 무리와 함께 떠나지 못한 새가 있다. 어쩌다가 서식지나 이동경로가 아닌 새도 갈대밭에서 발견되기도 했다. 그럴 때는 야생동물보호협회가 그 새들을 데려갔다. 그가 죽은 새 이야기도 꺼냈다.

"흑두루미 한 마리가 죽은 채 발견됐는데."

모녀가 이사 오기 전인 5월쯤에 생긴 일이라 했다.

"상처가 없고 굶은 것 같지도 않은데 죽어 있었어."

갈목이가 말을 받았다.

"외로워서 죽었나보다."

그녀는 한겨울에 자신이 식칼로 토막내 죽인 흑로가 떠올라 가슴을 졸였다. 깃털과 잔털이 다 벗겨지지 않은 껍질이랑 발라낸 뼈들을 담장 옆 구덩이에 묻을 때 그에게 들켰던 일이다. 그녀가 가슴을 쓸어내렸다. 갈목이가 알면 당장에 난리가 날 판이었다. 그녀는 갈목이가 가로막아 소주를 마시지 못했다. 하지만 이미 술 냄새를 풍겼다. 그녀가 대화 초점을 바꾸려 말을 바꿨다.

"왜, 새들은 술을 안 먹지."

"미쳤군, 미쳤어."

그녀가 갈목이를 째려보았다. 그는 낄낄대며 웃었다. 그녀가 큰소리를 질렀다.

"야, 이년아! 미친 건 저 선생이야, 뭐 할 짓 없어서 새들을 살피냐, 돈 나오고 밥 나오는 것도 아닌데, 늦잠이나 푹 자지, 안 그래?"

그녀가 외치며 갈목이에게 동의를 구했다. 갈목이가 그녀를 외면하고 그를 바라보았다. 그가 새들을 살피면 재밌는 일이 많다고 했다. 새들이 언제 오는지 언제 가는지 개체 수가 늘었는지 줄었는지 건강한지 나약한지 작년엔 새끼던 애들이 올핸 짝을 지었는지 못 지었는지가 보인다 했다. 갈목이가 추임새를 넣었다.

"신기하네."

"술배가 부르나보네."

그가 그녀 말을 무시한 채 갈목이를 바라보며 말을 이었다.

"새들이 나를 알아봐요. 내 머리 위를 지나가면서 대부분 힘차게 지저귀지요. 그때 울음과 일상적으로 내는 소리가 달라요. 강약이나 리듬이 달라요. 나만 알아들어요."

갈목이가 몸을 비틀며 코맹맹이 소리를 냈다,

"선생님, 제가 따라다닐게요."

"학교는?"

그녀가 반문하자 갈목이가 말을 똑 쐈다.

"검정고시 본다고 했잖아!"

“이년아, 노래방 도우미도 대학은 나와야 해, 팁이 더 나와.”

그가 낄낄거리며 웃었다.

“엄만, 대학 안 나와서 이러고 사나, 뭐.”

갈목이가 대답하고는 한마디 덧붙였다.

“누군, 음대 나왔으니까, 전공은 딴따라과, 부전공은 노래방과, 삼전공은 소주과, 제대로 사네, 뭐.”

그녀가 아랫입술을 깨물며 오른팔을 치켜들어 갈목이 뺨를 겨냥했다. 갈목이는 콧방귀를 퉁기며 아랑곳하지 않았다. 그녀가 올려 세운 팔을 그냥 내렸다. 그가 나섰다.

“검정고시 보고, 수능시험 봐서 대학교 가도 돼요.”

“수능 점수 따지는 대학은 안 갈래요.”

“이 애, 중학 중퇴하고 사회 낙오자 되면 댁이 책임질 거요. 어떻게 질 건데? 애, 다 망가지잖아!”

그녀가 얼굴을 붉히며 그에게 소리를 꽥 질렀다. 이어, 아이 망치려 작정한다며 대들었다. 갈목이가 그녀에게 눈을 치켜떴다. 어이없다는 듯 ‘치’ 하며 얼굴에 비웃음을 머금은 채 맞장구쳤다.

“누구처럼 안 망가지거든, 나, 조류박사 될 거야, 그렇죠?”

“그렇지, 충분해.”

그녀는 그를 갈목이 망친 놈으로 여겼다. 다음날부터 갈목이가 그보다 먼저 잠자리에서 일어났다. 그가 가는 길을 따라나서고 함께 새들을 살폈다. 날이 훤히 밝아 둘이서 돌아올 때까지도 그녀는 잠들어 있었다. 그의 집 거실에는 새에 관한 책들이 많았다. 갯벌과 염생식물에 관한 자료들도 넘쳐났다. 갈목이가 소파에 앉아 그것들을 하나씩 읽어나갔다. 갈목이가 그에게 말했다.

"선생님은 갈대 같고 엄마는 칠면초 같아요."

갈목이가 책장을 넘기며 말을 이었다. 갈대는 어디에나 흔한데 칠면초는 아무 곳에나 있지 않단다. 서식지가 손에 꼽을 정도밖에 안 되고, 마당 앞 뻘밭에도 갈대처럼 널브러진 건 아니라고 했다. 칠면초는 이곳에서도 귀한 식물이란다. 그게 마치 미조처럼 칠면초도 길을 잃어 이곳으로 흘러든 게 아닐까 하는 생각이 든다더니 침을 꿀꺽 삼키며 말했다.

"나는 미접인가봐요, 길 잃은 나비요."

"미석이 좋겠다. 길 잃은 돌멩이, 미석!"

모두 다 낄낄거리며 웃었다.

그녀가 마당 전깃불을 그가 밝혀놓은 거로 짐작하고 밤길을 걸었다. 아무리 생각해도 고릴라에게서 벗어난 게 꿈만 같았다. 하늘에는 구름 한 점 없지만 한 개의 별도 보이지 않았다. 달이 밝으면 하늘의 별들이 사라지는데 땅의 전깃불들은 왜 안 사라지는지 궁금했다.

갈대밭에는 두 동산을 이어주는 나무다리가 있다. 사람들이 발에 개흙을 묻히지 않고도 갈대밭을 건너도록 만들어진 구조물이다. 다리를 통과하는 데는 늦장부리기로 한다면 가없지만 바삐 걸으면 1분 남짓 걸린다. 그녀가 마당 불빛을 따라 집으로 가려면 건너야 하는 코스다.

그녀가 속동산을 벗어나 갈대밭으로 내려가는 나무다리 초입에 섰다. 밤 갈대밭이 한눈에 들어왔다. 갯벌을 갈 지 자로 흐르는 갯골들이 달빛을 받아 뚜렷했다. 그가 갯고랑들을 두고 밤에는 강처럼 보인다고도 했다. 그는 낮보다 밤 갈대밭을 더 좋아한다.

그녀가 그를 따라 이른 아침이 아닌 한밤중에 갈대밭 나들이를 나서기도 했다. 처음에는 어두움이 무섭기도 했지만 나중에는 노래를 부르며 다리 위를 뛰어다녔다. 지금은 집에 가고 싶으나 그를 볼 낯도 갈목이를 껴안을 염치도 없었다. 집을 나온 자신이 무척 초라하게 느껴졌다.

밤공기가 차가웠다. 그녀가 청바지를 입고 긴 팔 라운드티 위에 두꺼운 카디건을 걸쳤다. 하지만 한기가 몸속으로 파고들었다. 소주가 땡겨 입맛을 다시다가 곁동산을 보았다. 곳의 불빛이 도깨비처럼 빛났다. 주차장과 건물 현관을 밝히려 켜둔 불빛이었다.

그녀가 두 동산을 이어주는 나무다리로 들어섰다. 새벽이고 바다는 썰물이었다. 뻘이 먼 바다까지 온통 드러나 있었다. 그녀가 몇 시쯤인지 궁금했다. 하늘에 뜬 달을 보니 서녘으로 기울었다. 그 정도면 새벽 세 시쯤이었다. 물때는 보름에서 하루 지난 여덟 물이었다. 바닷물은 가장 멀리 빠져나갔고 곧 되돌아올 것이다.

그녀는 배가 고팠다. 음식을 구할 길이 없었다. 돈이 있어도 음식을 살 데가 없었다. 허기를 참으며 갯벌을 통과해 두 동산을 이어주는 나무다리를 걸었다. 나무다리는 뻘에서 1.5m쯤 떠 있었다. 뻘 속으로 깊이 박힌 나무 기둥들이 다리를 받쳐주었다. 그녀가 쭈그려 앉았다. 서너 뼘쯤 다리 위로 올라선 난간에 기대에 뻘밭을 살폈다.

묵은 갈대는 스러지려 하고 햇 갈대는 이제 막 싹이 돋아나려는 참이었다. 듬성듬성 난 새싹 새로 건빵만 한 게들이 돌아다녔다. 가슴에 난 지느러미로 뻘을 기어다니는 짱뚱어도 보였다. 달이 비춰주어서 뻘밭이 대낮처럼 눈에 들어왔다. 그녀가 바닷물이 빠진 지 서너 시간 남짓 되기에 뻘은 좀 굳었으리라 여겼다.

그녀가 운동화와 양말을 벗고 한쪽 양말만 손에 들었다. 난간을 붙잡고 기둥에 발을 디디며 뻘로 내려갔다. 맨발로 서자 발등까지만 뻘에 빠졌다. 그 순간 게들과 짱뚱어들이 쏜살같이 뻘에 난 구멍으로 숨어버렸다. 그녀가 숨소리를 죽인 채 발가락 하나 까닥하지 않고 서 있었다. 한참이 지났다. 구멍으로 들어간 게들과 짱뚱어들이 다시 바깥으로 나와 돌아다녔다. 그녀가 쭈그려 앉아 움직이는 것들을 하나씩 주워 손에 든 양말에 담았다.

게는 딱딱하고 다리가 손바닥을 자극해 따끔거렸다. 짱뚱어는 손으로 그냥 잡으면 미끄러워 빠져나가버린다. 엄지와 검지로 아가미를 먼저 짓누른 다음 잡아야 했다. 양말을 가득 채우니 제법 묵직했다. 그녀가 나무다리 위로 기어올랐다. 신발과 양말을 손에 들고서 바쁘게 걸었다. 나무다리가 끝나고 조금 걸어가면 속동산 입구에 잘 지어진 화장실이 있다. 갈대밭이 관광지이고 많은 사람이 찾는 곳이었다.

그녀가 남자 화장실로 들어가 세면기 앞에 섰다. 화장실에는 실내등이 켜져 불편하지 않았다. 고무 코르크 마개로 배수구를 막고 수돗물을 틀었다. 게와 짱뚱어를 한꺼번에 풀어놓으면 이리저리 튀어 감당할 수 없을 것 같았다. 그녀가 한 마리씩 꺼내어 고인 물에 뻘을 씻고 바로 씹어먹었다. 짱뚱어는 엄지와 검지로 아가미를 짓누른 채 꼬리부터 입에 넣었다.

처음 베어물 때는 비리고 물컹거렸다. 나중에는 발버둥치며 목에 걸릴 듯해 그녀는 숨이 멎을 뻔했다. 불쾌한 느낌은 그뿐이었다. 나중에는 고소하고 찰지고 단맛이 돌았다. 게는 파삭거려 씹는 맛이 좋았다. 게가 입안에서 잠깐 살아 움직였다. 날카로운 발끝들이 입안을 찔러 따가우나 아랑곳하지 않고 먹어댔다.

술 생각이 났다. 안주가 이렇게 좋은데 술이 없다니, 그녀가 미칠 것 같았다. 술이 앞에 나타난다면 무슨 술이든 한 말을 마시겠다고 다짐했다. 그래야 직성이 풀릴 것 같았다. 안주들을 다 먹고 나니 배가 불렀다. 뱃속에서 짱뚱어와 게들이 꿈틀거리는 것 같았다. 그녀가 술을 같이 안 마셔 소화가 잘 안 되는 거로 생각했다. 졸음이 밀려왔다. 좌변기가 있는 곳으로 들어가 변기 뚜껑을 덮은 채 앉았다. 술, 술하며 잠을 청했다.

그녀가 잠에서 깼다. 얼마나 잤을까. 가늠되지 않았다. 그녀가 변기를 벗어나 화장실 밖으로 나섰다. 화장실 앞에 서는데 구린내가 조금 풍겼다. 변기 뚜껑에 앉아 잘 땐 어째서 구린내가 하나도 안 났는지 이해가 안 됐다. 알코올 금단증상이 너무 커 화장실 냄새를 느끼지 못했을까. 깜빡 놓았던 술 생각이 다시 솟구쳤다. 술이 갈목이보다 더 그리웠다. 그녀가 하릴없이 집에 들어가기로 마음먹었다. 술 때문이었다.

달이 중천에 두 뼘 정도 못미치게 떴으나 갈대밭을 대낮처럼 밝혔다. 그런데 뭔가 이상했다. 그녀가 눈으로 다리에 찾았다. 나무다리가 보이지 않았다. 뻘밭에는 바닷물이 벙벙한 채 나무다리가 사라지고 없었다. 다리 가장자리에 돋아난 나무 난간들만 길라잡이를 하고 있었다. 여덟 물에 만조 시각이어서 바닷물이 다리를 넘어선 것이다. 다리 위 바닷물에는 달도 떠 있었다.

그녀가 집으로 향하려던 발걸음을 다리로 되돌렸다. 그녀가 신발을 벗었다. 청바지 단을 걷어올리고 운동화를 손에 든 채 달이 뜬 바닷물에 발을 담갔다. 나무다리에 닿은 발이 발목까지 잠기자 그녀가 물에 뜬 달을 쫓아 첨벙거렸다. 물은 차갑고 부드럽지 않았다. 따갑다고 해야 하나, 뭔가 따끔거리는데 감미로운 감촉이었다. 그녀가 바닷물에 뛰어든 거나 다름없고 달을 발로 밟았다. 다리가 종아리까지 잠겼다.

달은 으깨어졌다가 곧이어 제 모습을 되찾았다. 그녀가 멀티 달이라 생각했다. 금방이라도 달이 잠긴 물속에서 상어가 튀어나와 자신을 잡아먹으려 할 것 같았다. 벌써 온몸의 촉각들이 곤두서고 날카로워졌다. 바닷물에서 시커먼 손이 불쑥 불거져나와 자신을 낚아채 바다로 끌고 들어갈 것도 같았다. 그 때문에 온몸을 사시나무 떨 듯하면서도 달을 밟았다.

그녀가 예수도 바다 위를 걸었다는데 비로소 수상하다는 생각이 들어서 혼자 꾹꾹 웃었다. 달을 밟을 때마다 달을 중심으로 동심원이 일어나 물에 닿은 달빛들이 부서지곤 했다. 그녀가 바닷물이 술이라면 단숨에 한 말은 마실 거라며 입맛을 다졌다.

앞에서 철썩거리는 인기척이 났다. 혼자인 줄 알았는데 누군가 있다니, 그녀가 긴장하며 앞을 주시했다. 달빛 속에서 누군가 희미하게 모습을 드러내는데 자세히 보니 그였다. 세상에, 이렇게 만나다니. 먼저 그녀가 호들갑을 떨었다.

"어떻게 이럴 때 나타나냐?"

"괜찮아요?"

그가 가까이 다가왔을 때 뒤에서 갈목이가 바닷물을 첨벙거리며 뛰어오고 그를 앞질렀다. 갈목이는 그녀가 거실 벽걸이에 걸어둔 갈대 목걸이와 팔찌를 몸에 두르고 왔다. 그녀가 반응했다.

"어, 황금 목걸이, 팔찌."

갈목이가 아랑곳하지 않고 그녀 목에 매달려 엄마, 엄마 하며 양쪽 볼에 뽀뽀를 했다. 그녀가 괜찮아, 미안해, 하며 갈목이를 끌어안았다. 그때 갈목이 등을 어루만지던 그녀 손바닥에 뭔가 딱딱한 것이 닿았다. 갈목이가 작은 배낭을 멨는데 안에 병 같은 것이 들어 있었다. 그녀가 갈목이 귀에 입을 대고 속삭였다.

"소주구나."

갈목이가 얼굴에 미소를 흠뻑 지으며 대답했다.

"목마르지."

둘은 꼭 붙었던 몸을 떼고 서로 얼굴을 어루만지며 깔깔거렸다. 갈목이가 그녀에게로 등을 돌리자 그녀는 배낭 지퍼를 열고 손을 넣어 안을 더듬었다. 손에 소주 한 병이 들려나오고 그녀가 병뚜껑을 비틀어 땄다. 그 새에도 그녀는 입을 다물지 못하더니 병이 열리자마자 병나발을 불었다. 술이 통째로 넘어가는 소리가 목울대 밖으로 울려퍼졌다.

그가 손을 그녀 앞으로 내밀었다. 짱뚱어를 말린 안줏감이었다. 그녀가 마른안주를 받아 어금니로 씹었다. 생째로 먹던 짱뚱어보단 맛이 덜했다. 아까 먹은 날것들이 소주와 함께 비로소 씻겨 내려가는 것 같았다. 그녀가 숨도 안 쉬고 술을 반 병쯤 들이마신 후 병에서 입을 떼더니 갈목이에게 물었다.

"새들 보러 나왔니?"

"아니, 길 잃은 돌멩이를 찾아나섰어."

"그게, 너야?"

그녀가 말을 받으며 깔깔댔다. 그녀가 그와 갈목이에게 달을 밟아보라 했다. 두 사람이 예쁜 달인데 싫다고 했다. 그녀도 달에서 살짝 비켜섰다. 그녀가 달빛에 취하고 갈대밭에 홀렸다. 딸에게 반하고 그에게 빠졌다. 바다가 그녀에게 지금 미쳐도 된다고 속삭였다. 간절히 바라던 술을 먹어서인지 그녀는 온몸이 뜨거워졌다.

갈목이가 없다면 그에게 덤벼들어 하자 했을 것이다. 하늘에 걸린 달이 바다에 퐁당 떨어지도록 교성을 지르고 싶었다. 이 바다에서 달빛을 맞으면서 말이다. 발등이 발바닥이 물결로 인해 그걸 느꼈다. 내친김에 술병을 다 비운 그녀가 더 참지 못했다. 그와 갈목이에게 등을 돌리고 허리춤을 풀었다. 청바지를 무릎 아래에 걸치고 팬티를 내리고 엉거주춤 쭈그려 앉았다. 물에 뜬 달이 그녀 사타구니에 걸려들었다. 그녀가 오줌을 쌌다. 물줄기 하나가 달을 온통 흔들었다.

"엄마가 달을 낳네."

한마디 한 갈목이도 교복 치마를 걷어올리며 그녀 옆에 쭈그려 앉았다. 그도 허리춤을 까발리고 그녀 옆에 섰다. 개어귀 한가운데 갈대밭에서 연주회가 열렸다. 트리오가 하는 삼중주인 줄 알았는데 다른 악기들 소리도 함께 났다. 색소폰 피아노 바이올린 첼로 기타 오카리나 선율들이 더불어 울렸다. 통나무에서 울리는 난타 리듬도 담겼다. 갯벌이 만들어낸 앙상블이고 탈춤이었다. 갈목이 목에 걸린 황금 목걸이가 오줌에 절은 달빛 바다에 닿았다. □

03:00에서 04:00 새 출구는

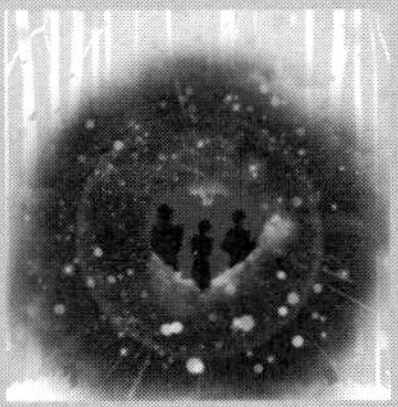

03:00에서 04:00 새 출구는

계기판 시계 03:00, 그녀를 찾으러 가야 했다. 나는 열흘이나 그녀를 만나려 했지만 헛수고였다. 큰길 따라 택시를 몰았다. 사거리가 나타났다. 우회전하자 시청이 보였다. 디지털 속도계 숫자가 10에서 15 사이를 오갔다. 나는 차를 시청 정문 건너편 승강장으로 몰아가며 앞을 살폈다.

어둠침침한 승강장에 한 여자가 서 있었다. 합승택시를 타려 기다리는 듯했다. 손에 촛불을 들었다. 그 여자가 맞는 것 같았다. 나는 여자에게서 눈길을 떼지 않았다. 차가 승강장에 닿는데 다른 택시는 없었다. 차를 여자 코앞에 세웠다. 여자 얼굴이 촛불에 비춰었다.

나는 차에서 내렸다. 차가운 새벽 공기 탓에 어깨가 시렸다. 곁눈질로 여자를 눈여겨보았다. 그녀였다. 촛불은 여전히 왼손에 들고 오른쪽 어깨에 노트북 가방을 멘 채 보도블록에 서 있었다. 촛불에 비친 얼굴 말고, 나머지 몸은 배경이 어두운 탓에 실루엣이었다.

나는, 열흘 전부터 그녀가 나타나길 마음속으로 빌었다. 그녀 말 몇

마디에 택시를 빼앗기거나 빼앗기지 않거나 할 처지였다. 용서해달라며 그녀에게 통사정하려는 거였다. 하지만 길거리에 서서 애원한다는 건 난감했다. 춥기도 해 자리가 마땅치 않았다. 차 안이 더 나을 것 같았다.

내가 그녀에게 2청사로 가냐며 합승할 거냐고 물었다. 그녀가 눈길을 내게로 돌리더니 고개를 끄덕였다. 내가 차 뒷문을 열었다. 그녀가 차 안이 텅 빈 걸 보더니 뒷걸음질쳤다.

"오늘은 아가씨만 모실게요. 집까지 태워드릴 겁니다요."

그녀 시선이 내게로 향했다. 눈살을 찌푸리는 게 나를 알아보는 듯했다. 나는, 뺨 서너 대쯤은 맞아도 쌌다. 뺨을 그녀에게 내밀었다. 눈감으며 손이 날아오길 기다렸다. 그녀가 서서히 왼손을 내게 들이밀었다.

촛불이 내 눈 가까이 있었다. 눈꺼풀이 화끈거렸다. 내가 눈을 떴다. 눈이 부셔 그녀를 바로 보지 못했다. 나는 오른쪽으로 두어 발자국 물러섰다. 불빛이 나를 비껴가자 그녀가 잘 보였다. 민낯에 입술은 옅은 자두색이었다. 눈은 화난 듯 나를 째려보았다. 내가 그녀에게 말을 붙였다.

"오늘은 잘 모실게요. 써비씁니다."

나는 두 손을 가슴께에 모아 연거푸 그녀에게 고개를 굽실거렸다. 그녀는 좀처럼 차에 탈 것 같지 않았다. 그때 떠오르는 게 별이었다.

"저도 별을 볼라구요."

그녀가 내 말끝에 웃음을 머금었다. 나는 멋쩍게 따라 웃었다. 그녀가 뒷좌석에 올라탔다. 차문이 닫혔다. 나는 차를 출발시켰다.

12일 전에도 03:00이었다. 나는 시청 앞으로 차를 몰아 택시 승차장에 첫 번째로 댔다. 두 사람이 합승할 택시를 기다렸다. 술내 풍기는 중년 사내와 그녀였다. 2청사 쪽으로 갈 사람들이었다. 그때도 그녀는 손에 촛불을 든 채 서 있었다. 남자가 앞자리에 타며 네 명이 다 찰 때까지 기다리려면 짜증이 날 텐데, 했다. 그러더니 자기가 따블을 낸다며 바깥에 서 있는 그녀에게도 알아보라 했다. 네 사람이 낼 택시 요금을 두 사람이 나누어 내자는 말이었다. 내가 운전석에서 내려 그녀에게로 다가가 말했다. 그녀가 동의했다. 자정녘에 택시를 몰고 나온 뒤 재미를 못 본 나는 뜻밖의 땡을 잡았다.

그때도 그녀가 뒷자리에 탔다. 운전석 옆에 앉은 남자에게서 술내가 술술 났다. 그보다는 창자 속 음식이 삭을 때 나는 냄새였다. 도시 밤거리는 술에 절어 토사물의 시큼한 냄새가 흔했다. 나는 밤안개처럼 퍼진 쉰내를 즐길 줄 알았다. 하지만 바로 옆자리에서 풍기는 냄새는 속이 울렁거려 달갑지 않았다. 뒤에 탄 그녀도 역겨울 거였다.

차가 달렸다. 창을 열려다 매서운 바람이 들이칠 거여서 말았다. 그런데 어디선가 향기가 났다. 맑은 향이어서 차 안 시큼한 냄새를 희석해주었다. 나는 그녀에게서 퍼지는 샴푸 냄새로 여겼다. 덕택에 메스껍던 속과 지근거리던 머리가 개운해지는 느낌이었다.

차가 시내를 벗어나 왕복 6차선도로에 들어섰다. 그런데 뒤통수에서 어떤 빛이 따라오는 걸 느꼈다. 쫓아오는 게 아니라 아예 매달린 정도였다. 룸미러를 통해 뒤를 살폈다. 그녀 손에 들린 불빛이 거울에 비쳐었다. 촛불은 차에 탈 때 당연히 끌 거로 알았는데. 나는 어처구니가 없었다.

내가 룸미러 속을 눈여겨보며 차 안에서 불장난을 하냐고 퉁명스럽게 말했다. 그녀는 미안해하면서도 촛불을 끄지 않았다. 남자가 뒤돌아본 뒤 큰일이라며 맞장구쳤다. 그녀가 촛불을 쓰러뜨리지 않으면 괜찮을 테니 촛불을 잘 지킨다며 죄송하다는 말까지 했다.

나는 더 채근할까 하다가 손님인지라 모질게 하면 안 될 일이어서 말았다. 더구나 차 안에서 맴도는 맑은 기운은 초가 탈 때 나는 향기라는 걸 알았다. 나는 촛불이 싫지 않기에 입맛만 다셨다. 차에 비치된 소화기가 미덥기도 했다. 운전대 쪽 앞뒷문 사이 기둥 윗부분에 콜라병만한 소화기가 매달려 있었다.

남자가 촛불을 끄면 왜 안 되냐, 어떻게 생겨 먹은 사연인지, 그녀에게 따지는 투로 물었다. 남자는 얼굴이 넓적한 40대 중반쯤이었다. 그녀와 말을 하려 불룩한 아랫배를 왼쪽으로 틀어 뒤돌아보았다. 그녀가 말을 쉬 꺼내지 않았다.

남자가 자세를 바로잡으려다 오히려 아랫도리까지 뒤쪽으로 틀었다. 뒤돌아 앉았다기보다 의자에 온몸을 지탱한 채 말을 할 때마다 입김을 그녀 코앞으로 내뿜었다. 내 속이 뒤집히며 욕지기가 일어나려 했다. 그녀도 숨이 답답하리라.

그녀가 견디다 못해 촛불을 남자 얼굴 가까이 들이밀었다. 남자 눈이 부시며 얼굴이 화끈거릴 듯했다. 남자가 숨을 크게 들이마시며 주둥이를 뾰쪽하게 내밀었다. 둘의 분위기가 심상치 않았다. 내가 차 속력을 줄이며 길가로 붙였다. 남자가 촛불에 입김을 불었다.

그녀가 비명을 지르며 몸을 오른쪽으로 틀어 촛불을 가슴께로 당겼다. 오른손으로는 종이컵을 덧씌웠다. 남자 입김은 불꽃에 안 닿고 손등을 타며 솟구쳐 그녀 얼굴로 몰렸다. 그녀가 헛구역질을 서너 번이나 연거푸 했다. 역겨운 냄새 탓이었다.

남자가 오른손을 쭉 뻗어 그녀의 촛불 든 왼손을 감싸쥐더니 무턱대고 코밑으로 밀어붙였다. 그녀가 몸을 동그랗게 말며 까무러질 듯 비명을 질렀다. 나는 길섶에 차를 세우며 주차 브레이크를 채웠다. 그녀가 이를 악물며 손톱으로 남자 손등을 할퀴었다. 남자가 자지러졌다.

그녀가 씩씩거리며 눈물을 글썽였다. 손에 들린 촛불은 잘 버텼다. 내가 바람을 쐬러 나가자며 남자에게 말했다. 남자가 오른손 등을 만지작거리며 차에서 내렸다. 디지털시계를 보니 03 : 30이었다. 내가 훌쩍이는 그녀에게 무서워하지 마라 달랜 뒤 차에서 내렸다. 차가운 공기가 목덜미를 움켜쥐었다. 나는 두 손을 비비며 남자에게 다가갔다.

우리는 길가에 섰다. 널따란 도로를 질주하는 차들이 손꼽을 만큼 적었다. 가로등 불빛들은 어두움을 쪼개 나눠가졌다. 남자가 손등에 난 생채기를 들여다보며 입을 열었다.

"저년을 폭행으로 고소할 거요. 기사가 증인 서!"

"에이, 먼저 아가씨를 건드려놓고."

"저년이 촛불로 내 얼굴을 지지려 했잖아!"

나는 대꾸하지 않았다.

"쩌년에게, 촛불을 목숨처럼 지켜야 하는 이유를 말하라 해!"

남자 목소리가 더 높아졌다. 나는 다툼의 꼬투리를 그녀 탓으로 몰아가는 남자가 못마땅하나 꼬여버린 상황을 수습하려면 어쨌든 실마리를 잡아야 했다. 마지못해 뒷문을 열어 그녀에게 말을 건넸다.

그녀가 눈물을 닦은 후 종이컵 밑으로 드러난 초를 두 손으로 만지며 애써 미소 지었다. 다소곳이 내 말을 듣더니 차에서 내리려 했다. 내가 길을 내주었다. 차는 텅 비고 세 사람은 길거리에서 머뭇거렸다. 거리로 나선 촛불이 가로등 불빛에 기가 질려 파르르 떨었다. 남자가 그녀의 말을 기다리는 눈치였다. 나도 촛불을 못 끄는 까닭이 궁금했다.

"하늘에 별이 떴나요, 잘 보세요."

그녀가 말했다. 남자와 나는 고개를 치켜들었다. 별이 보이지 않았다. 달은 없었다. 구름도 눈에 안 띄었다. 밤하늘은 구름 한 점 없이 맑았다. 그렇다면 별이 있어야 했다. 별이 한 개도 없으려면 구름이 하늘을 온통 덮어야 하는데 말이다. 그제야 별이 뜨는지 안 뜨는지 모르는 나를 느꼈다.

"왜, 하늘에 별이 하나도 안 떴지."

"사라진 거죠. 사람들이 별을 버리니까, 스스로 지웠어요."

내가 그녀 대꾸에 반응을 안 하자 남자가 큰소리쳤다.

"이봐! 별 없어도 별 일 안 생겨. 그래서 별 볼 일 없다는 말이 있는 거야."

내가 말을 받았다.

"이상하긴 하네요, 촛불이 그거와 상관있나요?"

그녀가 촛불을 들여다보며 말을 받았다.

"그래요, 별들이 다시 뜨게 하려면 촛불을 많이 켜야 해요."

"많이요? 얼마나요?"

그녀가 답하지 않았다. 남자가, 양쪽 길가에 늘어선 가로등을 손가락질하며, 별이 없으면 못 사는 거야? 휘황찬란한 야경이면 됐지, 별이 없으면 무슨 큰일나, 아가씨는 술 안 먹어봤어, 취하면 별들이, 수없이, 눈앞에서 왔다갔다 하는데, 뭐하러 까마득히 먼 별을 바라봐, 술 마시려면 한턱낼 테니 지금 가, 라고 소리쳤다.

나는 실소했다. 그녀가 돌아서더니 뒷문을 열고 차에 올라타버렸다. 남자가 내 팔을 붙잡아 차에서 서너 발자국 떨어진 곳으로 이끌었다. 나는 딸려갔다. 남자가 속삭이는데 그녀를 놔두고 가자는 말이었다. 촛불을 든 채 차에 타 위험하다며, 그런 손님은 기사가 승차 거부하는 거야, 했다.

내가 내키지 않았다. 가녀린 여자 한 명을 길가에, 오밤중에 내팽개친다는 건 말이 안 되는 일이었다. 나는 눈을 내리깐 채 시큰둥하게 서 있었다. 남자가 누군가를 보호하는 건 동조하는 거야, 했다. 나는 두어 번 헛웃음을 쳤다.

남자가 군침을 꿀꺽 삼키며 그녀 택시 요금까지 자기가 낸다고 했다. 자신 몫의 따따블을 낸다는 뜻이었다. 그래봤자 내 손에 쥐는 돈은 마찬가지였다. 나는 고개를 가로저었다. 남자가 목소리를 더욱 낮추었다. 전체 요금의 두 배까지 내겠다고 했다. 따따따블을 낸다는 말이었다.

나는 귀가 번쩍 띄었다. 2청사까지 가는 거로 사납금을 맞추는 셈이었다. 돌아올 때 손님을 태워 버는 돈은 몽땅 내 수입이었다. 남자가 주먹을 불끈 쥔 오른손을 치켜들며 새끼손가락을 펴 보였다. 나는, 엉겁결에 새끼손가락을 마주 걸었다. 엄지손가락끼리 맞도장을 찍었다. 그리고 나는 몸을 돌려 차로 갔다.

내가 조수석으로 가지 않았다. 운전석 쪽으로 다가가 뒷문을 열었다. 촛불을 받쳐 든 그녀가 호기심이 어린 표정으로 나를 지켜보았다. 나는, 소화기를 붙들어 맨 고리 안전핀을 벗겼다. 소화기를 오른손에 잡았다. 소화기를 그녀에게 겨누었다. 그녀가 몸을 움츠리고 울상을 지으며 '아저씨, 왜 이러세요'를 반복했다.

"나는…, 별이랑 상관없거든, 차에서 불은…, 위험해."

그녀 눈동자에 촛불이 스며들어 있었다. 눈 속 불꽃이 나를 태워버릴 듯했다. 그로 인해 내 몸 어딘가 불타는 것 같았다. 나는 머리끝에 열이 차오르는 걸 느꼈다. 머리카락들이 꼿꼿하게 서며 귓불이 화끈거렸다. 그녀 눈동자에서 내가 불살라지고 있었다. 내 시선은 그녀의 초점에 갇혀버렸다. 남자가 소리쳤다.

"꽉! 쏴버려, 운짱, 당신은 정당방위야, 자위권을 발동이야!"

그 바람에 그녀와 나의 눈길이 어긋났다. 그녀가 '나쁜 놈들' 하며 오른손으로 왼손에 쥔 촛불을 가린 채 몸을 돌려 차에서 내렸다. 나와는 반대쪽이었다. 내가 소화기를 뒷자리에 내동댕이친 다음 운전석에 앉았다. 남자가 조수석에 올라탔다. 차를 출발시켰다.

가로등 불빛들이 나를 반기며 달려들더니 뒤로 밀려났다. 차 꼬리를 물고 늘어지며 두 갈래 환호를 끊임없이 질렀다. 나는 마음이 편해질까 싶어서 혼잣말로 야경이 좋다는 말을 했다. 남자가 아무런 반응을 보이지 않았다.

차가 2청사 앞에 도착했다. 남자가 차에서 내리며 돈을 내미는데 따블이었다. 나는 그게 아니라, 따블이 아닌 따따블도 아닌 아까 큰소리 친 대로 따따따블을 달라 했다. 남자가 무슨 소리냐며 그런 말을 한 적이 없다고 했다. 나는 남자 손등을 가리켰다. 그 꼴을 당한 뒤 여자를 길가에 버리라 했잖아, 하며 목소리를 높였다. 남자가 손등에 난 생채기를 내보이며, 이거 당신이 이런 거야, 라고 되받았다.

나는 어이가 없었다. 내가 폭행한 거로 뒤집어쓸 수 있었다. 내가 왼손을 뻗어 차 뒷문을 열었다. 좌석에서 뒹구는 소화기를 오른손으로 집어들어 남자 얼굴을 향해 팔을 곧추었다. 남자가 기겁하며 구부정하게 윗몸을 낮추었다. 나는 씩 웃으며, 이래도 생각이 안 나면 차에 타, 했다. 그녀를 버려둔 곳으로 돌아가자는 뜻이었다.

남자가 두 팔을 내밀어 손사래를 치더니 지갑을 꺼냈다. 나를 힐끗 보더니 따따따블을 다 냈다. 내가 소화기를 내렸다. 부드러운 미소를 짓고 돈을 받으며, 저도 야경을 좋아합니다, 했다. 남자가 차 앞을 훑어본 뒤 골목 안으로 사라졌다. 내가 소화기를 제자리에 잘 붙들어 맸다. 차를 조붓한 길목에 주차했다.

차 키를 끄면서 시계를 보았는데 04:00이었다. 내가 차에서 내려 트렁크로 다가갔다. 짐칸에는 군용모포 다섯 장이 비닐백 속에 개켜 있었다. 세탁하지 않아 먼지와 땀과 곰팡이가 배어 코를 내두르게 했다.

나는, 모포를 꺼내 뒷좌석에 던지며 몇 장 덮을지 궁리했다. 머리를 굴린 끝에 두 장을 깔고 드러누운 후 세 장을 덮었다. 모포 냄새가 코를 통해 머릿속으로 파고들었다. 푹 뒤집어쓰니깐 이내 괜찮았다. 나를 또 다른 내가 껴안아주었다. 포근하게 잠들었다.

차창 두드리는 소리가 들렸다. 나는 눈을 비비며 잠자리에서 일어났다. 샐녘이었다. 차 밖에는 사람들이 서성거렸다. 차에 네 명이나 탔다. 더 태우지 못한 게 아쉬웠다.

이틀 뒤 시청에서 회사로 통보가 왔다. 누군가가 나를 못된 운전수로 운수지도과에 찔렀다. 나는 호객, 합승, 불친절, 도중하차, 부당요금, 폭력행위로 걸려들었다. 하나만 걸려도 시청에 벌금을 내야 하며 회사로부터는 열흘간 운행정지를 당한다. 6가지나 엮였으니 빼도 박도 못했다.

택시 운짱들은 최저생계비를 벌기 위해 발버둥칠 따름이다. 그러다가, 어쩌다가, 과오를 저지른 건데, 고발하다니. 나는 택시운전자격증을 빼앗기고 천직인 핸들마저 놔야 했다. 소화기를 내두른 건 폭력을 쓴 거라며, 그 때문에 형사처벌을 받을 거라고 회사 관리과장은 말했다.

시청에서는 행정처벌을 확정한 뒤 폭력만 따로 떼어내 나를 검찰로 넘긴다. 그때 검찰에서는 내게 변론할 기회를 주지 않는다. 시청에서 이미 확인된 사안이기 때문이다. 벌금이 나오는 건 당연하고 재수 없으면 구속될 가능성도 있었다.

나는 전과자가 되며 밥 굶는 일만 남았다. 하지만 시청에서는 내게 변명할 기회를 준다. 그때 내가 고발인 말이 진짜가 아니라는 걸 운수지도과에 확인시켜야 한다. 하지만 손님으로서 택시기사가 잘하는데 거짓으로 고발할 까닭이 없다. 대부분 발고 내용이 사실로 확정된다.

내가 고발인을 찾아가 용서를 빌어야 했다. 고발인의 마음을 움직여 시청으로 찾아가 고발을 취하토록 하는 길뿐이었다. 그 일을 처벌예고 통보 받은 날로부터 14일 이내에 처리해야 했다. 날짜를 넘기면 피고발자가 받고 당한 내용을 인정하는 게 된다.

시청에서는 고발인의 신원을 밝히지 않았다. 내가 알아서 찾아나서야 했다. 처벌예고시한은 나흘 남았다. 나는 고발한 사람이 누군지 어디 가면 만날지 어림잡았다.

내가 열흘 동안 03:00부터 04:00 사이에 시청 앞을 얼씬거렸다. 그 동안 그녀를 못 만나면 어쩌나 하는 불안감에 시달리다 비로소 만났다. 차는 그녀만 태운 채 잘 갔다. 내가 별을 말하자 살포시 웃음 짓던 그녀 얼굴이 앞 유리에 어른거렸다.

내가 별을 본다고, 헛소리였다. 나는, 고발당한 뒤에도 밤하늘을 올려다보지 않았다. 별을 머릿속에 떠올리지도 않았다. 관심조차 없었다. 날마다 사납금을 벌어들이는 일이 가장 컸다. 차 액셀러레이터를 밟으며 네온사인 불빛 사이를 비집는 것만으로도 하루가 벅찼다.

그녀더러 차에 타라 말하려는 순간 머릿속에 별이 떠오른 건 신통한 일이었다. 별을 들먹이면 반가워할 것 같아 그랬는데 맞아떨어졌다. 차가 시가지를 벗어난 지 15분이 넘어 호젓한 외곽도로를 달렸다. 뒤에 앉은 그녀가 무겁게 느껴졌다. 룸미러로 뒤를 살폈다. 빛에 비친 얼굴이 보였다.

룸미러에서 우리 눈길이 마주쳤다. 그녀가 방긋 웃으며 힘드시죠, 했다. 나는 늘 하는 일이라며, 밤하늘에 별이 안 뜬다고 덧붙였다. 그녀에게 고발을 취하해달라 애걸하기 위해 에둘러가는 첫마디였다.

그녀가 사람들은 하늘에 별들이 없어진 것도 모르는데, 그걸 아는 분을 만나니 기쁘네요, 했다. 그러자, 내 가슴에서 맞아! 하는 탄성이 터졌다. 내가 별을 왜 망각했는지 떠올랐다.

나는, 밤에 안 잤다. 잠자리에 드는 건 주간기사에게 차를 넘긴 한낮이었다. 그때부터 어두워질 때까지 잤다. 전날 밤을 꼬박 새운 탓에 낮잠은 잘 잤다. 깨어날 때 기분이 좋도록 푹 자야 했다. 상가 간판들에 하나둘씩 불이 켜지면 저절로 잠에서 벗어났다. 잠자리에서 일어나는 게 아니었다. 내 넋은 눈꺼풀 안에서 나오기를 거부했다. 늘 그랬다.

내가 눈을 감은 채 의식을 불나방으로 탈바꿈시켰다. 불나방은 초저녁 가로등을 좇았다. 어둠에 반색하는 식당 불빛들을 둘러보았다. 아파트 창들이 빛을 밝히며 하늘로 기어오르면 덩달아 불나방도 불빛을 뒤따랐다. 노래방이나 가요주점 간판들이 들썩거리는 걸 보았다. 나이트클럽이나 모텔들의 네온사인이 불나방에게 눈알을 부라렸다. 그때부터 술에 전 쉰내가 밤거리에 깔렸다.

비로소 내가 잠자리에서 일어났다. 자정에 출근해 택시를 건네받았다. 차를 몰아 밤거리로 나서며 불나방을 추억했다. 양 눈에 쌍심지를 켠 채 빛과 빛 사이를 달렸다. 내 별은 저잣거리에 있었다. 하늘의 별은 그녀를 만난 뒤 되새겼다.

그런 생각 중일 때 낯익은 풍경이 눈에 들어왔다. 시계는 03 : 25였다. 그녀를 내팽개쳤던 자리였다. 그녀에게 말을 붙여야 할 곳이었다. 용서해달라, 잘못했다, 고발을 취소해달라며 빌어야 했다. 룸미러에 비친 그녀는 손으로 촛불을 쥔 채 눈을 감고 조는 듯했다.

내가 애원할 때까지 그녀는 시치미떼는 거였다. 갓길에 차를 세웠다. 그녀가 놀란 투로 왜 멈춰요, 했다. 나는 밑도 끝도 없이 차에서 내렸다. 도로에는 지나다녀야 할 다른 차들이 보이지 않았다. 가로등은 도로를 지키려 애쓰는데 가로등 불빛들은 희미했다. 그마저 쓸어가려는 바람이 흩뜨려진 내 옷깃 새로 스며들었다.

내가 옷매무새를 추슬렀다. 앞 범퍼를 돌아 뒤쪽으로 가 차 뒷문을 열었다. 그녀가 촛불과 몸을 내게로 돌리며 가느다랗게 떨리는 목소리로 왜 이러세요, 를 서너 번 했다. 나는, 아스팔트에 무릎 꿇어앉았다. 열린 차 문이 닫히지 않도록 오른쪽 어깨로 받쳤다.

그녀를 우러러보았다. 가녀린 눈빛을 띠려 애썼다. 떨리는 목소리로, 제가 죽일 놈입니다, 봐주세요, 를 잇달아 했다. 그녀가 이미 용서했는데 이제는 아무 일도 아니라고 말했다. 내가 고발을 취소해주세요, 합의금을 드릴게요, 했다. 그녀가 목소리를 낮춰 말했다.

"안 했어요…, … 못했어요."

너무 엉뚱하기에 나는 그녀 눈 속을 살폈다. 그녀가 눈썹 하나 까딱하지 않고 나를 마주 보았다. 그녀의 눈은 외꺼풀이며 속눈썹이 길지 않았다. 검은 눈동자는 밝게 빛났다. 그녀 눈동자가 별이라는 파장이 내 눈으로 전달되었다. 내 별이라는, 하늘 어디에도 없는 땅에 있는 내 별이라는 느낌이었다. 뒤이어 내 별을 이제야 보았다는 슬픔이 밀려들었다. 내 눈자위가 뜨거워졌다.

때마침 종이컵에서 가득 차오른 촛농이 밖으로 넘쳤다. 떨어지는 촛농을 그녀가 오른손으로 받았다. 뜨거울 텐데, 내가 무릎으로 한 걸음 더 나갔다. 차 뒷문 문턱에 무릎이 닿았다. 문득, 그녀가 왜 고발 안 했지, 라는 궁금증이 들었다.

그녀가 아니라면, 고발자는 남자였다. 차 앞을 훑어보던 게 기억났다. 그때 차 번호를 외웠으리라. 따따따블을 낼 때 마땅찮아 하던 태도가 마음에 걸렸다. 원인은 제 놈에게 있는데 고발을 해, 터무니없는 일이었다. 하지만 고발하는 게 남자로서는 따따따블로 낸 돈을 몽땅 되찾을 방법이리라. 택시요금으로 낸 돈보다 몇 십 배나 더 많은 합의금을 노릴지도 몰랐다.

나는 남자가 뭐하는 사람인지 어디서 사는지 몰랐다. 남자를 만나려면 또다시 시청 앞 밤거리를 돌아다녀야 했다. 남자를 만날 유일한 방법이었다. 하지만 몇 날 며칠이 걸릴지 알 수 없었다. 고발 취하가 가능한 날짜는 나흘뿐이었다. 그 안에 남자를 찾아내기란 불가능했다. 남자가 합의금을 노리는 거라면 스스로 나타날 터. 합의금은 얼마를 마련해야 하는가. 머리가 깨질 듯 아팠다.

나는 꿇어앉은 채 어쩌지 못해 두 손으로 내 머리를 쥐어뜯었다. 그때 내 손등을 포근히 감싸는 게 있었다. 촛농이 배인 손이었다. 나는 그 손을 잡아 볼에 비벼보았다. 손바닥에 묻은 촛농을 입술에 대 보았다. 촛불 내음이 코로 스며들었다. 별 향기가 이럴까, 라는 생각이 들었다.

"별을 보고 싶다, 하셨지요, 갈까요."

여자 말이 들렸다. 내가 눈길을 그녀에게 주며 말했다.

"별이 없는데, 어디로요."

"가볼 곳이 한 군데 있어요."

내가 고개를 끄덕이며 그녀 손을 놓았다. 운전석으로 되돌아가 앉는데 시계는 03 : 35였다. 내가 가속페달을 지그시 밟았다.

"그 남자, 성추행으로 고발할까요. 기사님, 증인 서실래요?"

포근한 말이었다. 그녀가 남자를 검찰에 고소하면 내가 증인이 되리라. 시청에 고발당한 일들이 손쉽게 해결될 거라는 믿음이 들었다. 액셀을 밟는 다리가 부드러웠다. 뇌리에 머물던 남자 잔영이 그녀의 말 한마디에 지워졌다.

내가 어디로 가냐고 물었다. 그녀가 앞을 가로막는 게 없어서 해돋이와 해넘이가 다 보이는 곳인데, 섬 끝머리라 했다. 땅 바다 하늘로 나뉘는 길목인데, 거기에서 길이 열린다며, 남극성이 있던 남극점으로 가는 하늘길이라 했다.

그녀가 말을 멈추지 않았다. 남극성은, 북극성과 같은 α등급 별이란다. 천구 남극에서 북극성과 마주 보았다는 말로 이어갔다. 그녀 말대로라면 남극성은 북극성과 짝을 이루어 하늘을 지탱하는 양 축이었다. 그리고 남십자성 사북에 자리잡은 중심별이었다. 애초에 남십자성은, 네 개 작은 별들이 남극성을 중심 별 삼아 정방형으로 에둘러 싸고 있었다. 그렇게 모두 다섯 개 별로 이루어진 별자리였다. 지금은 다르다. 테두리의 네 개 별로만 되어 있다. 가운데 중심별 남극성이 스러진 것이었다.

그즈음이었다. 사람들이 땅의 온갖 것들을 싹 차지해버린 뒤. 남극성은 스스로 빛을 바래기 시작했다. 사람들이 늘어나는 만큼, 꼭 그만큼씩 시들해지더니 어느 틈엔가 아예 사라졌다. 남십자성은, 사북의 알짜별을 잃고 테두리 항성들만 남았다. 열 십 자는 풀어지고 틀은 뒤틀려 널로 바뀌었다. 마름모꼴이면서 상변보다 하변이 길쭉한 서양식 관이었다. 머지않아 남십자성은 붙박이로 버티던 정남극에서마저 북쪽으로 한 뼘 남짓 기울었다. 북극성도 짝을 잃은 탓에 기운을 잃어갔다. 남극성처럼 희미해지며 가물거리더니 나중에는 꺼져버렸다. 하늘에 널렸던 다른 항성들도 잇따라 하나씩 지워졌다.

밤하늘에서 별들을 볼 수 없게 된 것이다. 땅은 달랐다. 나침반이 길을 밝히며 불야성을 이루었다. 별이 없어도 어디든지 찾아다녔다. 불빛에 덮인 산 들 바닷가 사람들은 하늘이 까매진 것에 아랑곳하지 않았다. 하늘을 쳐다보지도 않는다는 게 그녀의 말이었다.

그녀가 이제 사라진 별들이 돌아오게 하려면, 사람들이 하늘을 바라봐야 한다며, 그러면 별들이 다시 빛나요, 했다. 촛불은 하늘을 우러러보는 상징이라며, 촛불을 많이 켜는 게 좋아요, 했다.

그녀가 무슨 말을 하는지 나는 알아먹기 어려웠다. 촛불, 별이라는 말만 귀에 들어왔다. 그러는 동안 내가 차를 몰지 않은 것 같았다. 나는 핸들을 잡고만 있었다. 좌우로 조작하지 않았다. 발목도 움직이지 못했다. 앞을 내다보지 않았다. 차는 저절로 굴렀다. 그녀가 한 말들이 차를 이끌었는지 모른다.

그 순간 내가 밤하늘을 바라보는데 가슴이 갑갑했다. 밤새 돌아다녀도 사납금을 채우지 못했을 때와는 다르게 답답했다. 저 별은 내 별, 저 별은 네 별이라는데, 하늘에 내 별이 없단 말인가. 별이야 있건 없건 야경만 있으면 되는 거 아닌가. 머리가 복잡했다. 그녀가 다 왔다고 말하자 의식과 몸이 따로놀았던 나는 다시 하나가 되었다.

전조등 끝에 와닿는 먼발치가 바다라는 느낌이 들었다. 그녀가 저 앞이라며 손가락으로 가리켰다. 아스팔트 길을 벗어난 곳에 마당을 닮은 빈터가 보였다. 그곳으로 차를 넣었다. 공터 끝이다 싶은 곳부터는 깊이를 헤아리지 못할 만큼 까맸다. 밤바다라 여겨지는 곳으로 차 머리를 둔 뒤 전조등을 껐다.

그녀는 차가 정남쪽을 향해 섰다며 귀여운 말이라고 떠들었다. 차 엔진을 끄는데 디지털시계는 03 : 55을 보여주었다. 나도 차에서 내렸다. 그녀가 나보다 두어 걸음 앞섰다. 촛불을 들었는데 나는 빈손이었다. 우리가 차 앞으로 갔다.

머지않아 캄캄한 주변이 눈에 익었다. 서너 걸음 앞은 벼랑, 그 앞은 위아래가 온통 칠흑이었다. 그녀가 손에 들린 촛불을 높이 들었다. 불빛은 주먹만 한 촛무리를 지을 뿐 매가리가 풀려 있었다. 한 걸음도 더 펴지지 못하며 제자리를 맴돌았다. 그 꼴로는 하늘이나 바다를 가를 수 없었다.

"차 뒷자리에 가방 있어요, 양초와 종이컵, 더 꺼내올래요?"

그녀 말끝에 내가 차로 가서 뒷문을 열었다. 실내등이 켜지면서 그녀의 노트북 가방이 보였다. 지퍼를 열어 손을 넣는데 노트북은 없었다. 두세 번 접힌 종이가 먼저 닿아 꺼내 펴보았다. A4 종인데 '지명수배자' 전단지였다. 지면을 사 분의 일쯤 차지한 컬러 얼굴이 보이는데 그녀였다.

나는 머리끝이 쭈뼛했다. 그녀가 나를 고발하지 못한 까닭이 가슴으로 다가왔다. 눈에 힘을 주며 종이를 거듭 읽었다. 주소, 이름은 미상이었다. 나이는 잘 모르며 대학교 3학년쯤인데 휴학생이라고 돼 있었다.

대기업과 불특정상인들에게 물질적 피해를 끼치면서 그에 따른 정신적 폐해까지 입힌 죄목이었다. 촛불을 켜 사라진 별을 되살리고 야경을 퇴색시키려 한다는 내용이었다. 네온사인 제작사들과 전력회사가 고발자였다. 현상금이 있었다. 경찰청과 전력회사에서 내걸었다. 내가 일 년은 놀고먹을 만한 돈이었다.

나는 차 앞쪽을 바라보았다. 희미한 불빛만 보였다. 야경을 퇴색시키다니, 안 돼. 내 뇌리에는 온통 불나방들이 날아다녔다. 쌍심지를 켠 눈들이 안 돼, 안 돼, 하며 날갯짓했다. 등골에 끈적끈적한 땀이 맺혔다. 차 실내등의 희미한 불빛으로도 이마에서 떨어진 땀방울이 손등에서 흘러내리는 게 보였다. 전단지를 되접는데 뒷면에는 어딘가에 붙였다가 떼어낸 풀자국이 뚜렷했다.

내가 가방에 전단지를 넣고 바닥을 뒤졌다. 양초 대여섯 자루와 포개져 뒹구는 종이컵이 손끝에 닿았다. 종이컵 한 개를 뽑아드는데 밑바닥이 열 십 자로 찢겨 있었다. 나는 초를 한 자루 집어 종이컵에 꿰었다. 초가 매달린 사북이 남극성 자리로 느껴졌다. 하나를 더 만들었다. 차 문을 닫았다. 현상금이 눈앞에서 지워지지 않았다. 그녀에게로 가는데 눈이 깜깜했다. 나는 어느 쪽으로 가야 할지 얼른 감이 잡히지 않았다.

오로지 그녀 가슴께에서 꿈틀거리는 불빛을 향해 걸었다. 그녀에게로 다가가 내 양 손에 든 초들을 내보였다. 그녀가 불을 내밀며 건배를 했다. 종이컵들이 맞부딪칠 때 배시시 웃는 그녀 눈동자에 내가 들어앉아 있었다. 그녀도 내 눈부처를 보았을 거다.

그녀가 새 심지에 불을 덜어주었다. 새 불은 대뜸 일어서지 못했다. 다른 초에도 불이 건네졌다. 촛불들에 화색이 돌았다. 홀로 일어서려는 불꽃들은 용쓰기를 마다하지 않았다. 촛불은 세 개가 되었다. 우리는 세 줄기로 흐르는 촛농을 택시의 미지근한 보닛에 떨어뜨려 모았다. 촛불들이 보닛 위에 우뚝 섰다. 촛무리는 전단지만큼 커졌다. 튼튼해진 불빛은 밤을 비집으며 널리 퍼졌다.

우리는 범퍼에 걸터앉았다. 그녀가 춥다면서 양 어깨를 움츠렸다. 나는 일어나 차 뒤로 갔다. 트렁크에서 담요를 꺼내는데 찌든 냄새가 났다. 세 장을 그녀에게 주고 두 장은 내 어깨에 걸친 후 나란히 앉았다. 그녀가 모포로 온몸을 감싼 채 날아가는 불빛을 주시했다.

나는 눈 둘 곳이 없었다. 땅에 비친 그림자가 보였다. 암흑과 뚜렷하게 구별되지 않은 그러나 희미하게 분리되는 또 다른 어두움. 우리 그림자였다. 등 뒤 촛불이 나풀거리며 만들어냈다. 담요를 뒤집어쓴 탓에 곰으로 비친 모양새였다. 그녀가 멀어져가는 빛들에서 눈을 못 떼며 말했다.

"불빛들이 날개옷 입고 남극성한테 가네."

여린 여음이 내 앙가슴에 맺혔다. 내가 오른손으로 그녀 팔을 잡으며 왼손 검지로 땅을 가리켰다. 그녀 눈길이 내 손가락을 따르더니 웃음소리가 곰 그림자로 쏠렸다. 그런데 나는 언뜻 생각이 떠올랐다. 그녀가 뭣하러 가방 속 전단지를 나더러 보게 했지. 왜 그랬지.

그녀가 범퍼에서 일어나 담요를 뒤집어쓴 채 차 뒤로 갔다. 뒷문을 열더니 전단지가 든 가방을 들고 촛불들 앞으로 되돌아왔다. 가방에서 초와 종이컵을 꺼내기 시작했다. 내가 종이컵에 초를 끼워넣었다. 그 초에 그녀와 내가 불을 옮겨 붙였다.

그 촛불들이 차에서 절벽까지 서너 걸음밖에 안 되는 공간에 다 차버렸다. 남은 촛불들을 차 보닛에 붙였다. 촛불들이 차 지붕에 트렁크에 들러붙었다. 우리가 머무는 곳은 촛불 궁전이었다. 내가 그녀의 전단지를 꺼내 들었다. 둘둘 말아 촛불에 댔다. 전단지에 불이 붙었다. 불타는 전단지를 내가 벼랑 끝 바다에 던졌다. 불빛 하나가 바다를 날았다. 내가 빛을 쏘았다. 별이 되어라. □

아바타 시티

아바타 시티

막자사발이 작은 막걸리잔처럼 생겼다. 안에 녹두알만 한 노란 알약 열 알이 담겼다. 내가 막자로 짓이기자 부서지는 촉감이 팔뚝에 전해졌다. 실내에 나 말고 아무도 없었다. 흔히 켜놓은 바보상자마저 꺼졌다. 알약 으깨어지는 여운이 약국 내부로 퍼졌다.

이 약국은 이층 건물의 일층에 있다. 이층은 살림집이었다. 건물 앞면은 10㎜ 두께 유리를 벽으로 삼았다. 콘크리트나 벽돌 벽이 아니었다. 안팎을 드나드는 앞쪽 현관문이나 오른쪽 쪽문도 통유리였다.

내가 '내 약국'이라고 하지 않고 '이 약국'이라고 하는 데에는 이유가 있다. 아내와 진달래 탓이었다. 아내가 두 살배기 노랑 요크셔테리어를 진달래라 불렀다. 강아지가 노란 색이어서 개나리가 더 어울린다고 내가 말했다. 진달래랑은 색깔이 다르지 않냐고 핏대를 올리기도 했다. 아내가 내 주장을 무시했다.

이 약국 내부는 20평쯤 되는데 진열장들과 그것을 채운 약품들 말고도 특별한 것들이 보였다. 현관문 안쪽 바로 위에는 전국대회 심사위원을 한다는 작가의 사진 작품 액자가 걸렸다. 노을을 배경으로 다 스러져 가는 판잣집을 찍은 흑백사진이었다. '천'할 만큼 값나가는 작품이었다.

또 있었다. 현관문을 열고 들어서면 마주 보이는 곳이 내가 손님을 맞이하는 자리였다. 그런 내 등 뒤에는 약품진열장이 있었다. 옆구리에는 노란 인터폰이 잘 붙었다. 그 위에 남농의 소나무 그림 액자가 걸렸다. 사진 액자와 서로 마주 보는 자리였다. 묵화인데 화선지에 소나무 한 그루만 달랑 그려졌다. 소나무는 사람으로 치자면 춤을 추는 모양새를 취했다. 그게 '억' 소리가 나게 비싼 그림이었다.

내가 그림 액자를 먼저 걸었고 나중에 사진 액자를 걸려고 할 때였다. 아내가 그 자리에 김소월의 시 「진달래 꽃」을 패널로 만들어 걸자 했다. 나는 비싼 액자를 걸어야 약국 분위기가 살아난다고 여겼다. 그래서 분위기 망치는 헛소리하지 말라며 웃어넘겼다.

사람들은 서넛씩 어울려 사진이나 그림에 대해 이러고저러고 말하지만 작품에 대해서는 잘 몰랐다. 결국에는 작품이 품은 돈 크기만큼 감격했다. 그런 점에서 손색없는 액자 두 개가 서로 마주하며 약국의 고급스러운 분위기를 자아냈다. 사진이 걸린 자리에 「진달래 꽃」 시 액자를 건다면 약국 분위기가 죽을 것이다.

하지만 그림과 사진 액자들은 내 것이 아니었다. 두 개 다 내가 장인에게서 빌려다 걸어놓았다. 건물도 건축업자가 지은 것이 아니었다. 우리더러 약국도 하고 살기도 하라고 장인이 직접 챙겨 지었다. 햇수로 오 년 남짓 되었을 것이다.

아직껏 빗물 하나 새는 곳이 없을 정도였다. 옥상 열기나 창밖 냉기가 생활에 영향을 끼친다고 느끼지 못할 만큼 잘 지었다. 약국에 손님이 없어 따분할 때 나는 소나무처럼 춤을 추거나 사진을 보며 웃기도 했다. 언젠가 장인은 죽을 것이다.

유리벽 밖에는 점심나절부터 비가 내렸다. 하지가 지나 장마철이나 다름없었다. 비가 마음먹고 올만도 했다. 빗방울은 굵고 차분히 왔다. 약국 쪽문 앞에는 오백 년 된 팽나무가 있는데 당산나무였다. 밖이 어둑하나 날씨 탓이고 아직은 해 끝이 남을 무렵이었다.

내가 쪽문을 열고 밖을 내다봤다. 비에 젖은 당산나무가 축 처져 있었다. 빗물을 흠뻑 빨아들인 채 벌써 그늘이 짙었다. 맑은 날보다 푸른 빛을 일찍 빼앗긴 거무스름한 형체가 평소보다 더욱 거대했다.

이 도시 시장은 저 고목이 동네를 재개발하고 도시가 발전하는 데에 지장을 준다며 없애자 했다. 고목에는 옛날부터 저주가 따라다녔다. 나무를 해치는 사람은 말라비틀어져 죽는다, 교통사고로 비명횡사한다, 집에 불이 나 처자식이 타 죽는다, 는 거였다.

그에 따른 이야기들이 마을 노인들 입에서 입으로 전해졌다. 그 탓인지 아무도 나무를 베려 나서지 않았다. 시장은 하릴없이 나무 없애는 일에 '백' 소리 나게 현상금을 걸었다. 하청업자들이 욕심낼 만한 돈이었다.

그러나 고목은 잘 버티었다. 돈이 탐나서 주위를 맴도는 이의 귀에 저주의 말들이 울렸다는 뒷말이 돌았다. 나중에는 도시 발전에 관심 없는 사람들조차 당산나무 앞을 지나가려면 으스스했다. 나무를 베지 말자 주장하는 사람들까지도 나무에서 무서움 증을 느꼈다.

마을에서 누가 감기 걸리거나 자동차 시동이 안 걸려도 당산나무가 화를 낸 탓이라 했다. 덩달아 주민들이 당산나무를 잘 지키자 했다. 자연보호를 하자는 게 아니었다. 혹시라도 자신에게 배탈이 나거나 차 타이어가 펑크날까 봐 겁먹은 것이었다.

그 세력들 못지않게 당산나무가 불편해 베어내자는 쪽도 만만치 않으나 그냥 편한 척했다. 나무 앞을 지나다 합장하며 예를 갖추는 자까지 나타났다. 하마터면 잘려나갔을 늙은 팽나무가 인간들 틈바구니에서 인간보다 더 당당하게 잘 버텼다.

그토록 무서운 나무도 액자 속 소나무보다는 싸구려였다. 그림 소나무는 '억'인데 당산나무는 '천'도 아니고 고작 '백'이었다. 내가 그 풍광을 즐겼다. 마을 수호신인 당산나무가 고작 '백'이라니. 남농 소나무가 '억'이니 당산 팽나무는 '억' 자 앞에 '십'이나 '백' 자가 더 붙어야 하리라. 그런데 홑 '백'이라니. 내 웃음이 헤퍼질수록 약국 안 두 액자가 든든했다. 이 약국 실내 분위기는 틀림없이 고관대작의 접견실이었다.

약국 바깥이 점점 어두워지는 중이었다. 저녁 뉴스가 시작되면 장마철 후텁지근함을 떨쳐버리려 집 밖으로 나서는 사람들이 늘어났다. 그들 중 누군가가 에어컨 바람도 쐬고 뉴스도 듣고 약도 살 겸 이 약국 유리문을 밀치고 들어서면 나도 바빠졌다. 그러기 전에 일을 마쳐야 했다.

막자사발 속 아디판은 노란 알약인데 바수어지면 하얀 가루약으로 바뀌었다. 두 알만 먹어도 잠들기 적당한데 열 알이나 갈았다. 한꺼번에 먹는다면 깊이 잠들기엔 넉넉했다. 새콤하거나 씁쓰름한 뒷맛을 없애고 약 효과를 높이려면 와인에 타 먹이는 게 좋았다. 아내에게 먹이려는 것이었다.

아내가 몸이 아플 때나 바보상자에서 좋아하는 프로를 할 때면 안집으로 쓰는 이층으로 향했다. 으레 진달래를 데리고 갔다. 조제실 뒤에 이층으로 가는 나무계단이 있다. 아내는 약국 일이 안 바쁠 때도 계단으로 올라갔다. 시선이 멍하거나 발등에 초점을 두고 매가리 없이 계단을 오르내렸다.

아내가 시 때문에 그렇다는 것을 나는 알았다. 시가 바이러스와 친한 걸까, 아내는 감기도 잘 걸렸다. 개도 잘 안 걸린다는 여름 감기에 말이다. 온몸이 쑤시고 결리는 몸살까지 겹쳤다. 그 때문에 오전부터 이층 거실에서 링거를 맞았다. 내가 놓았는데 오후 서너 시쯤에 끝나고 소파에 누워 쉬는 중이었다.

내가 진열장 옆구리에 달린 노란 인터폰을 눌렀다. 한참만에 아내의 가냘픈 목소리가 들렸다. 와인 한 잔 마시지, 하는 내 말에 커피를 마시고 싶단다. 인터폰은 노란 병아리 같은데 아내가 골랐다. 병아리의 노랑은 개나리꽃 색이다.

개나리는 진달래와 같은 시기에 피어나 짝을 이룬다. 둘을 이미지로 보면 보색이라고 아내가 말했다. 김소월 시 「진달래 꽃」으로 인해 연분홍이 좋지만 왠지 노랑이 더 반갑단다. 아내는 진달래꽃을 떠올리거나 마주하면 가슴이 아렸다. 개나리꽃을 보는 게 마음이 편했다. 진달래가 떠오르는 걸 지우려 일부러 찾는 개나리였다. 아내가 진달래를 기리려 개나리를 찾았다. 아내에게 개나리 속 진달래는 지우려하나 지울 수 없는 응어리였다.

김소월 시에 취해버린 아내가 〈실버들〉을 즐겨 불렀다. 곡을 붙여 노래로 부르는 소월 시는 진달래꽃, 산유화, 못 잊어, 엄마야 누나야…. 더는 생각나지 않았다. 아내가 그것들을 가끔 아우르기도 하지만 노래방에 가 쉽게 접할 실버들을 가장 많이 불렀다.

내가 아내의 실버들을 처음 들은 것은 친구 결혼식 피로연이었다. 아내가 부르는 실버들은 음정 높낮이에 무리가 없고 여리면서도 강약이 또렷했다. '한갓~되이 실~버들 바람에 늙고' 부분에서는 전혀 힘을 주지 않는데도 음정이나 감정을 강하게 전달했다. 호흡을 길게 늘이지 않고 음이 굵지 않으며 억지로 부르는 느낌이 없었다. 고음과 저음의 차이가 분명하지 않은 것 같지만 눈을 감고 조용히 들어보면 구분이 뚜렷했다. 악을 꽥꽥 질러야 잘 부르는 것처럼 들리는 노래와는 수준이 달랐다.

그때 나는 아내에게 반했다. 아내가 부른 실버들은 내게 거친 걸음으로 다가서지 않고 귀여운 발걸음이 되어 파고들었다. 내 마음에 짜릿한 그리움의 생채기를 만들어놓았다. 그 느낌은 구름이 산굽이를 돌 때 바위의 높낮이에 걸리지 않듯 부드럽게 스며들었다. 그러나 요크셔테리어를 키우기 얼마 전부터 실버들을 들을 수 없었다.

밖은 비가 많이 오고 컴컴했다. 빛도 빗물에 씻기는지 거리에는 네온사인이 맑게 머물렀다. 자동차 불빛들도 물보라처럼 흩날렸다. 그런 날은 급한 환자가 아니면 약을 사러 오지 않았다. 아내는 깊은 잠이 들었을까. 한 시간 전쯤에 막자사발에 간 아디판 가루를 커피에 타서 아내에게 먹였다.

커피가 씁쓸하기에 약이 내뿜는 새콤하고 씁쓰름한 뒷맛을 몰랐을 거다. 잠드는 효과가 포도주에 타서 먹인 것보다 못하겠지만 어쩔 수 없었다. 나는 약국 현관문과 쪽문을 안에서 잠갔다. 간판 조명은 그대로 켜두었다. 진열장 한쪽에 넣어두었던 100cc 주사기와 노란 고무줄을 집었다.

내가 결심이 흔들리지 않도록 실내를 둘러보았다. 아무리 보아도 잘 짜인 진열장들이 든든하고 서로 마주 본 채 걸린 액자들에서는 후광이 번뜩였다.

동네에는 다른 약국이 없었다. 나는 웬만한 동리 사람들은 다 알고 지냈다. 그들은 집안에 무슨 일이 있을 때는 안내장이나 따로 오라는 전갈을 보냈다. 가끔 누군가는 잔치 음식을 싸서 가져오기도 했다.

더불어 약국도 장사가 잘되었다. 그런 대로 나간다면 수년 후에는 이층 건물을 헐어버리고 오륙층 또는 십층짜리 건물을 세울 가능성이 높았다. 그런데 땅과 건물이 호락호락하지 않은 아내 것이었다. 건물을 지을 때 나는 땅 소유자를 내 이름으로 바꾸자고 했으나 거절당했다. 내가 한발 양보해 부부 공동명의로 하자 했으나 이루어지지 않았다. 땅도 건물도 모두 아내 앞으로 했다.

우리 부부에게서 전에 없던 기름과 물 같은 느낌이 끼어드는 시점이었다. 장인 땅에 장인 돈으로 세운 건물이니 나로서는 할 말이 없었다.

그냥 얹혀살아도 아무런 탈이 없었다. 내 이름자가 아내의 재산에 실리기 바라는 건 어쩌면 욕심일 것이다. 하지만 나는 남편이 아닌가. 남편으로서 이름 석 자 올리기를 바랄 수도 있는 일이었다.

빗방울이 창문을 두드리는 밤이면 아내가 뜬눈으로 밤을 지새웠다. 책상 스탠드 불빛을 책이나 메모지 위에만 닿도록 해놓고 꼭두새벽까지 시를 읽거나 끌쩍거렸다. 아내 방은 혼자 사용하기엔 조금 큰 편이었다. 아니다. 내가 아닌 진달래와 함께 썼다.

건물 정면인 벽면에는 커다란 창문이 있다. 그 창으로는 당산나무가 보이지 않았다. 좌우로 길게 뻗은 4차선도로를 중심으로 널브러진 크고 작은 건물들만 보였다. 맑게 갠 날은 일찍부터 그 문으로 햇살이 들어왔다. 포근하기도 하고 뜨거울 때도 비추는 햇볕이었다.

태양광이 닿지 않는 벽 쪽으로 5단 높이 책장 네 개가 나란히 배치되었다. 한 개 책장에는 소설책, 수필집, 교양서적, 문예지, 사전 등이 가득 채워졌다. 나머지 세 개 책장은 시집으로 채워놓았다. 다른 장르 책보다 얇고 작은 시집들을 세어보지 않았지만 줄잡아 천 권은 되었다.

그 중에 별도로 구분하여 소중하게 다루는 시집이 세 권 있다. 범우사르비아문고에서 나온 김소월 시집이 그 중 하나였다. 1977년 6월 10일 초판 1쇄 발행 1980년 1월 20일 초판 5쇄 발행했는데 90편의 시가 수록되어 있었다. 표지의 그림이 입체화 같기도 하고 추상화 같기도 했다. 아내가 여고 1학년 때 헌책방에서 골랐다. 책 출판 연도가 자신의 출생 연도와 같아서 아꼈다. 아내는 틈틈이 그 책을 꺼내 읽었다.

다른 하나는 한용운의 시 52편과 김소월의 시 74편을 한데 묶은 시집이었다. 덕우출판사에서 1978년 4월 10일 출판했다. 또, 아내가 별도로 특별하게 다루는 두꺼운 책이 한 권 있는데 『김소월 전집』이었다. 도서출판 문장에서 1981년 11월 25일 초판 발행한 책인데 496쪽으로 되었다.

거기에는 일문, 영문 표기 시 8편과 번역 시 15편을 포함한 270편의 소월 시 전부가 담겼다. 시론 1편과 김억 선생에게 보낸 편지 4편을 비롯하여 수필 4편과 번역 소설 1편 그리고 창작 소설 2편도 실려 있다.

나는 김소월이 소설을 썼다는 말을 듣지 못했다. 그 전집을 본 후에 비로소 알았다. 그 책이 발행될 당시 김소월 작품들은 빠진 것 하나 없이 모두 수록했다는 책이었다. 책 첫 장 여백에는 메모가 있었다. 아내가 대학 4학년을 앞둔 때였고 나중에 책 산 걸 추억하려고 써넣은 메모였다.

눈 오는 날 개나리를 그리며 19980118 진달래

그런데 납득 안 되는 게 하나 있었다. 아내가 부르기 좋아하고 내가 즐겨듣는 「실버들」이란 시가 그 시집들 속에서는 보이지 않았다. 제목이 다를 수 있어서 나중에는 시 내용을 모두 확인했지만 없었다. 김소월 시를 달달 외우다시피 하는 아내조차 시집에서 실버들을 찾아보지 않았단다. 들어 있는지 없는지 생각도 해보지 않았단다.

노래방 바보상자의 떠오르는 자막에 '김소월 詩作'이라고 쓰여 있어서, 운율이 틀림없는 김소월 풍이어서 그냥 그렇게 알았다고 했다. 내가 묻고 나서야 아내는 서둘렀다. 여기저기 전화를 하고 누군가를 찾아다니고 했지만 모두 허사였다. 어디에서도 실버들 노랫말이 김소월 시라는 게 또 아니라는 것조차도 확인되지 않았다.

내가 직접 시내 서점에 나가 찾아보기로 했다. 크다는 서점 세 군데를 들렀는데 뜻밖에도 김소월 시집을 찾기가 쉽지 않았다. 두 군데에서는 소월 시집이 한 권씩, 한 군데에서는 세 권을 찾았다. 그러나 어디에도 실버들은 실려 있지 않았다.

대학원에서 김소월 시를 연구하여 박사 논문을 준비한다는 친구가 떠올랐다. 나는 시나 소설에 별로 관심이 없지만 그 친구에게 전화했다. 실버들이 김소월 작품이 맞나, 라고 물었다.

그는 주저 없이 맞아, 라고 대답했다. 내가 확인할 근거를 달라 했더니 연락을 준다 해놓고 여태껏 소식이 없었다. 시간이 지나자 아내는 그 일에서 관심을 놓아버렸다. 오히려 내가 더 궁금하고 어디에서 김소월 이야기가 나오면 흥분하여 떠들기도 했다.

나는 아내에게 진달래꽃과 실버들을 신앙처럼 떠받들면서 그런 것도 모르냐고 핀잔을 주기도 했다. 그때부터 내가 TV를 바보상자라고 불렀다. 아내도 더는 실버들을 부르지 않았다. 김소월과 실버들의 관계는 지금까지 오리무중이다.

언젠가 그날도 비가 쏟아졌다. 밤 늦은 시간에 아내의 방문을 열었다. 방안은 컴컴했고 아내는 창가에 서서 밖을 내다보고 있었다. 스탠드 조명은 케이크만큼 책상에 자리잡았다. 창밖 어두움은 방안의 고요를 향하여 시끌벅적하게 떠들었다. 질주하는 차량에서 이슬방울만 한 빛들이 검은 허공으로 퉁겨졌다. 알알이 춤추다가 유리창에 엉겨붙은 물방울에 흡수되어 모자이크를 만들었다. 비 오는 날 밤에 나타나는 뮤즈였다.

아내의 눈길은 거기에 머물러 손가락들로 하나하나 짚어나갔다. 어두움 속 아내 손은 진달래가 바람에 흔들리듯 나풀거렸다. 내가 아내 곁으로 다가가 뒤에서 가만히 허리를 껴안았다. 건반을 두드리듯 어두움을 더듬던 손가락은 마지막 짚었던 물방울 위에 멈추었다.

내가 속삭였다, 아기를 갖자고. 아내가 고개를 끄덕이며 살며시 돌아서더니 내 가슴에 얼굴을 묻었다. 늘 어루만지고 싶은 얼굴이었다. 손이 얼굴에 닿았을 때 울고 있다는 것을 느꼈다.

눈물을 닦아주는데 어릴 적 보았던 밤하늘의 별똥이 떠올랐다. 저렇게 예쁘게 흐르는데 아무 소리도 없구나. 그래서 가슴에 더 깊이 새겨진 기억이었다. 내가 아내의 눈에서 흘러내리는 별똥을 내 손바닥에 옮겨 실었다. 아내가 눈언저리에 닿은 내 손을 거두며 시가 써지지 않는다고 속삭였다. 내 팔에 힘이 잔뜩 들어갔다.

내가 손에 들린 100cc 주사기와 노란 고무줄을 다시 확인했다. 이층을 가려고 조제실 뒤로 향했다. 나무계단을 오르며 바라보니 약국 내부는 거대한 내 성이었다. 지금까지의 내가 거기에 있었다. 앞으로의 나도 함께 머물러야 했다. 내가 주사기와 고무줄에 다시 힘을 줬다.

2층 거실 한 가운데에는 응접 세트가 자리잡았다. 티 탁자에는 티슈와 노란 공책 한 권이 놓였다. 노란 색을 좋아하는 아내가 1인용 소파에 비스듬히 앉아 잠들었다. 보라색 원피스를 입었는데 치맛자락과 맞물린 하얀 허벅지가 탐스러웠다. 손을 넣어 팬티라도 만져보고 싶었다. 어떤 팬티를 입었을까. 기억된 팬티들이 눈앞을 스쳐 지나갔다. 내가 군침을 한번 꿀꺽 삼키고 말았다.

아내 맞은편 1단짜리 문갑 위 바보상자에서는 웬 여자가 노래를 불렀다. 아내가 빼놓지 않고 꼭 보는 〈중년가요열전〉이었다. 그 프로에서는 매주 1등이 나오고 그들 중에서 월별 우승자를 가렸다. 연말에는 12명을 가지고 '중년가요 대상자'를 뽑았다. 언젠가는 실버들을 부른 주부가 가수왕으로 뽑혔다고 했다.

그 프로에 실버들이 자주 나온다고 아내가 말했다. 간혹 실버들이 두세 주 남짓 안 나오면 아내는 싫증을 냈다. 서너 주 넘도록 안 나오면 짜증도 냈다. 그러다 누군가 실버들을 가지고 도전하면 손뼉을 치고 발을 동동 구르며 좋아했다. 아내도 함께 따라부르며 심사하듯 분석하고 평가도 했다.

노랑 요크셔테리어 진달래가 잠든 주인 허벅지에 턱을 턱 걸치고 눈을 지그시 감은 채 편히 엎드려 있었다. 내가 가까이 다가가자 눈을 번쩍 뜨더니 고개를 쳐들었다.

아기를 갖자고 속삭였던 밤이 지나고 며칠이나 더 흘렀을까. 아내가 예쁜 강아지를 키우자 했다. 나는 거절했다. 여기저기 털이 나부껴 싫고 냄새가 싫고 이상스럽게 울거나 짖어서 싫었다. 더 중요한 것은 앞으로 낳을 애 얼굴을 그놈이 혀로 핥을 것이었다. 나는 그런 생각만 해도 끔찍하게 징그러웠다.

잘못하면 개가 갓난애인 내 아들 생식기를 뜯어 먹어버릴 수도 있지 않을까. 개에게 쏟을 애정으로 사람을 더 사랑하자고 달랬다. 그때 더 사랑할 사람이란 바로 나를 의미했다. 아내가 아무 말 하지 않고 고갤 끄덕이더니 밖으로 나갔다. 해 질 녘 돌아올 때는 조그마한 요크셔테리어 한 마리를 데려왔다.

노랗고 기다란 털을 가진 생후 석 달 된 수놈이었다. 아내가 애 낳을 때까지만 키운다고 내게 말했다. 아내가 놈을 진달래라 불렀다. 내가 노란 색에게 진달래가 말이나 되냐고 개나리로 부르라 했다. 아내가 내 말을 무시했다. 아내가 김소월의 시 〈진달래꽃〉을 패널로 만들어 걸자 할 때 내가 무시한 데 대한 보복이리라.

진달래 놈은 아내의 그림자였다. 놈도 덩달아 노란 물건을 좋아했다. 제가 다룰 만 한 노란 물체를 보면 장난감으로 삼았다. 아내가 밥 먹을 때, 화장실 갈 때, 약국에서 일할 때도 아내 곁에서 떨어질 줄 몰랐다. 잠도 함께 자며 외출할 때에는 주인보다 앞서 문 앞에 가 기다렸다. 녀석이 밥을 먹지 않거나 아파서 끼깅거리면 아내도 따라서 앓았다.

아내가 시를 읽거나 쓰려 하면 제 녀석도 뭘 아는지 옆에 앉아 묵묵히 바라보았다. 녀석이 자라면서 아내는 더 바빴다. 목욕시키기, 염색하기, 털 빗기기, 털 말리기, 쓰다듬기에 몰두했다. 이마 털이 눈을 찌르거나 먹이를 먹을 때 방해가 된다며 파마할 때 로트 말 듯 잘 말아 털렁거리지 않도록 묶어주었다. 이마에 리본을 달 땐 언제나 연분홍이었다. 그런 게 귀찮은 일거리이지만 아내는 즐겁게 해치웠다. 내가 보기에 아내는 아기를 키웠다.

약국이 쉬는 날이었다. 우리가 오랜만에 함께 잠자리에 들었다. 내가 원해도 아내가 싫으면 그만인 잠자리였다. 그런 탓에 우리가 같이하는 밤은 드물었다. 하지만 그날 아내 태도는 진지했다. 시에 몰두하는 듯했다. 나는 부드럽게 아내의 팬티를 벗겼다.

대형 마트에 갔었다. 언더웨어코너를 지나는데 마네킹이 입은 속옷 세트가 눈에 띄었다. 연노랑 바탕에 연분홍 꽃무늬가 새겨진 브래지어와 팬티였다. 아내가 좋아할 란제리였다. 순간 마네킹을 껴안고 싶었다. 무늬가 진달래꽃은 아니지만 나는 그것을 한 벌 샀다.

바로 그 팬티였다. 벗겨져 손에 들린 팬티를 침대 가장자리에 대충 걸쳐놓고 거웃 속을 애무했다. 반응은 어느 때보다 좋았다. 페니스도 자신감이 펄펄 넘쳤다. 그때 느낌이 이상했다. 어디선가 다른 체온이 느껴졌다. 머리를 들어 살펴보니 어두움 속에 반짝이는 두 눈이 있었다. 진달래였다.

놈은 침대 머리맡 스탠드 받침대에 웅크리고 앉아 내 몸놀림을 보고 있었다. 기가 막혔다. 손을 내저으며 쫓으려 하나 놈은 꿈쩍도 하지 않았다. 나는 집어던질 것이 필요했다. 엉겁결에 아내 팬티를 집어들어 놈에게 던졌다. 팬티는 날아가다 놈 발치에 떨어졌다. 놈은 꼼짝 않고 나를 뚫어지게 바라보았다.

내 몸에서 불길한 조짐이 일어났다. 자신감에 넘쳐 길길이 날뛰던 페니스가 기운을 잃기 시작하는 거였다. 속으로 아니야, 안 돼, 안 돼, 하는데도 수그러들었다. 나는 온몸이 굳어버렸다. 주체할 수 없을 만큼 짜증이 나 저 개새끼 치우라고 소리 질렀다. 아내가 나를 멍하니 바라보았고 잠옷을 걸쳤다.

아내가 놈을 가슴에 품고 방을 나갔다. 곧이어 불쌍하다며 다시 껴안고 들어왔다. 안쓰러운 듯 품속의 놈을 쓰다듬었다. 놈은 성질이 나 펄펄 끓는 내 얼굴을 천연덕스럽게 주시했다. 나는 방을 나오며 문이 깨지도록 힘껏 닫았다. 놈은 이제 두 살을 넘어섰다.

나는 고개를 쳐든 채 나를 노려보는 놈의 목덜미를 꽉 움켜잡았다. 털이 한 움큼 손아귀에 들어왔다. 아내의 방문을 열고 책장 앞으로 던졌다. 놈은 깨갱거리며 방바닥을 구르더니 이내 몸을 일으키며 사납게 짖었다. 억, 이거나 천, 을 소리 내지 않고 하찮게도 껑껑거렸다. 내가 문을 세게 닫았다. 놈의 울부짖음이 여운처럼 울렸다.

놈을 던져버린 적이 또 있다. 진달래가 한 살 때였다. 그날도 저녁 식사 후 우리는 일층 소파에 마주 앉아 커피를 마셨다. 눈이 별처럼 맑고 말수가 적으며 표정을 잘 나타내지 않는 아내를 무심히 지켜보자니 아기를 갖고 싶은 충동이 울꺽 솟아올랐다. 애, 언제 낳을 거야. 밑도 끝도 없이 묻자 아내는 쑥스러워했다. 나는 그날 대답을 꼭 듣고 싶었다.

어떨 때는 아내가 애 낳을 뜻이 없어 보여 그랬는지도 모른다. 내가 다그치자 아내는 맑은 눈이 번쩍 빛나며 힘들잖아요, 했다. 나는 기가 막히지만 아내 얼굴을 빤히 보고 웃으며 말했다. 자기는 애 낳고 키우는 것을 감당하지 못할 정도로 허약한 체질은 아니야, 뭐가 힘들어, 내가 도울게, 유모도 들이고, 파출부도 쓰고, 애만 많이 낳아라, 더도 말고 다섯만. 농담 반 진담 반이었다.

아내가 삐쭉 웃더니 그게~ 아니라, 힘~들어, 모~든 것이라고 더듬었다. 나는 드디어 참았던 부아가 치밀었다. 약국도 잘되겠다, 뭐 걱정 있어, 문제는 당신이야. 내가 목소리를 높여 한 소리 더했다. 말도 안 되는 시, 포기할 때도 되지 않았나. 아내는 고개만 살래살래 흔들었다. 이해할 수 없는 그 태도에 내가 할 말을 잃는데 진달래가 나타났다.

아내가 쪼그려 앉아 발발거리며 다가서는 녀석에게 두 손을 내밀었다. 순간, 나도 모르게 벌떡 일어나 녀석을 가로챘다. 한 손에 목덜미를 움켜쥐고 정면 출입구로 향했고 문을 열었다. 왕복 4차선도로에는 차들이 꼬리에 꼬리를 물고 달렸다.

그 차들 속에 놈을 던져버릴 참이었다. 이유 같은 것은 필요하지 않았다. 아무런 느낌도 없는 멍한 상태에서 그냥 저지른 행동이었다. 막 던지려는데 아내가 내 팔을 껴안으며 왜 이래, 왜 이래, 안 돼…, 하며 매달렸다.

사랑했다. 아내를 친구 결혼식 피로연에서 처음 본 후, 새내기 약사라는 것을 알고 내가 근무하던 약국에 소개해 취직시켰다. 약사라는 직업도 다른 일처럼 경험이 많은 비중을 차지한다. 경력이 없는 아내가 내 도움을 받았고 우리는 가까워졌다. 나도 약사라서 우리는 서로에게 걸리는 것 없이 결혼했다.

그 후 삼 년 만에 장인이 이 약국을 지었다. 건물을 세울 때 뒤틀렸던 이질감이 역겹기는 하지만 그때까지 우리 애정에 별다른 탈이 없었다. 그런 아내가 던지면 안 된다며 내 팔에 매달렸을 때 나는 뿌리치지 못했다. 유리문은 그냥 닫히고 내가 진달래를 소파 쪽으로 팽개쳤다. 놈은 고꾸라져 나뒹굴며 곧 죽을 듯 깨갱거렸다.

아내가 엉거주춤 놈에게 다가갔다. 놈을 가슴에 껴안으며 일어섰고 나를 노려보았다. 전혀 흥분하지 않은 표정이었다. 차분하게 아주 천천히 내가 잘 알아들을 수 있도록 말했다. 이러는 거 정말 싫어, 사람 관계는 다 이래야 돼? 그래서 애 낳는 거 싫어, 이 집에서 나가, 아니면 내가 나갈 테니.

처음에 나는 아내가 무슨 말을 했는지, 내가 무슨 말을 들었는지 알지 못했다. 놈을 가슴에 안고 이층으로 올라가버린 아내의 체온이 썰렁하게 약국을 맴돌았다. 굳어버린 것 같은 그 상태로 짧은 시간이 흘렀다. 약국 안이 다시 평온하다는 걸 느끼고 아무런 변화도 없구나, 라는 생각이 들었을 때 내 가슴은 울렁거렸다.

그토록 차갑고 앙칼진 아내를 처음 보았다. 상상조차 하지 않았다. 애써 마음을 진정하며 내가 그렇게 엄청난 잘못을 저질렀는지 생각했다. 나 때문에 애 낳는 게 싫다고, 나가겠다고, 나가라고, 나더러? 애는 둘째로 치고 언제부터 나와 결별을 염두에 뒀을까. 평소에 헤어질 생각을 하지 않았다면 찢어지자는 말이 쉽게 나올까. 말의 길이만큼 짧게 넘어갈 일이 아니었다.

이 약국을 지을 때 본 아내의 완고한 거부가 떠올랐다. 나간다, 나가라는 말과 관련이 있을까. 이혼이라는 고비 없이 사는 부부가 드물다지만 무언가 색다른 느낌이 들었다.

약 기운 때문일까, 아내는 내가 다가서고 놈을 집어서 방에 던져버리고 문을 세게 닫아도 모르고 잠만 잤다. 꽤 깊이 잠든 것 같았다. 바보상자에서는 여자의 노래가 끝났는지 박수 소리가 요란했다. 나는 주저하지 않기로 마음을 굳게 다졌다.

아내 앞에 쭈그리고 앉아 오른쪽 팔을 잡았다. 부드러운 피부가 눈부시도록 깨끗했다. 잠든 탓일까, 팔에 힘이 하나도 없었다. 팔꿈치 위를 가져온 고무줄로 두 번 감아 묶었다. 가냘파서 잘 나오지 않을 것 같은 정맥이 희미하게 불거졌다. 내 왼손 엄지와 검지로 둥그런 원을 만들어 아내 팔목을 감쌌다. 서서히 위로 밀어올렸다. 약간 불거졌던 핏줄이 제법 튀어나왔다.

아까 맞았던 링거 자국을 찾았다. 어린애 팔뚝만 한 주사기를 아내 팔과 거의 수평으로 가져갔다. 주사기에 아무것도 들어 있지 않았다. 구태여 말하자면 공기로 채워졌다. 찾아낸 링거 바늘 흔적에 주사 바늘 끝이 닿았다. 바늘이 정맥으로 들어가자 살갗에 피가 맺혔다. 쌀 한 톨만 했다. 내가 약솜으로 닦아냈다. 피를 빨아들인 약솜이 진달래 꽃잎으로 바뀌었다.

내 손이 떨렸다. 냉정해야 했다. 마른침을 꿀꺽 삼키며 양 어깨를 쫙 펴 호흡을 고르게 했다. 아내를 힐끗 쳐다봤다. 평온한 얼굴이었다. 바늘이 조금씩 핏줄 속으로 모습을 감추더니 거의 다 들어갔다. 바보상자에 다른 여자가 나오는 모양이었다. 사회자가 뭐라 소개하더니 이어 박수 소리가 크게 울려 퍼졌다.

주삿바늘이 정맥으로 쏙 들어갔다. 바늘을 통해 빈 주사기 안으로 피가 약간 흘러들었다. 내가 아내의 팔꿈치 위에 휘감긴 고무줄을 풀어버렸다. 공기를 주사하는 일만 남았다. 정맥을 통하여 공기가 심장으로 들어가야 했다. 80cc의 공기만 심장에 채워져도 심장 쇼크가 오는데 100cc의 공기를 집어넣는 일이었다. 자연스러운 심장마비로 보여야 했다.

내가 주사기를 잡은 오른손 엄지와 검지와 중지에 힘을 주어 내관을 밀어넣었다. 천천히 해야 했다. 힘 조절을 잘못해 급하게 밀어넣으면 바늘이 들어간 곳에 멍이 들고 상처가 생긴다. 그렇게 되면 낭패를 보게 된다. 살인이 드러나는 것이다. 내가 엄지에 힘을 주자 주사기로 흘러든 피가 혈관으로 되돌아갔다.

독약을 쓸까 생각했으나 부검하면 간 검사에서 들통이 난다. 그렇지 않고도 어떤 식으로든 약을 썼다는 게 다 드러난다. 커피에 타 먹인 아디판 열 알 정도는 치사량이 아니어서 발견돼도 걱정 없다. 수면제를 과다복용한 정도로 여겨질 것이다.

공기를 혈관에 주사해 심장마비로 살해하는 방법은 완전범죄다. 죽음 원인을 밝히기 위해 부검을 하려면 먼저 심장으로 통하는 모든 혈관을 묶어야 한다. 심장 안 어떤 것도 새어나가지 않도록 하기 위해서다. 그런 상태에서 심장을 떼어내 물통에 깊숙이 넣고 중앙을 가른다. 그때 절개된 곳에서 거품이 올라오고 그 안에 피가 거의 없으면 범행은 들키고 만다.

내가 사는 작은 이 도시에서는 그렇게까지 부검하지 못한다. 대부분 사람이 알지 못하는 전문지식이라 그러한 부검을 바라는 일도 없다. 단순한 심장마비로 처리되겠지. 주사 바늘을 꽂은 자리도 낮에 링거를 맞은 데라 하면 된다. 그 흔적에 멍이나 부기가 없으면 무난히 넘어갈 것이다.

내가 정신을 가다듬기 위해 혀끝을 깨물며 잠자는 아내 얼굴을 쳐다보았다. 예쁘고 착해보이지만 가면이었다. 훗날 내가 아닌 다른 놈의 애를 낳으려고 마음먹었다. 나를 자신의 종쯤으로 여기는 여자였다. 시를 위해서 나를 머슴으로 삼았다. 나는 사랑이 아니었다. 조건에 불과했다. 나는 배신당했다. 속았다.

어떤 여자가 됐든 나는 그 여자를 위해 봉사만 하고 살기는 억울하다. 내가 자신의 종이기를 바라면서 내 종이 되어줄 수 있는 여자와 살고 싶다. 여자가 나에게 길들여지고 복종하기만을 바라지 않는다. 포근한 여자이길 바랄 뿐이다.

아내에게서 벗어나고 싶었다. 이혼은 나만 복잡해질 일이었다. 이혼은 구걸이다. 나는 빌어먹지 않겠다. 복수하려 했다. 나 혼자 스스로 해결하는 방식이었다. 멋있게 감쪽같이 세상을 속이려 했다. 긴장한 탓일까. 팔에 힘이 들어가는지 어깨 쪽이 아팠다. 쇼크가 자연스럽게 보이도록 하려면 공기를 천천히 주입해야 했다. 100cc를 다 하려면 3분 정도 걸릴 거다. 팔에 힘이 잔뜩 들어가면 팔목이나 어깨에 쥐가 나기에 십상이었다.

버티기 힘들 것 같았다. 어깨에서 힘을 뺐다. 세 개의 손가락에만 힘을 주었다. 그 힘이 주사기에 전달되었다. 주사기가 탱탱했다. 영락없는 페니스였다. 자신감이 펄펄 넘쳐나는 내 것 말이다. 진달래놈 때문에 힘이 쏙 빠져버렸지. 너는 날 위로하기보다 놈을 품에 안았어. 잘했어. 그때 내 것 대신 지금 이 빳빳한 걸 네 몸에 박았어, 기분 째지게 갈 거야, 잘 가, 안녕.

바보상자에서 박수 소리가 그치자 반주가 나오는데 귀에 익었다. 곧 이어 여자가 노래를 불렀다. 〈실버들〉이었다. 이런 일이 있나, 웃음이 나왔다. 그럴 때 운명적이라고 해야 맞나, 바보상자가 적절할 때 어울리는 노래를 들려줬다. 나는 감상에 젖고 싶어 눈을 감았다.

'실버들을 처~언만사 늘여 놓~고오~도' 그런데 에이, 가락이 내가 기다리는 맛이 아니었다. 시작부터 음이 높았다. 아내처럼 낮게 깔며 시작해야 하는데 적어도 두 음 정도 높았다. 또 이상하게 했다. '가는 봄~을 잡지도'에서도 너무 목소리가 두껍고 길었다. 아내는 보~옴~ 할 때 여리고 짧게 넘어가는데 늘 거기에서 나는 뇌가 뭉클해졌다. 그런데 바보상자는 전혀 그런 느낌을 주지 않았다.

'못 한단 말인~ 가'도 그렇지 낮은음으로 넓게 깔아야 호소력이 있지 찢어지는 소리를 내어 틀렸다. 수준급 가수가 부를 터인데, 아내보다 못 부르지만 오랜만에 듣는 것이니 참고 들었다. 나는 들을 만해 눈을 감은 채 콧노래로 따라했다.

'이내 몸이 아무리 아쉽다~기로 돌아 서~는'에서는 서~는, 이 너무 강했다. '님이야 어이 잡으~으리', '한 갓 되이~ 시일~ 버어~들 바람에 느읏고~', 거기 느읏고~도 조금 이상하게 했다. '이내 몸은 시름에 혼자 여위이~이네', 소절은 풍선 터지는 듯이 들렸다. 몸, 에서 음이 높고 이~이네, 에서는 박자가 약간 빨랐어. 아내는 굉장히 조심스럽게 다루는 부분인데 바보상자는 아무렇게 처리했다.

'가을~ 바람에 푸울벌레 슬피 우울 때~엔'에서는 푸울벌레가 진짜로 중요했다. 아내는 거기에서 진짜 풀벌레가 되어버렸다. 그때마다 나는 와, 진짜로 풀벌레가 우네, 하며 탄복했다. '외로운 마암에 그대도 잠 못 이~루우~ 리'가 마지막인데 가수의 음정이 흔들렸다.

아내가 이 소절을 부를 때마다 내가 이상하게 느낀 것이 있었다. 아내가 느리면서 차분하게 노랫가락을 넘겨도 전혀 박자가 틀리지 않는다는 점이었다. 외로운 마암 그대도 잠 못 이~루우~리, 하고 노래를 마칠 때마다 아내의 눈은 촉촉했다.

그 여운이 눈앞에서 사라지지 않았다. 추억의 그 노래를 모처럼 듣는데 바보상자에서는 망쳐버렸다. 박수가 또 터져나왔다. 유쾌하지 못한 내 기분이 빨리 사라지는 듯했다. 그런데, 그런데, 내가 무엇을 하고 있는가.

정신을 가다듬으니 세 손가락에 힘이 빠져 있었다. '내가 진짜 웃긴다'는 생각을 하며 다시 힘을 주려는데 뭔가 끈적거렸다. 이게 웬 일인가, 손바닥에 피가 흥건했다. 손에 힘이 없자 주사기 내관이 밀려나 외관 안에 피가 흠뻑 고였다.

가만히 주사기를 들여다보았다. 내관이 거의 다 밀려나와 삐진 틈새로 피가 두어 가닥 새어 흘렀다. 피가 내 손을 적시고 손아귀를 벗어나 아내의 원피스 자락에도 스며들었다. 중력을 이기지 못해 거실 바닥에

뚝뚝 떨어져 알알이 맺혔다. 틀림없는 진달래 꽃망울이었다.

나는 무언가를 찾아 두리번거렸다. 티 탁자 위 티슈 통이 보였다. 내가 휴지를 뽑아내 손부터 닦았다. 쨍그랑하는 소리가 났다. 내가 엉겁결에 주사기를 놓친 것이었다. 내관이 다 빠져 거실 바닥에 떨어졌다. 진달래 꽃망울에 매가리 없는 물체가 덩그러니 쓰러져 있었다. 외관만 남은 주사기를 통해 피가 흘러내렸다.

내가 아내 팔뚝을 잡고 혈관에 매달린 주사기를 잽싸게 잡아빼려다가 머뭇거렸다. 쉽게 빠질 것 같지 않아 머리끝이 쭈뼛 서며 이마에 식은땀이 솟았다. 숨을 멈추고 어찌하여 조심스럽지만 급하게 바늘을 제거했다. 충격이 갔을까, 아내가 몸을 흠칫거리며 눈을 떴다. 혈관이 퍼렇게 부풀어오르더니 곧 가라앉는데 말끔하게 가시지 않았다.

아내가 이내 한숨을 깊게 쉬더니 눈꺼풀을 도로 내렸다. 몸살감기에 지친 데다 수면제를 과하게 먹은 탓일까, 몸이 축 늘어져 있었다. 실눈을 떴는데 초점이 뚜렷하지 않지만 내가 하는 짓을 다 보고 있는 듯했다. 내가 아내 눈을 들여다보았다. 눈동자에 초점이 없었다. 마음이 놓였다. 주사 바늘이 빠진 혈관의 빨간 점에서 실낱같은 피가 흘러내리다 방울방울 맺히더니 멎었다.

모든 게 엉망이고 실패했다. 아내가 눈을 떴지만 의식이 뚜렷하지 않았다. 마무리 잘하면 될 일이었다. 나는 굳게 마음먹었다. 그런데 손발이 떨렸다. 아무 일도 없던 것처럼 주변을 정리하자. 아내가 정신차릴 때 흔적이 있으면 안 돼. 깨끗이 치워야 했다.

아내가 부어오른 혈관이나 원피스 자락에 묻은 핏자국을 보고 의아

해할 건 뻔했다. 그러면 당신이 힘들어해서 혈관에 영양제를 놓는데 팔을 흔들어버려 주사 바늘이 빠졌다고 둘러대면 되었다.

내가 티슈로 핏자국을 한 개도 남기지 않고 다 닦았다. 피 묻은 화장지는 변기에 넣고 물을 내렸다. 물소리로써 다 끝났다. 아무 일도 없었다. 아내의 눈은 다시 감기고 꿈을 꾸는지 눈꺼풀이 가늘게 떨었다.

내가 아내 옆에 놓인 3인용 소파에 앉았다. 숨을 고르니 비로소 내 손과 발의 떨림이 잦아들었다. 티 탁자에 놓인 노란 공책이 눈에 들어왔다. 나는 소파에 앉은 채 팔을 뻗어 집었다. 표지를 넘기니 낙서가 어지럽게 적혔다. 무슨 말인지 알 것도 같고 모를 것도 같은 단어들을 썼다가 뭉개버린 쪽수가 많았다.

내가 손가락에 침을 묻혀가며 한 장 한 장 넘겼다. 깔끔하게 정리된 쪽이 드러났다. 시 한 편이었다.

빈 액자

시를 쓰려는데 갯내가 난다
연필에서
눈동자가 말라버려 그럴까
고막이 터질까
엽서라도 띄워야 하는데
긴 이야기는 싫다
한마디면 되는데 모른다

그 말을 알아도
보낼 곳 없으니 펼쳐지지 마라
꼭 떠오르면 깊은 곳으로 보내자
연필 묻을
말이 아닌 엽서 띄우러
닿을 곳 어디인지 모를
바다로 가자

공책을 덮었다. 바다, 엽서, 나도 이해한다. 바보상자에서 뉴스가 한창이었다. 소파에서 일어나 내 방으로 갔다. 방문을 닫고 침대에 몸을 던졌다.

왜, 아내는 일부러 자신을 힘들게 만드는지 모르겠다. 단순하기가 그렇게 싫은가. 한참을 누워 있자니 잠이 밀려오는데 왠지 꺼림칙했다. 현장을 잘 정리를 했는데 뭔가 걸렸다. 그렇다, 진달래를 아내 방에 가두어놓은 채 그냥 두었다. 내가 침대에서 일어나 방문을 열고 거실로 나갔다.

그런데, 소파에 놈이 앉았다. 어떻게 방에서 나왔을까. 피 냄새 때문인가, 놈이 끙끙거리며 코를 이리저리 내둘렀다. 나를 보더니 두 귀를 꼿꼿이 세우고 싸우겠다는 듯 서서히 일어섰다. 으르렁거리며 입귀살을 세웠다. 아내가 아까와 같은 자세로 소파에 기대어 있다. 자는 것일까, 그냥 눈을 감고 있을까.

내가 방문 앞에 서서 아내 쪽을 보았다. 놈이 나를 보고 짖었다. 나도 놈을 따라 짖었다. 억, 천, 하는 소리가 놈에게로 튀어갔다. 백, 소리는 나오지 않았다.

일층 이 약국에 걸린 액자 두 개가 눈앞에 어른거렸다. 나는 그것들을 보러 내려가는 계단에 발걸음을 내디뎠다. 억, 천, 하는 기운이 내 뒤를 따랐다. □

꽃의 언어, 언어의 마법

이원화/ 소설가

양관수 작가의 새 소설집『사랑은 나노입자』가 출간됐다. 단편소설 5편과 중편소설 1편을 싣고 있다. 이번 소설집에서 작가는 작품별로 사회적 단면을 보여주었다.

그 각각의 단면들이 아프다. 주인공들이 처한 현실에서 보여주는 적나라한 우리 사회의 모습은 고통스러워 입안에 고이는 쓴 침을 희석해 줄 아니 감싸줄 달콤함이 필요하다.

작가가 다룬 소설 주인공들은 한결같이 젊다. 욕망은 더욱 승하고 그걸 채우기에 이 사회는 그리 녹록지 않다. 그럼에도 작가는 그들의 욕망을 꽃으로, 꽃의 생장을 통해 삶을 병치 또는 대치시키며 언어의 마술을 부린다.

철학자 비트겐슈타인이 '언어는 진실이나 거짓을 말하는 가치가 아니다. 놀이판의 말처럼 주체와 세상을 이어주는 도구다'라고 말했다.

이 명제처럼 양관수 작가의 연륜이, 심미안이 소설 속 인물들의 욕망을 언어의 꽃으로 감싸고 싶은 탓이리라.

꽃은 나무의 생식기다. 지금 보는 이 살구꽃들은 작년에 진 꽃이 다시 피어난 게 아니다.

해마다 피는 꽃은 여자로 치면 달거리하는 거여요. (14쪽)

한편으로 작가의 소설 전개 방식은 기상천외하다. 각각의 소설에서 소재도 주인공의 연령대도 직업도 다양하다.

주인공이 고3을 거쳐 대학 신입생이 된 「꽃무덤」과 중학생 갈목이를 통해 보는 「갈목이네 집」은 성장소설이다.

홍채에서 사랑의 붉은 하트가 피어나게 하려는 연구원의 비극을 다룬 「사랑은 나노 입자」.

공무원으로 취업에 성공했지만 웃음을 잃어버린 남자의 이야기 「등대가 웃을 때」.

고발당한 택시기사의 고난으로 빛과 어둠을 비춰보는 「03:00에서 04:00 새 출구는」.

시인 지망생 아내를 살해하고픈 약사가 주인공인 「아바티 시티」.

이들의 욕망은 다양하다. 그들 각자 욕망의 뿌리에는 살아남고자 하는 가장 기본적 욕구가 깔려 있다. 그 본능의 출구는 어디인가. 그들은 공생하나, 공생하지 못한다. 그들 각자 욕망은 소설에 긴장감을 더하는데, 흐트러진 실타래처럼 갈수록 꼬이기만 한다.

이제, 그 흐트러진 실타래 중 한 올을 당겨 힘껏, 툭 소리가 나도록 자를 때다. 한 올 한 올 당겨 뽑아낸 실을 엮어 마침내 희망의 사다리를 놓을 때다. 그 징검다리는 양관수 작가의 소설에서 물을 지나 산을 넘어 피안에 이르는 첩경이 될 것이다. 우리 함께 그 길을 찾아 떠나자.

「꽃무덤」에서 작가는 자녀를 대하는 이 시대 부모들의 자세를 고발한다. 소설에서 주인공의 엄마는 일류대, 다시 말하면 SKY로 대변되는 서울 소재 상위권 대학에 보내기 위해 딸에게 피임약을 먹인다. 딸의 생리가 여성으로의 성장을 의미하는 것이 아니라, 그저 대학 진학에 방해가 되는 산물일 뿐이다.

소설에서 피임약은 집중력에 방해가 되는 생리통을 없애기 위한 수단이다. 이를 위해 엄마와 학원 교사는 공모한다. 이들의 목적은 딸을 일류대를 보내기 위한 것이다. 딸은 커가는 것이 아니라 키워진다.

전형적인 헬리콥터 부모Helicopter parent의 모습이다. 헬리콥터 부모는 아이에게 언제나 잔소리하고, 학교와 교사에게 간섭하는 부모를 말한다. 1991년『뉴스위크』의 네드 제먼이 처음 소개한 말이다. 자녀에게 언제나 간섭을 하여 자녀를 '마마보이'로 만드는 부모를 뜻하기도 한다.

헬리콥터 부모의 자녀들은 어릴 땐 별 문제 없이 자라는 것처럼 보이지만, 성인이 되면 문제가 보이기 시작한다. 예를 들어 대학생이 돼 공부를 거의 하지 않거나 부모와의 관계가 틀어지고 분노를 표출한다. (

위키백과)

이들은 자식들을 이기적 경쟁사회의 도구로 만들려 한다. 또 자신의 욕망을 자식을 통해 대리실현하려 한다. 자식이 스스로 삶의 주체가 되게 하려는 것이 아니라, 부모 자신의 욕망을 실현하려는 아바타인 것이다.

소설 속 엄마는 딸의 이차성징의 특성인 생리를 지지하고 응원하는 것이 아니라, 그저 대학 진학에 방해되는 요소로 인식한다. 엄마의 욕망인 일류대학에 보내고자 딸의 집중력을 떨어뜨려 공부에 방해되는 생리통을 없애기 위한 수단으로 피임약을 이용한다.

> 엄마가 학원에 가서 내 담당 여선생을 만났다. 이튿날 학원에서 여선생이 나를 불렀다. 내게 손바닥만 한 종이 상자를 한 개 주었다. 피임약이라며 매일 한 알씩 아침밥 먹기 전에 꼭꼭 챙겨 먹으라 했다.
>
> 생리가 시작되면 공부하는 데 지장이 많다는 것이었다. 약을 먹으면 생리가 멈춘다며 공부해서 일류대학교 가는 데 도움될 거라 했다. (19쪽)

헬리콥터 부모를 둔 자녀들의 특징은 순응하거나 반항한다. 소설 속 영악한 주인공 딸도 반항한다. 먹어야 할 피임약을 먹지 않고 엄마 눈을 피해 매일 밤 붕어 두 마리가 들어 있는 엄마의 수족관에 넣는다.

> 피임약이 녹아든 물을 먹은 붕어 암컷은 알을 배지 않는다. 그러면 금붕어는 예쁜 모습을 지속해서 간직한다. 더 신기한 건 금붕어가 피임약

물을 육칠 년쯤 계속 마시면 수컷이 암컷으로 바뀐다. (27쪽)

그리고 딸은 독이빨이 달린 지네를 키운다. 지네의 특성인 지네 발은 엄마의 다른 표현일 수 있다. 자식을 통제하는 또 하나의 방법인 것이다.

내 하복부나 음부에 저런 발들이 달린 뭔가가 사는 게 맞았다. (25쪽)

딸은 엄마에 대한 반항으로 지네를 이용해 스스로 고통과 환희의 '블랙홀'에 빠진다. 자신의 생리혈을 먹고 자란 지네에게 스스로 물려 고통과 쾌감을 받아들인다. 지네 독은 우울증 치료제로도 쓰인다.

딸은 나중에 치르는 수능에서 일부러 5문제를 틀리고, 면접에서 악의적 답을 해 입시에 실패한다. 엄마의 욕망에 반항하여 지방 대학에 진학한다. 어른들에게서 체득한 욕망을 자신의 지인들을 괴롭힘으로써 대리 실현한다. 스스로 악마가 되어가는 것이다.

「사랑은 나노입자」는 여자 한 명과 남자 두 명의 동거, 이들의 기묘한 조합이 펼쳐진다. 생선초밥을 만들어주는 남자 식도와 홍채에서 푸른 빛을 내는 남자 사시. 홍채의 빛을 자유롭게 바꾸는 연구를 완성해 박사가 되고 싶은 나.

'두 창은 서로 마주 보는 동공'일진데, 여자를 중심으로 이들의 스펙트럼spectrum은 삶의 미시적 감각을 다양하게 보여준다.

양관수 작가는 이쯤에서 자신만의 언어로 사랑을 이미지화했다. 전무후무한 작가만의 언어이다. 이를 발터 벤야민은 아우라Aura라 했다.

"사랑을 느낄 때 홍채에 빨간 하트도 그려져요?"(54쪽)

남녀의 감각적 욕망을 굳이 사랑으로 칭한다면, 사랑의 슬픔은 A는 B를, B는 C를 지향하는 것. 여자의 연구가 성공하는 날이 온다면 사랑을 좇는 이들의 스펙트럼은 또 달라질까. 사랑의 영역에 신세계가 열리는 타이밍일 것이다.

주사 한 방이나 알약 한두 개로 홍채 빛을 다양하게 바꾸는(54쪽)

인간은 자신들이 걸어가는 한 걸음 한 걸음마다 발자국을 남긴다. 그 발자국이 어느 순간 비바람에 씻기고 갯벌에 묻힐지라도 우리의 삶은 계속 전진하는 것.

"그 존재는 여기까지 스스로 달음질쳤나, 마지못해 끌려왔나, 아니면 피노키오나 요나처럼 거대한 게 삼켰나."(67쪽)

이 두 줄의 대화체는 작가 자신을 두고 한 말인지도 모른다. 그냥 평범한 삶이 괴물인가, 소설 쓰는 작가의 길이 요괴일까. 작가 스스로 달음질쳤나, 마지못해 끌려왔나. 알 수 없는 노릇이다. 모든 삶이 다 함정이 아닐까. 작가는 이 명제를 독자에게 공을 던지듯 돌리는 것이다.

양관수 작가의 소설 주인공들은 대체로 조숙하다. 조숙에도 여러 종류가 있겠지만, 「등대가 웃을 때」에서 주인공은 중학교 3학년 때 쇼펜하우어의 인생론을 읽는다. 주인공은 책 내용이 기억나지 않는다고 하지만, 인생론은 주인공의 삶에 커다란 영향을 미친다.

주인공은 어느 날 문득 웃음을 잃어버린 자신을 발견한다. 현대사회에서 웃음은 상대에 반응하고 공감하는 효과적인 의사소통 방법이다. 사회적 유대관계의 증진뿐만 아니라, 자신에게는 스트레스를 해소하는 한 방법이기도 하다. 웃음은 상하관계의 다른 표현이기도 하다.

웃음을 잃는 것, '웃지 못하는 건 병'으로 치부된다. 움베르토 에코는 소설 『장미의 이름에』에서 '웃음은 인간을 타락시키는 위험천만한 것이다'라고 했다. 그에게 웃음은 타락을 넘어 부조리함의 극치이다.

> 내가 보기에 사람들이 웃는 건 가짜가 너무 많다. 뭔가를 가리려는 짓거리다. 꿍꿍이 속셈을 어영부영 넘기려는 수작이다. 그 증거는 넘쳐난다. 나쁜 짓 하다 붙잡혀 다른 구실을 댈 때 나오는 첫 행동거지가 그 근거다. 속으로는 '이런 18' 하면서 겉으로는 화사한 낯빛을 띠지 않는가. 욕심을 채우려 할 때 가장 먼저 짓는 표정을 떠올려보라. 웃음이다. 대부분 그렇다. 다른 웃음은 자신을 위해 즐거워하거나 해주는 척, 하는 거다. 누군가에게 '나는 당신과 한통속이요, 함께 잘하자구'라는 표식이다. 또 남 앞에서 자신이 더 잘났다는 착각이 주는 위안이다. (87쪽)

선배와 그녀는 대학 4학년 때 시청공무원이 되었고, 나 역시 군대 제대 후 복학하여 4학년 때 시청공무원이 된다. 시장이 '둘레가 하늘과 바다뿐인 무인도인데 최신 항공모함만 한' 돌섬을 개발한다. 이는 자신의 정치적 야망을 실현하기 위해서다. '느닷없이 소설가와 결혼'한 그녀는 잘 웃는다. 술을 좋아하는 그녀는 음주운전이 적발되어 '돌섬'으로 발령받는다. 돌섬은 직원들 사이에서 유배지로 통한다. 그녀는 시장에게 뒷돈을 주고 음주운전을 무마했다는 무성한 소문을 남기고 돌섬으로 떠난다.

나는 선배보다 학번이 세 끗 늦지만 그녀와는 같다. 대학교 1학년 3월 말쯤이었다. 학과 내에서 내게 '웃지 않는 왕자'라는 별명이 생겼다. 4월 MT 때였다. 첫날 저녁에 학과 공주가 한 명 선발되었다. 간드러지게 잘 웃는 애였다.

그녀의 사명은 나를 웃게 만드는 일이었다. 안 웃는 나를 웃게 하려 뽑힌 공주였다. 익히 알려진 동화는 안 웃는 공주를 웃기려 왕자가 나타나는데, 결말에 공주는 웃으며 왕자와 결혼을 한다. (74쪽)

공무원이 아니라도 당연히 음주운전은 안 되지만, 술을 마신 주인공은 공무원의 품위를 지키기 위해 대리기사를 부른다. 그러나 날씨가 너무 춥다. 추위에 떨며 기다리던 그는 운전석에 앉게 되고, 추위를 이기려 히터를 켠다. 히터를 켜려면 반드시 시동을 걸어야 한다.

옆에 앉은 선배가 몸을 움츠리며 숨을 몰아쉬었다. 콧김들이 차 유리에 닿아 서리가 되었다. 저러다 저체온증이 올까 싶었다. 내가 시동을 걸었다. 히터는 찬바람만 나올 게 뻔해 틀지 않았다. 의자 바닥과 등은 열선으로 인해 따뜻해졌다. 선배가 머리를 의자 베개에 기댄 채 눈을 감았다.

디지털 계기판 온도계 눈금이 올라가기 시작했다. 내가 히터 스위치를 눌렀다. 포근한 바람이 발치를 감싸더니 다리통을 휘감았다. 그때 내가 앉은 쪽 차 문 유리를 가볍게 두드리는 소리가 들렸다. 어떤 남자가 허리를 숙여 차 안을 들여다보며 노크했다. 나는 차 문을 열며 바깥으로 나섰다. 남자가 말했다.

"찐하게 드셨나봐요. 사장님."

"뭐, 많이는 아니지만, 그래서 기사님 기다렸죠."

"아, 선생님. 저는 대리기사가 아닙니다."(76쪽)

함정이었던 걸까. 주인공은 추위를 피하려 차에 들어갔고, 그저 선배가 얼어죽는 걸 막기 위해 시동을 걸었을 뿐이다. 남자는 자신을 '기초생활수급자'라며 협박한다.

결국 '음주운전과 폭행으로 입건'된 나는 '계획된 공갈협박자가 선량한 피해자'로 뒤바뀌는 부조리함 속에서 '가해자'가 되어 돌섬으로 유배를 간다.

그리고 마침내 웃는다. 눈물의 상호작용으로 웃음이 나온다. 그에게 눈물은 불온하고, 웃음은 부조리하다.

내가 샘으로 다가가 안을 들여다보았다. 잔잔한 샘물에 비친 눈에 눈물이 고였다. 그런데 얼굴은 미소를 머금었다. 내가 뭔가에 홀려 있었다. 눈물을 흘리는데 웃다니, 웃거나 화낼 수 없는 장애자가 말이다. 납득이 안 됐다. 내가 일부러 눈물을 더 흘려보았다. 입이 벌어지면서 웃음이 따라 나왔다. (92쪽)

양관수 작가의 「갈목이네 집」은 중편으로 1, 2, 3편으로 나뉘어 전개되었다. 갈목이와 엄마, 과외 선생의 공생에 더불어 순천만이 아름답게 그려진다. 순천만의 갈대, 칠면초, 흑두리미 들의 공생을 통해 작가의 인간에 대한 깊은 애정과 천착을 보여주는 것이다.

중편소설 「갈목이네 집」은 순천만 생태가 잘 담겼다. 칠면초의 생태를 통해 4계절 변화와 만에 깃들어 사는 생명들을 하나하나 호명한다. 갯벌, 갈대, 흑두루미, 흑로까지.

갯벌에 기대어 사는 것이 어디 자연 만물뿐이랴. 자연의 아름다움이 아주 잘 펼쳐졌다면 거기에 깃든 인간들의 삶은 다분히 파편적이다.

주인공 갈목이의 아빠는 엄마의 포주 노릇을 하다가 다른 여자와 사라졌다. 갈목이는 어른들로부터 보호받지 못한다. 아빠가 가출했다고 가족이 깨진 거로 볼 수는 없지만, 아빠도 엄마도 갈목이를 방임하고 방관함으로써 부모의 역할을 다 하지 못한다. 오히려 끝없이 엇나간다.

가곡을 만들고 싶어하는 갈목이. 집 나간 아빠를 대신해 밤마다 남자를 바꿔가며 유행가를 부르는 엄마. 이들에게 가난은 주체성을 잃게 만들고, 세상은 더욱 핍진해진다.

「갈목이네 집」에서 양관수 작가는 즐겨 찾는 순천만의 지극한 아름다움을 보여준다. 각각의 단어들에는 작가의 자연에 대한 세심한 관찰의 결과가 들어 있다. 지역성과 특성뿐만 아니라 작가의 삶이 묻어난다.

그렇다면 작가의 거주지가 작품의 특성을 만든다고 볼 수 있겠다. 순천만 풍경만을 본다면 누구나 꿈꾸는 이상향, 유토피아일 수 있다. 그러나 삶의 뿌리는 풍경과 다르다. 삶과 풍경은 어긋나면서 또 그렇게 함께 가는 것이다.

> 바다의 푸른 피부가 벗겨졌다. 붉은 속살이 드러난 바다가 보호색이 절실했다. 생채기에 햇살 색 살갗을 바로바로 재생시켰다. 노을이 바다의 줄기세포였다. 그녀가 말했다.
>
> "바다가 불그스름한 칠면초밭 같아."(95쪽)

갈목이가 체득한 엄마의 모습은 회오리바람이다. '엄마 땜에 또 회오리바람 불겠네.' 회오리바람에 더해 '또 회오리바람'이다. 갈목이에게 끝없이 상처를 주는 엄마는 늘 엇나간다. 갈목이 엄마가 노래방 도우미로서 더 심각한 것은 알코올중독 상태다.

필자는 이쯤에서 갈목이 엄마의 직업을 문제 삼으려는 것이 아니다. 노래방 도우미라도 그 일을 직업으로 인정하는 것이다. 엄연한 우리 사회의 한 단면인 탓이다.

가출하는 갈목이를 집으로 데려가 보호(?)하는 논술 선생과 갈목이 엄마와의 관계는 더욱 기묘하다. 갈목이의 가출로 모녀가 얹혀살게 된 집의 주인은 'e-논술' 카페의 과외 선생이다.

하지만 과외 선생마저 현실에서는 그저 대책 없는 사람이다. 그는 고독하다. 순천만 사계절의 아름다움이 그의 고독에서 출발한다. 그 시선 안에 머물러 있을 뿐 현실에서는 아무런 힘이 없다. 삶의 아이러니이자 비의非意이다.

자연물과 사람을 대비하는 힘, 꽃으로 표현되는 생식과 생성의 과정, 생리혈이 묻은 이불 홑청마저도 갯밭으로 변화시키는 힘. 사람 살결에서조차 갯내가 진동하는 순천만을 오롯하게 살려내는 지점에서 양관수 작가의 탁월한 문체가 더 돋보인다.

> 만조 때 칠면초는 머리끝까지 바닷물을 뒤집어쓴다. 갈대는 바닷물 밖으로 뒤통수만 내보인다. 그럴 때 둘의 숨소리는 거칠다. 칠면초는 감탕질을 하며 갈대 씨를 받아 뻘밭에 되뿌린다. (104쪽)

'갈목'은 갈대의 이삭을 말한다. 갈목이의 세상은 어디일까. 갈목이가 가야 하는 길은. 갈목이가 발발 푹푹 빠지는 개펄을 건너 칠면초와 갈대에 닿고, 큰 바다로 헤엄쳐나가길 바라는 건 꿈일까. 아련해서 안타깝고, 너무 멀어 씁쓸하고 그래서 더 슬프다.

「03:00에서 04:00 새 출구는」에서 양관수 작가는 절망의 끝자락을 보여준다. 소망과 절망 사이 그 멀고 먼 길을 줄기차게 달려간다. 하지만 길은 멀고, 밤은 어둡다.

별은 하늘에서 빛난다. "별 없어도 별일 안 생겨. 그래서 별 볼 일 없다는 말이 있는 거야." 택시 안에 아무렇지도 않게 '역겨운 냄새'를 풍기는 남자에게 별은 낭만적 허상일 뿐이다.

땅에서 별을 우러러보지 않아도 삶을 사는 데는 아무 문제가 없는 것일까? 그래서 별을 찾아 촛불을 켜는 여자. '촛불을 켜 사라진 별을 되살리고 야경을 퇴색시키는' 여자는 이 사회의 부적응자다.

여자의 대척점에 어둠을 먹고 빛을 파는 전기회사가 있고, 네온사인 광고업자가 있다. 그들에게 여자처럼 대항하는 자는 범법자가 된다. 부적응자이자 낙오자가 되는 것이다.

그 여자의 고발 취소만이 택시기사가 택시를 빼앗기는, 생계가 걸린, 목숨이 걸린 이 절체절명의 순간에 길이요 생명이다. 빛(희망)을 든 여자. 하지만 택시기사는 오늘도 헛다리를 짚었다.

> "그 남자, 성추행으로 고발할까요. 기사님, 증인 서실래요?"
>
> 포근한 말이었다. 그녀가 남자를 검찰에 고소하면 내가 증인이 되리라. 시청에 고발당한 일들이 손쉽게 해결될 거라는 믿음이 들었다. 액셀을 밟는 다리가 부드러워졌다. 뇌리에 머물던 남자 잔영이 그녀의 말 한마디에 지워졌다. (189쪽)

택시기사를 시청에 고발한 자는 여자가 아닌 합승했던 남자다. 택시요금을 따따블로 줄 거라는 희망, 여자가 고발 취소를 해줄 거라는 믿음은 오늘도 허방이다. 이제 다시 택시기사는 남자를 찾아 액셀러레이터를 밟아야 한다.

「아바타 시티」의 약사는 아내 살해의 욕망에 시달린다. 아내를 살해하려는 이유는 단순하다.

> 여자가 나에게 길들여지고 복종하기만을 바라지 않는다. 포근한 여자이길 바랄 뿐이다.(216쪽)

그럼에도 약사가 '주사기'를 들 수밖에 없는 생의 비의. 작가는 약국 쪽문 앞에 있는 당산나무인 오백 년 된 팽나무를 살짝 건드렸다. 시장이 당산나무 없애는 일에 현상금까지 걸었지만, 고목나무는 잘 버틴다.

> 이 도시 시장은 저 고목이 동네를 재개발하고 도시가 발전하는 데에 지장을 준다며 없애자 했다. 고목에는 옛날부터 저주가 따라다녔다. 나무를 해치는 사람은 말라비틀어져 죽는다, 교통사고로 비명횡사를 한다, 집에 불이 나 처자식이 타죽는다, 는 거였다.(199쪽)

양관수 작가는 「아바타 시티」의에 이르러 팽나무를 주축으로 진달래꽃과 개나리꽃에 기댄다. 시인 아내의 시 쓰기는 지지부진하다. 이름이 진달래인 강아지는 늘 아내 품에 안겨 있지만, 약사는 진달래 앞에서 발기를 상실한다. 아기를 원하는 약사에게 진달래는 '성질이 나 펄펄 끓는 내 얼굴을 천연덕스럽게 주시'할 뿐이다.

> 내가 '내 약국'이라고 하지 않고 '이 약국'이라고 하는 데에는 이유가 있다. 아내와 진달래 탓이었다. 아내가 두 살배기 노랑 요크셔테리어를 진달래라 불렀다. 강아지가 노란 색이어서 개나리가 더 어울린다고 내가 말했다. 진달래랑은 색깔이 다르지 않냐고 핏대를 올리기도 했다. 아내가 내 주장을 무시했다. (197쪽)

빼앗으려는 자와 빼앗기지 않으려는 자, 가해자와 피해자, 이들의 길은 직선이 아닌 원이다. 돌고 돌아 제자리인 것이다. 완전범죄를 꿈꾸는 밤, 비 오는 거리, 비에 젖은 팽나무, 텔레비전에서 흘러나오는 노래 〈실버들〉이다.

양관수 작가는 아름다운 순천만에서 계절 따라 색이 바뀌는 칠면초를 보고, 바다 한가운데 떠 있는 섬, 돌섬을 지나 별을 찾아헤매고, 팽나무의 그늘에 깃들어 홍채를 바꿔 성공을 꿈꾸기에 이르렀다. 그 성공이 어디에 있던 그 길은 각자가 가는 길이다.

이제 양관수 작가의 새 소설집 『사랑은 나노입자』가 세상에 나왔다. 또 날이 밝은 것이다. 하지만 어디로 가는지도 모르는 길은 멀다. 잠시 쉬었으니 신발 끈을 다시 묶자. 작가의 언어를 지향하는 행보에 더 큰 빛이 함께 할 것이다. 그 길이 작가의 숙명이자 삶의 길이다.

독자여, 당신은 이미 양관수 작가가 펼친 언어의 마법에 걸렸다.

양관수 소설집
사랑은 나노입자

지은이_ 양관수
펴낸이_ 조현석
펴낸곳_ 북인
디자인_ 푸른영토

1판 1쇄_ 2020년 12월 22일
출판등록번호_ 313 - 2004 - 000111
주소_ 121 - 842 서울 마포구 서교동 467 - 4, 301호
전화_ 02 - 323 - 7767
팩스_ 02 - 323 - 7845

ISBN 979-11-6512-022-1 03810

이 도서의 국립중앙도서관 출판예정도서목록(CIP)은 서지정보유통지원시스템 홈페이지(http://seoji.nl.go.kr)와 국가자료종합목록시스템(http://www.nl.go.kr/kolisnet)에서 이용하실 수 있습니다. (CIP제어번호 : CIP2020051800)

이 책은 전라남도와 전라남도문화재단의 지원을 받아 발간되었습니다.